龍鳳呈祥 6 完

文創風 377

慕童 著

謝家 人物關係表

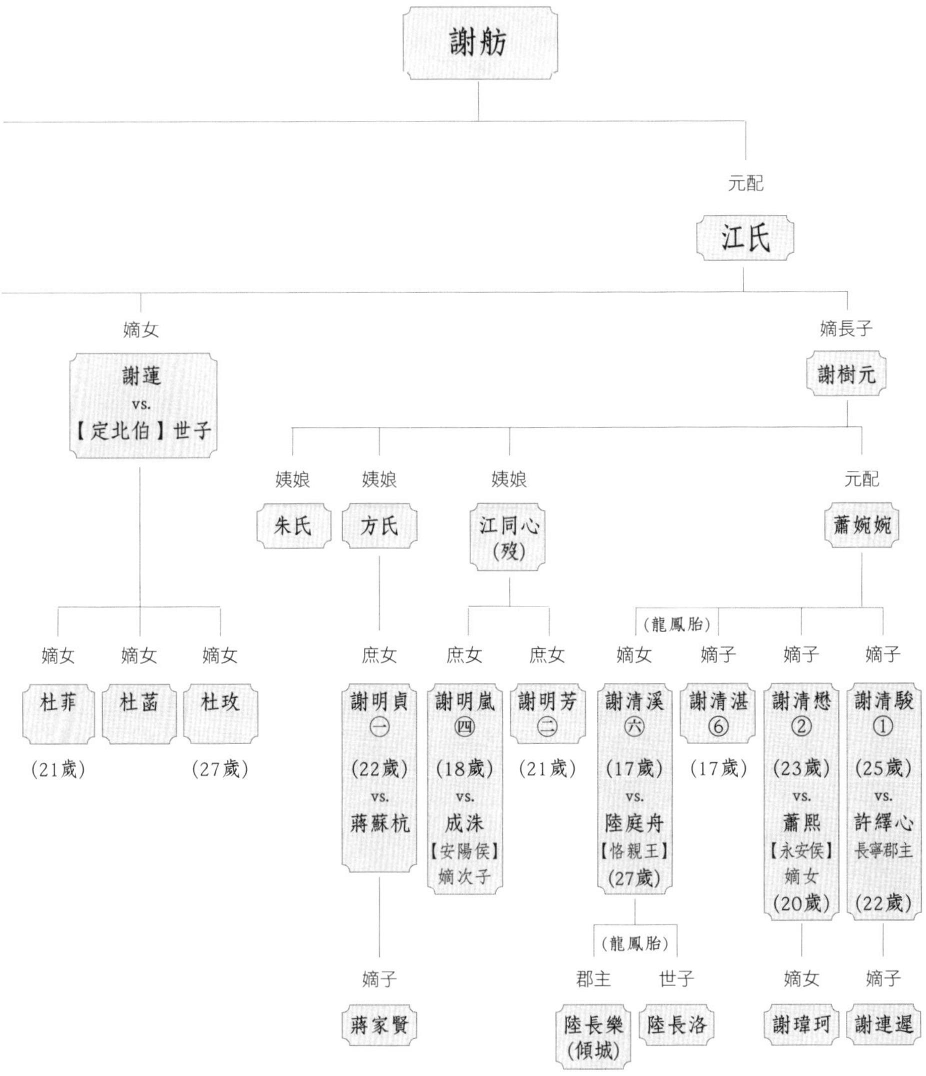
謝舫
元配
江氏
嫡女
謝蓮
vs.
【定北伯】世子
嫡女
杜菲
(21歲)
嫡女
杜菡
嫡女
杜玫
(27歲)
嫡長子
謝樹元
姨娘
朱氏
姨娘
方氏
姨娘
江同心
(歿)
元配
蕭婉婉
庶女
謝明貞
㊀
(22歲)
vs.
蔣蘇杭
嫡子
蔣家賢
庶女
謝明嵐
㊃
(18歲)
vs.
成洙
【安陽侯】
嫡次子
庶女
謝明芳
㊁
(21歲)
(龍鳳胎)
嫡女
謝清溪
㊅
(17歲)
vs.
陸庭舟
【恪親王】
(27歲)
(龍鳳胎)
郡主
陸長樂
(傾城)
世子
陸長洛
嫡子
謝清湛
⑥
(17歲)
嫡子
謝清懋
②
(23歲)
vs.
蕭熙
【永安侯】
嫡女
(20歲)
嫡女
謝璋珂
嫡子
謝清駿
①
(25歲)
vs.
許繹心
長寧郡主
(22歲)
嫡子
謝連遲

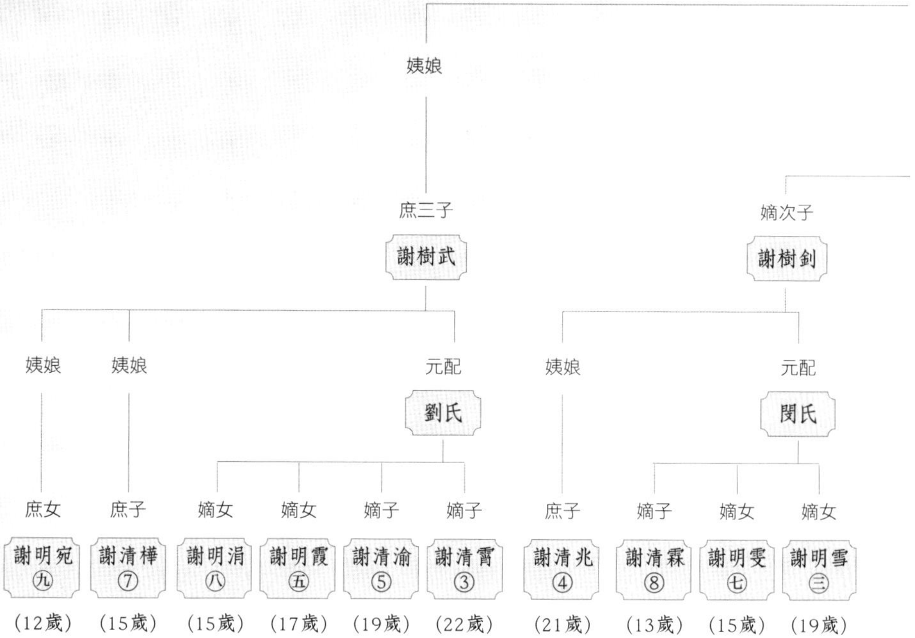

註1：年紀以女主角謝清溪17歲生子那年來計算。
註2：①～⑧為謝家男子在同輩間的族中排行。
註3：㈠～㈨為謝家女子在同輩間的族中排行。

大齊朝皇室人物關係表

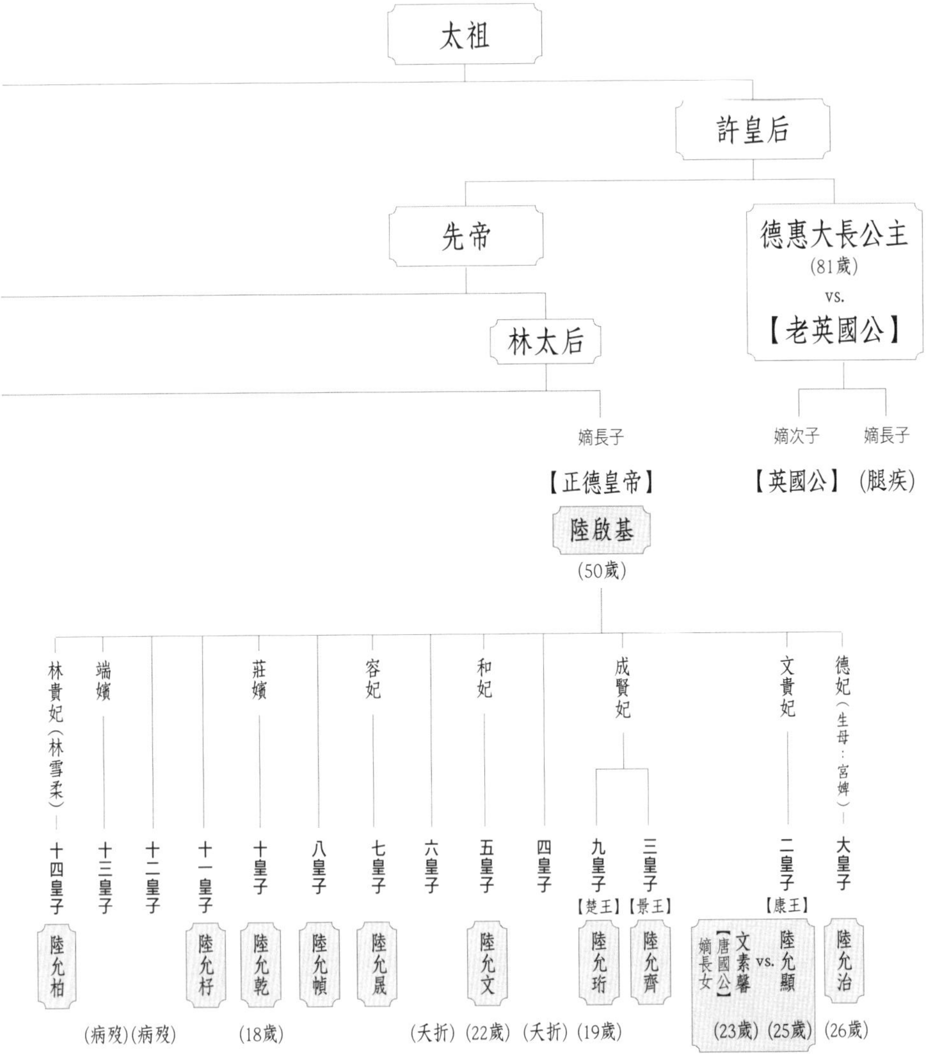

註1：年紀以女主角謝清溪17歲懷孕那年來計算。

X嬪

汝寧大長公主
vs.
【武寧侯】

郝宸妃

福清長公主

永嘉長公主

庶五子
(宮變，歿)

庶四子
(宮變，歿)

庶三子
【成親王】
vs.
成王妃

端敏郡主
vs.
【威海侯】世子

世子
陸允琅
vs.
楊善秀
閣老嫡幼女

庶二子
(圈禁至死)

嫡六子
【恪親王】
陸庭舟
(27歲)
vs.
謝清溪
恪王妃
(17歲)

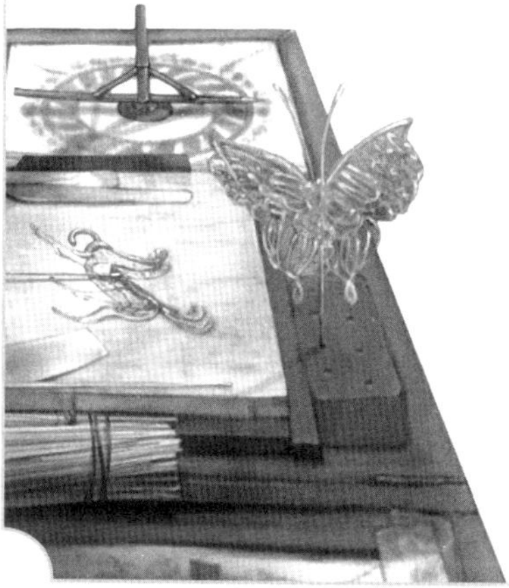

蕭家 人物關係表

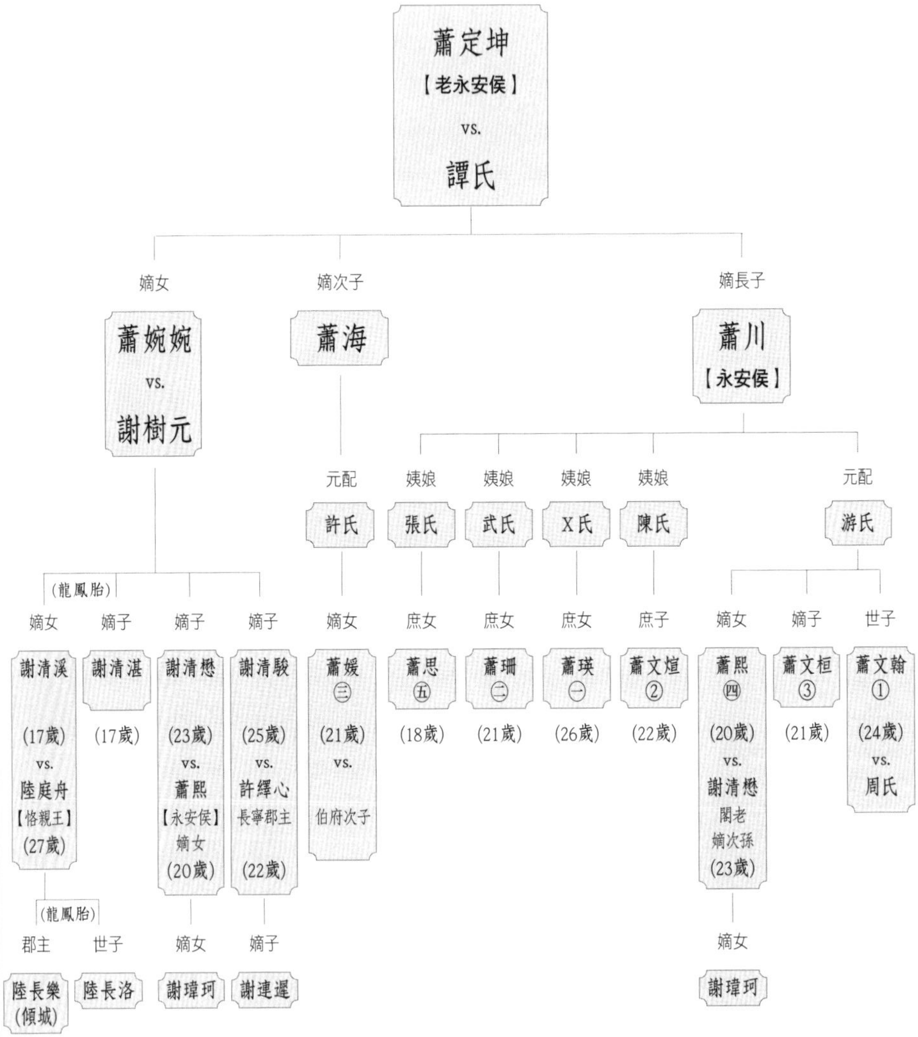

註1：年紀以女主角謝清溪17歲生子那年來計算。
註2：①～③為蕭家男子在同輩間的族中排行。
註3：㊀～㊄為蕭家女子在同輩間的族中排行。

目錄

第五十一章 009
第五十二章 037
第五十三章 065
第五十四章 095
第五十五章 123
第五十六章 151
第五十七章 181
第五十八章 211
第五十九章 239
第六十章 269
番外篇 301

第五十一章

成是非看著對面的陸庭舟哈哈大笑，待笑完之後，他目露深意地說道：「看來陸氏皇族總算還有了不得的人物。」

「成先生才是真人不露相，君玄和你一比，實在差得多了。」陸庭舟騎在馬上，含笑說道。

成是非看著眼前人，蘇州的林君玄，如今站在他對面的陸庭舟，一切就好像轉了一圈之後，又重新回到了原點。

成是非此時便知，自己早已被盯上，至於他的計劃為何能這麼順利，只怕也是因為他的計劃正好符合這人的心意吧？一想到這裡，成是非便忍不住想笑。他成是非從來自認算無遺策，如今看來，卻不過是螳螂捕蟬，黃雀在後罷了。

「既然王爺早知道我來了京城，為何不同我一見呢？」他看著對面一身玄色衣衫的陸庭舟，若不是那張臉頰如白玉般，只怕整個人都要隱沒在這黑夜之中了。

陸庭舟但笑不語。

成是非下一刻突然朗聲笑道：「當年在蘇州我是恪王妃的師傅，王爺與王妃鶼鰈情深，只怕連王爺都該叫我一聲師傅吧？」成是非素來放縱不羈，便是如今明知深陷重圍，依舊面不改色，該談笑風生的，依舊還談笑風生。

光這分氣度，陸庭舟都要佩服他是個男人。不過成是非此人太過危險，他的存在就是對陸氏皇族的威脅，無論如何，陸庭舟今夜都不會放他離開的。

「從你蠱惑寧王將林雪柔弄進宮中開始，你就該明白，進局容易出局難。」陸庭舟輕聲看著他說道。

成先生抬頭看著天上的星辰，突然輕笑了一聲，問：「那你知道張家滿門被滅口是誰幹的嗎？」

陸庭舟依舊冷冷地看著他，他身為陸氏皇族，自然知道這帝王之位有多誘人，特別是當你覺得你只差一步之遙便可以登上帝位的時候，你就會開始變得不擇手段，哪怕是弒父殺兄，都在所不惜。也許皇兄當年就是這樣吧，他離皇位只有一步之遙，可是卻因為父皇的不喜，讓他無限遠離了那個位置。

「我不得不說，無論是大皇子還是二皇子，可真得皇帝的真傳啊！」成是非看著陸庭舟，冷聲笑道。

一個林雪柔，生生將京城的這池水給攪渾濁了。

大皇子不過是想藉林雪柔壓制二皇子的勢頭罷了，結果二皇子沒有忍耐住，竟是糾集餘下的幾位皇子一同前往乾清宮向皇上諫言，這等行為無異於逼宮。也就是在這時候，皇帝才突然發現，二皇子對於皇子的影響居然都這麼大了，更別提他在朝堂之中的勢力了。皇帝這些年為何能這般悠然自得地忙著煉丹求長生？那是因為底下的皇子都年幼，沒有人能對他的皇位有威脅。可是，他一直以為還年幼的皇子，卻糾集了這些兄弟，到乾清宮來給他施加壓力，企圖讓他改變主意，所以他才會失態，才會失控地砸出東西，誰知卻陰錯陽差地砸到了陸庭舟。

這就像是點燃了火藥桶一般，皇帝對康王越發不滿，而這種不滿卻讓寧王以為自己可以一次性地扳倒康王。此時，先前進言讓林雪柔進宮的陳先生，就成了寧王信重的對象。陳先生告訴他，若是想徹底扳倒康王，就要走險棋，下得了狠心。

於是，寧王將自己的人手給了陳先生，原本說好只是殺了張梁一人，到時候再在京城散布謠言，說張梁是被人殺死的，將這謠言往皇上身上扯，鬧得滿城風雨，而寧王便乘機進宮，在皇帝面前密說是康王殺死了張梁，是他怨懟皇上寵幸林雪柔而冷落文貴妃，因此才殺了張梁，在京中散布謠言，誣陷聖名。

不料，最後張梁確實是死了，但他是在眾目睽睽之下自殺的，這效果雖比起他默默無聞地死去要好上太多，但是，寧王壞就壞在，他相信了這個陳先生。

陳先生，成先生。

還沒等寧王進宮告狀，康王就搶先一步告狀了。此時皇帝正因為京中謠言之事而生氣不已，又看見了自寧王府中搜出來的密信，便坐實了寧王與張梁勾結的事情。也許皇帝並不需要知道此事究竟是誰做的，他只是想要收拾這些不安分的兒子，讓他們安生一點。

成是非看著對面的陸庭舟，笑道：「明日康王府中的幕僚便會面見大理寺卿，狀告康王殺害張梁滿門。」

陸庭舟勒著馬韁的手掌一下子僵硬住，他明白了成是非的意思，他這次不是針對大皇子一個人，他是要一鍋將大皇子和二皇子都打盡了！

若是二皇子殺害張梁滿門的事情真的被坐實，那他的下場就會和大皇子一樣。一個是奪妻案，一個是滅門案，兩案都構陷了皇上。既然皇帝會因為張梁在城門上的話而廢除了大皇子的爵位，那麼二皇子殺了張梁滿門，皇帝照舊不會輕饒了他。

局中局，線中線，陸庭舟看著對面單薄的人，突然從心底生出一股寒意。成是非要設下這樣的謀局，那麼在皇宮中、在寧王府及康王府中，必定都會有他的人在！

這樣龐大的一個局，將有多少人參與其中呢？寧王、康王兩府中，將有多少人是他的眼線？他真的只是一個看不慣官場虛偽，憤而辭官的人嗎？

「如今我所做的，不正是幫了王爺您的忙？這也是王爺一直昏迷不醒的原因吧？」成是非毫不在意地說道。成是非見陸庭舟臉色未變，只輕笑一下，半晌才又笑道：「若不是你突然昏迷，說實話，我還真不敢放開手腳。只可惜我太想成事，想看著皇帝名聲掃地，所以還以為是天助我也呢，如今看來，只是你故意設局引我出來罷了。」成是非對於自己最後功虧一簣倒也不在意，成王敗寇，輸了就是輸了，他並非輸不起的人。

陸庭舟抽出腰間佩劍，劍身亮光猶如劈開這黑幕一般。他身後幾十個騎士也齊刷刷地掏出佩劍，一道道寒光在黑夜中閃爍，竟是耀眼得令對面的人幾乎睜不開眼睛。

「今夜我必要留下你的性命。」陸庭舟長劍一揮，直指著成是非。

郊外清晨的空氣都格外的清新，謝清溪長吸了一口氣，翻了個身，就碰到旁邊一個偉岸厚實的身體，她伸手摸了過去，手臂橫擱在他的胸膛。

「醒了？」頭頂上響起了一個略有些慵懶的聲音。

月白紗帳並不能完全阻擋外頭的光線，謝清溪先睜開一隻眼睛，又在他身上蹭了蹭。

她那慵懶又可愛的模樣，讓頭頂上的人輕笑一聲。

陸庭舟將她拖著拉了起來，伸手摸著她長長的頭髮，她的秀髮養得真好，即便剛睡醒，依舊是乖順地披散在肩頭。

「咱們該起身了。」其實這會兒已是辰時，陸庭舟要上朝時都得寅時初就起身。

謝清溪抱著他的脖子，嬌嬌地說：「相公，咱們再睡一會兒吧。」

陸庭舟趕緊將她整個人抱著放在身上，兩人交疊在一塊兒。

謝清溪迷瞪著眼睛看他，看了半天又搖頭。

他見她搖頭，便好笑地拍著她的肩膀問：「妳搖什麼頭？」

「我在書上看過，人在清晨醒來的時候是最難看的，可美人兒就是美人兒，我們恪王爺即便是清晨醒來，依舊好看得讓人心動呢！」謝清溪說著還伸手去摸他的下巴。

「哪本書上教妳的？我看妳如今看的書都稀奇古怪的。」陸庭舟從不約束謝清溪，不過如今聽她時不時地講些奇怪的話，他還真的有些哭笑不得。「好了，該起身了。」陸庭舟霍地一下挺起腰身。

謝清溪還懶懶地趴在他懷中，整個人就突然被他帶了起來，她有些無語地看著他，這腰力未免也太好了些吧？

陸庭舟喚了人進來，就見朱砂和月白領著幾個小丫鬟進來了。

因為陸庭舟並不慣讓丫鬟服侍，所以如今都是謝清溪先服侍他穿好衣裳，再讓丫鬟伺候自己更衣。好在陸庭舟的常服紐扣雖也華麗，可並不難扣，她很快就幫他換好了衣裳。

他在漱口洗臉的時候，謝清溪正在換衣衫。此時正值夏日，她穿的是薄紗一般的衣裳，六層輕紗層層疊疊的，但並不繁重。

早膳仍是由謝清溪定的，陸庭舟真不挑，兩人在一塊兒後，他都是跟著謝清溪吃的，從來不會提出什麼意見。有時候謝清溪光顧著點自個兒喜歡的，他呢，也不說話，就挑他能下嘴的吃。不過兩人在一起也算是吃了一、兩個月的飯了，謝清溪多少摸清楚了他這吃飯的習慣，反正口味都是江南口味，只要別太酸、太辣、太甜就成了。

「咱們今兒個吃完早膳去幹麼？」謝清溪到了莊子上就有點閒不住，總覺得非得找點事情做，才對得起來這莊子上一回。

陸庭舟見她興致勃勃的，便說：「如今這天氣太熱了，咱們去釣魚吧？莊子上的花園有一座湖泊，引的是外頭的活水，裡面養了不少魚。」

「這個好！我在永安侯府住的時候，就喜歡和我表姊在湖裡划船，永安侯府的湖裡還有蓮花，一到了夏天，蓮葉能占滿了半邊池子呢！」謝清溪一提到這個，心情就特別的好，還指手畫腳地比劃著。

陸庭舟知道她是真心喜歡，便讓她快些吃飯，吃完了他就帶著她去划船。

謝清溪把碗裡的粥喝完了，就再不吃了。

陸庭舟見她連平素喜歡的小籠包都不吃了，便問道：「可真吃飽了？」

「吃飽了！」謝清溪乖巧地點頭，小模樣別提多好玩了，陸庭舟便起身。

謝清溪趕緊跟上，結果到了門口的時候，就看見湯圓正從外頭進來呢！

「牠坐過秋千了？」謝清溪問著站在外面的滿福，湯圓大概是真的被陸庭舟養出了祖宗的脾氣，如今早上要是不帶牠坐一回秋千，牠連飯都不願意吃。

滿福趕緊點頭回道：「回王妃，湯圓大人已經坐過秋千了，連早膳都用過了。」

「湯圓，跟上。」陸庭舟剛踏出門口，就朝已經盤身窩在地磚上的湯圓叫道。大概是這天真的熱了，這樣涼颼颼的地磚，牠反倒是喜歡得很。

湯圓懶懶地看了一眼陸庭舟，居然沒搭理他的叫喚。要是擱從前的話，就算陸庭舟不叫牠，牠自己都能顛顛地跟上去。

謝清溪也瞧見湯圓的反應了，自從陸庭舟醒來之後，她發覺湯圓對他就有些愛搭不理的，這可真是滑天下之大稽了。謝清溪一直以為，這世上能和她一樣喜歡陸庭舟的，也就只有湯圓了，雖然她這會兒還對陸庭舟昏迷又沒和她通氣這事感到生氣，不過宮裡頭人多口雜，那時她身邊又都是太后的人，只怕如今陸庭舟連太后都信不過了吧？所以她多少也有些瞭解。可是湯圓為什麼生氣，謝清溪可就不知道了。

誰知她剛準備過去，就見陸庭舟跨步走了過來，一把抱住了湯圓！謝清溪被他嚇得趕緊跟上前，但他走得太快，謝清溪只得提著裙襬跟在身後。

還好陸庭舟後來顧念她走得慢，步子總算跨得沒那麼大了。

謝清溪抓著他的手臂，著急地勸道：「你大人有大量，別和湯圓一般見識嘛！」

此時齊心也跟了上來，他不敢說話，只小跑跟在後面，見謝清溪給他使眼色，他無奈地擺了擺手，又搖了搖頭，不敢開口呀！

謝清溪就這麼一路小步地跟著陸庭舟，不料卻看見他懷中的湯圓正以一種「我很舒服」的眼神看著她！謝清溪瞬間有一種白擔心的感覺。

此時陸庭舟突然停住，看著身後的齊心，吩咐道：「你讓人去廚房拎兩籠雞過來。」

齊心瞧了王爺一眼，古怪地應了聲，就急匆匆地去了廚房。

謝清溪覺得奇怪，問道：「你讓齊心去拎雞幹麼？」

陸庭舟輕輕笑道：「妳等等就知道了。」

小徒弟蘇通跟在齊心身後，小聲問道：「師父，王爺這是要幹麼啊？」

「主子的事也是你能問的？」齊心瞪了他一眼。

蘇通趕緊閉嘴，不過還是跟在他身後往膳房去了，待到了莊子的膳房裡頭，就見此時裡面已經熱火朝天的，大概都在準備著午膳要用的食材吧。

裡面的師傅，還是謝清溪喜歡的那個江南廚子，他做的菜實在是對了謝清溪的胃口，所以她就算是到莊子上來，都要把他帶著。

恪王府裡的奴才都是登記在冊的，但凡進了王府當差，八代祖宗都得查清楚，而像廚子這等緊要職位的，別說自個兒了，就連全家都得在王府上。

這個廚子叫汪德順，是個蘇州人，在蘇州那邊做菜是鼎鼎有名的，只是開的酒樓生意不好，所以便進了王府當差，就連老婆、孩子都一併在府裡，兒子就在王爺的前院裡頭當差，至於媳婦則是在王府的花園裡做事。

恪王府裡頭光是做菜的廚子就有四個，汪德順原本並不顯眼，只因為陸庭舟從不讓人知道他的喜好，尋常吃食都是齊心在張羅的。

可自從王妃娘娘進府之後就不同了，王妃吃過這四個人的拿手好菜後，覺得汪德順做的膳食最合她的心意，所以如今府裡頭的人都知道，汪德順做的東西得了主子的眼，就連廚房管事的都要高看他幾眼呢！

此時廚房管事的趙明全一見齊心過來了，趕緊上前，笑呵呵地便問：「齊總管今兒個怎麼親自到這兒來了？您要是有什麼想要的，只管讓人過來跟我說一聲就是了！」

以前還沒王妃娘娘的時候，說句白的，這王府裡頭王爺排第一，齊心那就是排第二了，畢竟他是打王爺小的時候就跟在王爺身邊的，極受王爺看重。

齊心知道那邊等得著急，忙說道：「趕緊讓人給我搬兩籠雞過來。」他想了一下，又補充道：「要活雞啊！」

趙明全被這個要求給弄懵了，你說齊心要是讓他給上個全雞宴的話，他還不至於這麼吃驚呢，可是要兩籠活雞，這是要幹麼去啊？結果他剛想問，就見齊心瞪了他一眼，揮手示意他趕緊去。趙明全雖是管著廚房的，可這廚房離主子太遠了，他尋常也不能到主子跟前伺候，自然得和這些貼身伺候主子的人打好關係，而齊心就是他頭一個得巴結的，所以他應了一聲，就讓人去搬來兩籠活雞。正好今日別處剛送了兩筐活雞過來，要不然他一時還真不好弄來呢！

齊心瞧著籠子裡頭活蹦亂跳的雞，趕緊揮手讓人抬走。

結果此時膳房裡頭衝出來一個膀大腰圓的漢子，攔著要抬雞的人說道：「唉唉唉，這是要往哪兒抬去啊？這雞我還有用呢！」

趙明全一見是汪德順，趕緊上前扯了他一下，又瞧了齊心一眼，接著便怒斥道：「這是齊總管要的雞，你哪那麼多話呢！」

汪德順有些委屈，趕緊道：「趙管事，我先前就和您說過今兒個要做雞絲湯煲的，如今這雞全拿走了，我還怎麼做啊？」

齊心是在陸庭舟跟前伺候慣了的，他知道陸庭舟拿這雞幹麼去呢，所以立即就說道：「你別著急，這雞一會兒就給你送回來！」

謝清溪看著這些雞被放入院子裡頭，陸庭舟把湯圓扔了進去後，抱起她就坐上了院牆。對於翻牆這種事，謝清溪一直是心有餘而力不足的，誰知這會兒竟被陸庭舟攔腰抱著就上了牆頭。

此時院門已經被關上了，整個小院中間就是一群無辜的雞，還有一隻虎視眈眈的白湯圓。謝清溪看著這麼驚心動魄的場面，都忍不住要為這群雞傷心了。這群活潑的雞因剛被放出籠子，都還活蹦亂跳個不停呢！

湯圓許久沒瞧見這麼吵鬧的生物了，如今牠身邊圍繞的都是各種兩腿直立行走的低等生物，不過那些低等生物說話都是輕聲細語的，和面前這些不一樣。

沒一會兒，湯圓的本性就慢慢暴露出來了，牠悄無聲息地朝著那群雞走過去，待要走到跟前的時候，突然做出一個前撲的動作，緊接著一躍而起，就將其中一隻雞撲倒了！

其餘的雞大概是被這突如其來的龐然大物嚇著了，驀地嘰嘰喳喳地往院子的各個角落跑。

謝清溪看見湯圓用前爪撥弄了下那隻被牠壓在身下的可憐雞，忍不住問道：「湯圓會咬死這隻雞嗎？」

陸庭舟目光幽深地看著湯圓，緩緩地說：「不會。」

謝清溪剛想笑說「狐狸吃雞好像是天性，怎麼可能不會嘛」，可下一秒，湯圓又撥弄了一下那隻顯然已快被嚇昏過去的雞後，又一躍地往旁邊跳去，牠真的沒咬死那隻雞！

謝清溪說不上是震驚還是訝然，可在心底她又隱隱覺得這才是湯圓該做的。牠並不是一隻尋常的狐狸，牠是一隻被人伺候的狐狸，牠是一隻被關在籠子裡的狐狸。

她霍地轉頭看著陸庭舟，眼中是深深的難以置信。

陸庭舟看著在院子裡活潑不已的湯圓，半晌才說：「我很小的時候，太監們怕湯圓把我抓傷，所以剪短了牠的指甲，那時候湯圓一直悶悶不樂的，我以為是自己對牠不夠好，便拚命地給牠吃東西，還抱著牠一塊兒坐秋千。」

一隻從來不會自己捕捉食物，還會坐秋千的狐狸。謝清溪這才發覺，與其說湯圓是隻狐狸，倒不如說牠是個孩子。

「可等我長大之後，才發覺這樣養著湯圓只是害了牠而已，如今牠再也離不開別人的伺候，要是把牠丟在野外，只怕連吃的東西牠都抓不到。」陸庭舟有些嘲諷地笑了笑，轉頭看著謝清溪。「妳覺得我和湯圓像不像？」我們都是被關在籠子裡的人，錦衣玉食地養著，卻什麼事都不問，什麼事都不管。「我不想成為第二個成王。」陸庭舟看著謝清溪，目光灼灼地說道。

謝清溪抓著他的手臂，他們兩人的腿都懸在半空中，抬頭是一片湛藍天空，下面是一群被追得無處可逃的雞。湯圓似乎很喜歡這個追逐的過程，牠不停地將這群雞從院子這頭追到院子那頭，卻絲毫不想咬死牠們任何一隻，可真是隻善良的狐狸啊！

「所以我才要去遼關。馬市是一個機會，是一個我可以正式進入朝堂的機會。」之前陸庭舟雖也有辦過差事，可不過是些零碎小事而已。

謝清溪將頭靠在他的肩膀上，兩人肩並肩地靠坐在一起，遠遠看來真是一副恬靜又安逸的畫面。

「你只管按著你自己的想法去做就好，不管怎麼樣，我都會陪在你的身邊。」謝清溪轉頭認真地看著陸庭舟。

是真的會一直陪在你身邊，黃泉碧落，我都陪你走一遭。

我不願你做籠中鳥，我不願你為了消除皇帝的懷疑，讓自己變成一個聲色犬馬的人。所以你努力去做，讓自己變得足夠強大，強大到手中的權勢足夠烜赫，誰都不可以輕易動你，誰都不可以強迫你再去做你不願的事情。

陸庭舟看著謝清溪，知道她是明白自己的。其實他並非迷戀權力之人，不過陸家人骨子裡都有一種強勢，試圖去掌握一切的強勢。

謝清溪突然扶著他的肩膀站了起來，轉了個方向朝外頭看去。不遠處就是陸庭舟說的那個湖泊，此時一隻小船正停靠在岸邊，湖邊長滿了荷葉，荷苞正值盛開。

「小心！」陸庭舟怕她摔了下來，趕緊站起身扶著她。

謝清溪指著遠處說：「都說站得高才能看得遠，果然沒錯。我也覺得如果人生一抬頭就是個四四方方的框子，那實在是太無趣了，所以我想和你一起看遍這江山萬里，你的江山萬里。」

待湯圓玩累了，謝清溪就進去抱著牠出來，不過牠原本雪白的皮毛因在地上滾了不知幾圈，早已經是灰撲撲的，而牠再看見陸庭舟時，眼神都是明顯的討好。

所以……王爺方才只是在哄牠開心嗎？

謝清溪這會兒頗為高興地指著裡頭的雞說：「讓廚房今兒個弄個全雞宴來吃吃，什麼蔥油雞、麻辣雞、叫化雞都可以做！」

陸庭舟要拉著她回去換衣服，謝清溪卻是一點都不在意。

她拉著他便說：「你剛才哄湯圓開心了，現在輪到我哄你開心了！」說完拉著陸庭舟就往湖邊去。此時船上的垂釣工具已經擺好了，就連魚餌都是最新鮮的。謝清溪讓人在湖邊摘了兩片荷葉給她，她自個兒拿了一片頂在頭上，又想給陸庭舟舉著，可他實在是太高了，謝清溪舉得手痠，忍不住問他多高。

陸庭舟歪頭想了一下。「五尺六寸吧。」

她被他突如其來的歪頭給萌翻了，結果聽他說完，又開始將尺寸換算成現代的單位，算了半天這才大概算出，他身高應該在186公分左右。

謝清溪以前在家的時候就給自己量過身高，她大概是163公分，他們倆之間的身高差是23公分，這應該是最萌身高差吧？據說這種身高差最適合接吻，不過陸庭舟從來沒站著親過她，所以她打心底對於這個答案有些遺憾。

沒多久，陸庭舟就親自撐著船往湖中心划去。

蘇通原本想派了小廝跟著的，不過王爺不讓跟，王爺說過的話，基本上沒人能勸服他，而唯一能說得動他的謝清溪，這會兒正拿著荷葉給他擋太陽呢，她才不想要這些電燈泡跟著。

後來齊心又說，讓人乘另一條船跟著，這樣主子有什麼吩咐，也好立即辦了。

待到了湖中心，陸庭舟就把魚竿甩了出去。

謝清溪盤腿坐在他旁邊，身旁還有切好的水果，她順手給陸庭舟餵了一塊香瓜。這種小香瓜聽說是貢品，今年內務府一共就十來筐，皇上自個兒留了兩筐，給太后送了一筐，恪王府也得了一筐。謝清溪知道這是好東西，問了陸庭舟的意思之後，就讓人送了四、五個去謝家，餘下的部分，一半放在冰窖裡頭冰著，還有一半就這麼切開來吃了。

朱砂也是頭一回見著這種小香瓜，她都不知道怎麼切，又怕底下的小丫鬟把瓜切壞了，最後還是謝清溪教她的，把瓜皮削掉，對半切開，把瓜裡頭的籽挖掉，再切成一小瓣的就成了。

這香瓜是用成窯五彩小蓋盅放著的，把蓋子一掀開，裡面的瓜都還冒著冷氣呢，看來這個是被冰鎮過的。

陸庭舟道：「今年的香瓜倒是更甜一些。」

謝清溪知道他這人要求完美，嘴上雖不會挑剔，可要想讓他說聲好，比登天還難呢！所以這會兒她就笑道：「難得你喜歡吃，索性我讓他們都放在冰窖裡冰鎮了。」

「妳不是已放了一半冰鎮了？另一半沒冰鎮的，妳留著自個兒吃。女子本就性屬陰，吃太多冷的不好。」陸庭舟難得教訓她。

這時謝清溪一轉頭就看見那魚線不停地動著，她一著急，整個人就跪了起來，扶著船舷往水面看去，急問：「可是有魚上鈎了？」

陸庭舟抿著嘴沒說話，可是眼睛裡頭卻是流光溢彩，顯然也是快樂極了。他一拉魚竿，就見一條大魚被他拽了上來。

「快快快，放在船板上！」謝清溪著急地說道。

陸庭舟依舊抿著唇，把魚摔到了船板上。這魚又肥又大，魚鱗在陽光底下金光粼粼的，牠還不停地翻動彈跳著。陸庭舟正起身準備將牠抓住呢，結果就見牠一躍而起，眼看著就要重新跳入水裡了。

說時遲那時快，謝清溪突然一個猛撲過去，死死地將魚壓在了懷中！

她整個人趴在船板上，抬頭看陸庭舟的時候，他臉上先是驚愕，隨後就是震天的笑聲，他笑得實在是太暢快了，幾乎連眼淚都笑了出來。

謝清溪看了一眼懷裡還在垂死掙扎的魚，聞到了撲面而來的魚腥味。

陸庭舟笑著說：「妳怎麼就和湯圓一模一樣？」

這魚是釣不了了，陸庭舟一邊笑、一邊把船往回划。

謝清溪已經把魚放在木桶裡面了，瞧著牠歡快地遊著，她忍不住趴在桶邊開心地問：「咱們今晚是紅燒吃，還是清蒸啊？」結果她一說完，又默默追加了句。「我還是喜歡喝魚湯。」

陸庭舟一聽，又笑得不能自已了。「我還以為妳要放過這條可憐的魚呢。」

謝清溪看了一眼自個兒濕淋淋的胸口，振振有詞地說：「為了牠，我臉都丟光了，幹麼還不吃？」

待兩人回了院子，謝清溪趕緊讓朱砂她們準備熱水給她洗澡，這胸前的魚腥味真是快把她熏死了。等她洗完澡出來的時候，就見陸庭舟已經不在了。

月白趕緊道：「方才齊心總管過來說，宮裡頭來人了，所以王爺去了前院。」

待謝清溪頭髮都要擦乾了，就見陸庭舟從前院回來了。她正拿著一本話本在看，聽說這是京城最近賣得最火的話本，講的是一個長工不在家，地主勾搭了他老婆，最後長工不堪受辱，撞死在地主家門口，結果地主還不甘休，竟打死了長工全家，最後長工的事情驚動了天上的神仙，神仙不僅弄死了地主，還將長工的老婆浸了豬籠。謝清溪對於神仙浸凡人豬籠這件事持保留意見，不過這個話本確實有意思多了。

陸庭舟坐在她對面，一看她手上的東西便皺了下眉頭，問道：「這話本妳從哪兒來的？」

「我讓我六哥哥給我買的。」謝清溪看了一眼封面，笑著問道：「你也看過嗎？」

「這本書現在是禁書。」陸庭舟說道。

謝清溪就知道會是這個結果，這書雖說是用地主和長工的故事來代替，可看了書的人都知道，這是暗指如今沸沸揚揚的奪妻案。

「這個地主可是很不得人心啊！」謝清溪意有所指地說道。

「今日康王府中幕僚狀告他草菅人命，殘害張氏一門，如今大理寺已經受了此案。不過，皇兄卻是將此案和先前的寧王一案都交由我審理。」陸庭舟輕聲說道。

謝清溪霍地抬頭，眼中盡是不敢相信。

「皇兄的意思是，這兩案都涉及皇室，所以理應交由宗人府審理，而如今皇室中最適合的人選就是我了。」陸庭舟倒是一點都不吃驚。

可謝清溪卻是一下子握住拳頭，皇帝這是把他架在了火上烤啊！一邊是皇帝，一邊是兩個皇子，陸庭舟如果按著皇帝的意思，寧王和康王最後奪爵、圈禁的下場是再少不了的。可是，如果這屠刀是陸庭舟砍下的，到時候不管是宗室還是朝堂上，都會對他議論紛紛啊！

下午陸庭舟一直在前院，謝清溪看著夜幕漸漸降臨，上午的歡快彷彿過去了好久一般。

此時莊子外，一人正策馬疾行而來，待他到了莊子，便從馬上一躍而下，敲了一會兒的門後，來人開了門。

門廊裡頭掛著兩只大紅燈籠，門房上的看著門外的人，這一瞧便是個貴人，便客氣地問道：「請問您是哪位?可有名帖？」

「謝清駿。」

門房上的一聽這名字，只覺得熟悉啊，結果再一細想，這可不就是王妃娘娘的親哥哥！他趕緊開了門，在燈光之下仔細一看，這位長得可真夠俊俏的！都說府裡的王妃娘娘美若天仙，如今一看這位王爺的大舅哥，長得也是真好看。門房上的人趕緊將他請了進來，請他稍等一會兒，然後立即就急匆匆地往裡頭通報去了。

陸庭舟正在書房同幕僚曾先生探討他接手此案的後果，就聽人來稟報，說謝清駿來了，他趕緊讓人去請謝清駿到書房裡頭來。

曾先生立即起身，道：「王爺這邊若是沒什麼事，屬下便告退了。」

「先生不用著急離開，恒雅不是外人。」陸庭舟示意他不要緊張，坐下等著就好。

曾先生聽到他這麼一說，便點了點頭，只是沒再坐下。曾先生雖不在朝中做官，卻是對這位謝清駿的大名早有耳聞，所以他自然也想見見這位天縱奇才。

謝清駿來得很快，一進書房就看見除了陸庭舟之外，竟是還有一人在。不過他也知道，陸庭舟定不會留無關緊要的人在這裡，所以便淡淡一笑，抱拳道：「這麼晚到訪，還望王爺不要見怪。」

「恒雅說這話實在是太客氣了，你我本是一家人，何須這般見外。」陸庭舟上前虛扶了他一下，這才向他引薦了曾先生。「這是我府中的幕僚，曾先生。」

「見過先生。」謝清駿客氣地同曾先生打招呼。

曾先生趕緊回禮，抬頭時才乘機打量了面前之人。人的名，樹的影，如今乍然初見，便覺得京中關於謝氏恒雅的諸多傳聞竟是一點都沒有誇張，他身上帶著一種極動人的氣韻，彷彿這天地間的氣韻和靈動都匯聚於他一人之身。

曾先生心中不停地點頭，本以為恪王已經是這世間少有的高山流水之人物，可如今面前這位竟是同恪王完全不同的氣質，兩人散發著獨屬於自己的光華，在彼此的映襯之下，不但沒有黯然失色，反而愈加耀眼奪目。

「恒雅這麼晚過來可是有急事？」陸庭舟請兩人坐下之後，便好整以暇地看著他問道。

謝清駿沈思了一下，這才問道：「皇上讓王爺審理寧王、康王兩案的事情，王爺已經得了旨意嗎？」下午在宮中聽聞此事後，謝清駿便漏夜前來，希望能趕在皇上之前將此事告知陸庭舟，讓他在皇上未下旨前找個藉口將事情推了。

「怎麼，恒雅此次過來是為了此事？那多謝恒雅好意，我已得知。」陸庭舟倒是一點都不著急，左右此事皇帝已經下了旨意，他不能抗旨，自然只得接下旨意了。他伸手將擺在案桌上的一本摺子遞給了謝清駿，緩緩開口道：「大概是巳時初，懷濟親自過來傳的旨，皇上將此兩案著我辦理。」

「康王一案不過是早上才呈交大理寺的，那……」謝清駿沈默了。那就說明，皇上一開始就打算把寧王案交給陸庭舟辦理，誰知中途居然又冒出一個程咬金，將康王也一塊兒告了，所以皇上便趕緊將兩案都交給陸庭舟辦理。如今看來，別說不能推，只怕皇上根本是打定了主意。恪王是以休養為名才來西郊莊子的，可皇上硬是在此時下旨，那就說明稱病這條路已是走不通了。

雖說此番謝家並未涉及其中，可是不管是寧王還是康王之事，都是因林雪柔而起的。如今在後宮之中，聽聞文貴妃已經開始三番兩次地找林氏的麻煩，而皇上似乎也有些不耐煩了。

「無論是大皇子還是二皇子，他們都是我的子姪，我自然不忍他們落得如此下場，可這次的關鍵並不在我，而是在皇上。」陸庭舟看著擺在案桌之上的五彩琉璃燈罩，搖曳的燭火在裡面跳躍著。

「那王爺有什麼打算？」謝清駿到底還是擔心陸庭舟，畢竟此事就是個燙手山芋，現在落在了陸庭舟手上，整個朝堂的人都在看陸庭舟要如何處理。

這時，齊心站在外面，恭敬地問道：「王爺，王妃娘娘派人來問，今兒個晚膳擺在何處？」

書房中原本凝滯的氣氛彷彿在這一瞬間煙消雲散，陸庭舟嘴角露出一絲淺笑，就連謝清駿都忍不住輕輕搖頭。

「天大地大，吃飯最大。曾先生也先回去用膳吧，此事明日再議。」陸庭舟霍地站起身。待他走到門口，便吩咐齊心道：「你讓人將花園的燈點亮，今日晚膳擺在花園水榭中，你派人去請王妃過來。」

陸庭舟自然是同謝清駿一同而去，剛出了院子門，他便笑道：「若是待會兒清溪瞧見恒雅你，指不定有多歡喜呢！」

「我還有一事想要請教王爺，不知王爺可否如實相告？」待走到花園邊，整個花園已經點上了數百盞宮燈，燭火搖曳，璀璨流轉，將漆黑的湖面都照得光亮無比。

此時湖裡點著不少蓮花燈，小小的火苗在水光中跳躍，猶如天山繁星投射在湖水中的倒影，明亮不滅。

「有什麼話恒雅只管問便是，對你我知無不言。」陸庭舟依舊是輕笑，只是眸光閃爍，似乎隱隱猜測到了什麼。

他和謝清駿往前走了兩步，而身後提著宮燈的齊心則是略緩了幾步，連帶著後面伺候的小廝都只能看見兩人的背影，聽不見他們交談的話。

「不知王爺近日可見過成是非成先生呢？」謝清駿知道拐彎抹角對陸庭舟沒有絲毫的用途，乾脆開門見山地問道。

誰知陸庭舟聽完後，先是搖頭，隨後就是豁然大笑，這笑聲似是驚訝，卻又彷彿了然，旁邊的謝清駿目光沈沈地看著他朗笑。

待許久之後，陸庭舟才看著他說道：「若是叫我選這世間最深不可測的對手，我原以為是恒雅你，不過如今看來，這位成先生才該擺在第一。看來他早就察覺到我的意圖，甚至知道我已經發現了他，所以他提前向清駿你求救。不過最可怕的是，他居然還能預測到，我並不會殺他，因此他才能活著等到你今日來救他。」陸庭舟悠然一笑，寥寥數語便將成是非的想法猜透。至於成是非，卻是早就猜透了他的想法。

謝清溪最近喜歡吃水果，特別是拼盤水果，誰知廚房裡頭有個師傅居然雕花雕得特別厲害，就算是尋常的梨子、蘋果，他都能雕出各種花來。

所以她畫了張南瓜燈的圖，讓這個師傅雕個南瓜燈出來，結果師傅卻不知道南瓜是什麼，立刻著急上火地來問朱砂，朱砂也為難了，好在朱砂素來和謝清溪熟慣了，乾脆就直接問了。

謝清溪想著莫非這南瓜是國外傳過來的，現在還沒有？不過她還是稍微描繪了一下。而朱砂作為謝清溪身邊的大丫鬟，打小也從沒下過廚房，因此也只能和師傅稍微描述一下。

那師傅一聽，拍了腦袋就「喲」了一聲，這不就是倭瓜嘛！

這南瓜燈也不難做，就把南瓜上頭先挖個蓋子，然後把整個南瓜給掏空了，再在上頭按著謝清溪畫的模樣雕出鼻子、眼睛、嘴巴。今兒個剛搬過來的時候，朱砂在裡頭放了根白蠟燭，南瓜燈就發出亮黃的光。

院子裡頭的都是小丫鬟，此時各個都跑出來看，覺得這南瓜燈真是好玩，特別是那個嘴巴，居然是鋸齒形狀的。

謝清溪想在陸庭舟跟前顯擺，就讓人搬到水榭裡頭去了。

湯圓瞧見了就走不動了，在南瓜燈旁邊轉啊轉的，還不時地伸出爪子抓著。

謝清駿一臉沈重地走到水榭邊，就看見一隻白狐狸正圍著一個會發亮的瓜在轉悠，旁邊站著一個穿著鵝黃宮裝的女孩，她看見狐狸伸了一隻爪子要從雕空的一處進去，趕緊蹲下來將牠往後拉開，偏偏狐狸還非要往前去。

「清溪。」謝清駿忍不住喊了她一聲。

謝清溪一轉頭，就看見站在燈光之下長身玉立的男子，皎皎如白玉的臉龐，此時正滿臉溫柔地看著自己。

這月色太美，將一切都蒙上了一層柔光，謝清溪忍不住提著裙襬，一路小跑過去，待到了他跟前，抬頭便歡快地問道：「大哥哥，你怎麼來了？」隨後她又傻笑了一下，似乎也在笑自己問了個傻問題，仰著頭輕笑道：「肯定是來看我的吧？我就知道你們肯定會想我的！」

「是呀，我們想妳了，妳怎麼不知道回家看我們呢？」謝清駿還是忍不住想摸她的頭髮，可是如今她的身分不僅僅是他謝清駿的妹妹，她還是恪王妃。

就在謝清駿若有所思時，謝清溪上前就挽住他的手臂，輕聲說：「因為我要等著哥哥來接我回去啊！」

謝清駿眼睛突然一酸，轉頭看著她，笑起來卻是無限寬慰。他拍了下她的腦袋，教訓道：「說什麼孩子話？王爺還在旁邊呢！」

陸庭舟稍微笑了一下，不過卻意味深長地看了一眼謝清溪。果然在謝清駿跟前，他的地位就會迅速下降。陸庭舟雖然早預知了這點，可還是忍不住搖頭，看來媳婦還得好好教啊！

陸庭舟轉頭看向湯圓時，就驚見牠已經把爪子伸到南瓜燈裡面了！

一聲淒厲的叫聲響起。

謝清溪驚魂未定地看著湯圓，就見陸庭舟已眼疾手快地抱起牠，一腳將南瓜燈踢得老遠。陸庭舟趕緊摸了下湯圓腳上已經燎著的皮毛。

謝清溪聽湯圓叫得實在是淒慘，心疼得眼淚都要掉下來了，趕緊上前。

結果陸庭舟卻冷冷地看著她說：「如果妳不能好好照顧牠，就別帶牠玩這些危險的東西！」

這是陸庭舟頭一次這般嚴厲地對謝清溪說話，謝清溪眼裡蓄著眼淚，趕緊點頭說道：「對不起，是我沒照顧好牠！我們趕緊給牠包紮一下吧！」

「算了，妳別管牠了，我怕妳再管牠，牠連命都沒了。」陸庭舟將湯圓抱在懷中，此時湯圓大概是真的疼得厲害，窩在他懷裡一動也不動的。

謝清溪看著牠黑了一圈的皮毛，心裡更是難過，後悔自己剛才沒讓朱砂她們把南瓜燈放遠一點。

此時一直在旁邊聽著的謝清駿，忍不住將謝清溪護在身後，沈聲道：「王爺，清溪並非有意的，你又何苦這般說話？」

「清駿，這是我們的家事。」陸庭舟對謝清駿說話還算克制。

謝清溪生怕謝清駿和陸庭舟對上，趕緊拉了他一把，立即便說：「大哥哥，是我不好，沒有看住湯圓，你別和庭舟生氣。」

陸庭舟在聽見她軟軟地叫「庭舟」兩個字時，臉色陡然一軟。

可謝清駿卻突然握著她的手腕，冷冷地盯著陸庭舟。「王爺是天潢貴胄，自然是精貴，不過如今難道連王爺身邊的一隻狐狸都比我妹妹精貴不成？」

陸庭舟的眼神也變得冷漠無比，似乎是覺得謝清駿說話太過不客氣了。他一下一下地摸著湯圓的皮毛，似是在安撫牠，又似乎是在震懾謝清駿，半晌後他才冷冷說道：「湯圓陪在我身邊多年，已算是我的家人。」

「王爺的意思我明白了，既是如此，今日我便將清溪領回去，王爺只管陪這位家人便是！」說著，謝清駿便怒氣沖沖地拉著謝清溪離開。

謝清溪從頭至尾都還沒說什麼話呢，就被謝清駿拉著離開了。

此時他們離開了水榭，謝清溪忍不住回頭看了一眼陸庭舟，誰知他竟只是低頭看著湯圓，一下一下地摸著牠的背，她忍不住哭了出來。謝清駿拉著她一路往前走，待走到花園邊的時候，謝清溪才掙扎著站住。謝清駿回頭看她。

她低著頭，可憐兮兮地說：「大哥哥，你快別生氣了，小船哥哥他平時從來不這麼對我的，是我不好，一天到晚就會帶著湯圓瞎玩，這會兒還害得牠受傷了。」

「那不過是隻狐狸罷了，再精貴難不成還能比得上妳嗎？」謝清駿忍不住氣惱道。

誰知謝清溪居然還認真地點頭，認真地解釋道：「湯圓不僅僅是隻狐狸，牠陪著庭舟很久了，比我認識他還久，所以他見湯圓受傷，難免會著急。」

謝清駿忍不住抬頭看著謝清溪，心疼地說：「可他那麼對妳。」

「他也不過是說了兩句重話而已。」此時謝清溪臉上忍不住飛上兩片紅雲，羞澀地道：「夫妻之間哪有不拌嘴的？」

謝清駿真要為這個善解人意的姑娘掬一把眼淚了，卻還是拉著她的手臂，輕聲道：「走吧，跟哥哥回家。」

謝清溪沒想到謝清駿居然還這麼堅持要帶自己回家，她不停地往後看，卻一直不見陸庭舟追出來。

此時湯圓趴在陸庭舟懷中，朝著謝清溪離開的方向一直看。

陸庭舟低頭看牠，忍不住輕敲牠的腦袋，輕斥道：「看什麼看？人都被你氣走了！」湯圓禁不住抬頭瞪著他，一雙大眼睛裡滿是委屈，如果牠能說話，這會兒一定會跳起來指著他喊「明明是被你氣走的」！

下一刻，湯圓就掙扎著從他懷中跳了下來，隨後便咬住他錦袍的下襬，一直往外拽。

謝清溪一直到了門口，還在往後看。怎麼就突然變成要回娘家了？她明明都還沒吵架，怎麼就直接跳到回娘家這個階段了？

謝清駿讓人將自己的馬牽來。

這時齊心匆匆趕了過來，看見謝清溪驚喜的面容時，突然覺得接下來的話有點難以開口。

謝清溪滿懷期望地看著他。

齊心只得低著頭，輕聲道：「王爺說了，外面天黑，謝大爺騎馬不安全，讓奴才派馬車送您們回去。」

謝清溪等來等去居然是等到這句話，一下子忍不住就哭出聲來了。

謝清駿心裡原本還不難受的，這會兒聽她哭成這樣便怒了。還坐什麼馬車？馬一牽過來，他讓謝清溪先上了馬，將帶來的披風裹在她身上，就一騎絕塵而走了。

第五十二章

謝清湛今兒個回來得有點晚，最近四大書院之間要展開蹴鞠聯賽，作為東川書院蹴鞠隊隊長的謝清湛，自然是要帶著眾人努力練習的，結果這一練習就晚了，他身邊的小廝張小寶這會兒正哭喪著臉朝他唸叨。

「六少爺，您以後可別這麼晚了，要不然奴才的狗腿就該被老爺打斷了！」

謝清湛一聽就梗著脖子，氣沖沖地說道：「你是我的人，我爹要是敢揍你，你就來告訴我！」

張小寶心裡頭這個感動的啊！可是他感動完了，就不說話了，因為他知道老爺在打完他之後，也會收拾六少爺的。長房裡頭的這些少爺、小姐裡頭，前頭兩位少爺加上四位小姐，估計都沒自家少爺一人被教訓的次數多。

此時正好到了謝府，謝清湛從車上跳了下來，張小寶揹著他的書包、抱著蹴鞠，趕緊跟著跳了下來。

謝清湛正準備進去呢，就看見一匹馬從遠處奔馳而來，他瞇著眼睛看了一眼，喔，是大哥的馬呀！

謝清湛站在臺階上等了一會兒，結果待馬到了跟前，他才注意到馬匹上竟有兩個人。坐在謝清駿前面的人看著像是個姑娘，只是她被裹在披風裡頭，看不見臉。

謝清湛知道這肯定不是大嫂，正要問他哥這誰呢，就看見謝清駿先從馬上跳下來，然後又小心翼翼地扶著那姑娘下來。

「大哥，這誰啊？」謝清湛勾著脖子在那兒看，正想著誰讓謝清駿這麼寶貝呢？就見披風的帽兒落了下來，露出一張淚流滿面的臉。

「清溪兒?!」謝清湛兩大步跨了過去，看她哭得厲害，一下子便急問道：「這是怎麼了？誰欺負妳？反了天了！妳告訴六哥哥！」

謝清駿見他氣沖沖的模樣，立即輕斥道：「你就少添點亂吧！」

謝清湛一聽，立即就要跳起來了，他的小清溪被人欺負，這怎麼能算了？

謝清溪瞧了他一眼後，狠狠地用袖子擦了擦臉蛋，把眼淚擦乾淨了，惡狠狠地問他。

「你覺得我哭過嗎？」

謝清湛有點傻眼了，這都什麼跟什麼啊？

還是謝清駿輕聲道：「妳先去我院子裡，讓妳大嫂給妳換身衣裳，再擦擦臉，免得待會兒讓娘瞧見了。」

謝清溪點點頭。謝清駿領著她就往前頭走。

謝清湛可不能就這麼算了，他趕緊跟在謝清溪身後，不停地問。「清溪兒，妳到底怎麼了嘛？是誰欺負妳了？妳得和我說呀！」隨後謝清湛想了一下，如今敢欺負謝清溪的，除了陸庭舟也就沒別人了，於是他立即握著拳頭，沒好氣地說道：「那麼大年紀才娶了媳婦，居然還不好好寵著，他想幹麼啊？」

謝清溪霍地一下站住，定定地看著他，認真地朝他喊了聲。「六哥哥。」

謝清湛也認真又真摯地看著她。

誰知她卻不緊不慢地說道：「你該去洗澡換身衣裳了，以後蹋蹴鞠少穿點衣服，要不汗味真的太重了。」

謝清湛瞬間石化在當場。

謝清溪瞧著他傻乎乎的樣子，突然覺得心情也沒那麼難受了。「趕緊去洗澡吧，待會兒去娘的院子裡一塊兒吃飯。」謝清溪真怕他傻了，拍了拍他的肩膀，鄭重地說道。

許繹心此時正坐在榻上看書，如今她身子重了，連翻身都有些難動。她聽見外頭的動靜，便知是謝清駿回來了，誰知簾子一掀開，卻是謝清溪的臉出現在眼前。

謝清溪有些不好意思地喊道：「嫂子。」

許繹心趕緊起身。

謝清溪走過去扶了她一下，看著她的肚子，立即吃驚地說道：「妳的肚子如今都這麼大了，該不會是雙胎吧？」

都說有雙胞胎的家族，很容易會遺傳的，謝清溪和謝清湛就是龍鳳雙胎，所以她覺得要是大哥哥也能有雙胞胎孩子的話就真的太好了。

許繹心困惑地摸了下肚子。「我對婦科醫術也只是略通而已，聽聞有專精產科的聖手，是可以透過把脈測出雙胎的。」

謝清溪想了下，道：「也不知太醫院裡有沒有這樣的，要不然請回來給妳瞧瞧也好。」

「那倒不必了，我覺得若真是雙胎，到生產之時再知道，也算是一大驚喜。」隨後進來的謝清駿輕笑地說道，但他看了眼謝清溪，又略思考了一下後說：「不過我覺得還是不要雙胎的好。」

「為什麼呀？你看龍鳳胎多可愛！我和六哥哥兩人小時候就連衣裳都是穿一樣的，娘親帶我們倆出去，誰不誇我們是金童玉女的？」謝清溪很是不害臊地說道。

謝清駿有些佩服地看著她。

許繹心是頭一回見著謝清溪這樣說話，立即便笑了起來，結果笑著笑著，就捂著肚子坐回了榻上。

謝清溪很認真地看著許繹心說：「大嫂，妳還真別笑，我說的是真的！」

許繹心終於停住笑了，她瞧著謝清溪，搖頭說：「我不是不相信，只是妳說得太認真了。」

「就衝著妳和小六這兩個不省心的。他如今倒是越發不像話了，喜歡蹴鞠都快瘋魔了。」謝清駿斜了她一眼，就漏了謝清湛的底。

許繹心趕緊讓半夏進來，找了身自己的衣裳給謝清溪換上，好在她未懷孕的時候和謝清溪一般身形。

待半夏伺候她換了衣裳，相思又給她散了頭髮重新梳。

沒一會兒弄好後，謝清駿這才派人去蕭氏的院子裡，說是謝清溪讓他接回來了，待會兒過去吃飯。

謝清駿他們過去的時候，謝清懋一家已經在了。蕭氏正抱著謝瑋珂在逗她玩，而蕭熙則坐在旁邊一塊兒說話，倒是謝清懋坐在下面的玫瑰椅上。

蕭氏見到謝清溪，先是一皺眉，接著便讓她過去。

謝清溪生怕被她娘看出什麼不妥，過去就呵呵笑道：「我們珂珂現在都長這麼好看了呀！」

蕭熙不聽這話還好，一聽便沒好氣地說道：「是呀，現在像是謝家人了，不是換來的吧？」

「表姊，不過一句玩笑話罷了，妳還記在心上呢！」謝清溪見她氣鼓鼓的模樣，就立即哄她。

蕭熙哼了一聲，唸叨道：「等謝小六待會兒來了，就讓他給我們珂珂當馬騎！」

誰知珂珂一聽她娘說小六，就一下子抬起頭，眼睛又大又亮，抓著她娘的手，歡歡喜喜地笑開了。

蕭熙一見就苦著一張臉，開始跟謝清溪抱怨道：「也不知道謝清湛給我閨女下了什麼迷魂藥，喜歡他喜歡得不行了，一天看不見六叔，簡直連飯都吃不香了！」

「主要還是因為我長得好看唄！」說曹操曹操就到了，謝清湛這會兒已經換了一身衣裳。

謝清湛一進來，謝瑋珂的眼睛是真亮了，張開手臂就要謝清湛抱。小孩子的眼睛本來就又黑又亮，這會兒再一高興，就跟小星星一樣。

謝清湛如今抱小孩都抱出經驗來了，全家就他最似小孩，而且身上小孩喜歡的玩意兒也多，別說謝瑋珂喜歡他，就連大姊姊家的小豆子也喜歡他。

謝清湛將她抱在懷裡頭，就逗她說：「叫六叔。」

誰知，如今連爹娘都叫不利索的謝瑋珂，卻很是給面子，清脆地叫了一聲。「六六。」

「好閨女！」謝清湛很是得瑟地看了一眼蕭熙。

蕭熙氣得直瞪那小白眼狼。

這會兒一直沒說話的謝清懋站了起來，接過謝清湛手裡頭的孩子，淡淡丟了一句。「別帶壞孩子。」

謝清湛這會兒正從懷裡頭掏出一個竹蜻蜓來，這蜻蜓上面塗著五彩顏色，做得還挺精緻的，但還沒等謝清湛拿到謝瑋珂跟前獻寶呢，謝清溪就眼疾手快地搶了過去！謝清湛著急地說道：「唉，清溪兒，妳搶小孩子的東西不大好吧？」

謝清溪哪管他啊，把東西拿到謝瑋珂面前，在她眼前晃了晃，笑呵呵地說道：「叫姑姑，姑姑就給妳。」

坐在親爹懷裡的小丫頭笑呵呵的，還真的清脆地叫了一聲。「姑。」

「乖孩子！」謝清溪摸了一下她嫩豆腐一樣的小臉蛋，將東西遞給她。

謝清懋抬頭看了謝清溪一眼，輕笑道：「和妳小時候一樣可愛。」

謝清溪一聽便笑了，坐在她二哥跟前，笑呵呵地說道：「可我小時候二哥哥都不抱我。」

謝清懋看了她一眼，笑問。「妳怎麼知道我不抱妳？」

謝清溪嘟嘴，輕聲道：「我就是知道。」

「那是因為我怕摔著妳。」謝清懋輕笑著說道。

他這麼一說，反倒是讓謝清溪不好意思了。以前她一直覺得謝清懋是個小學究性子，可如今看來，她二哥哥其實從小就是個心細的人。

蕭氏見這滿滿一屋子的人，原本安靜的院子也陡然熱鬧了起來。

正好外頭晚膳擺好了，一家人便歡歡喜喜地出去吃飯。

出去的時候，謝清溪非要抱著孩子，謝清懋就把謝瑋珂交到她手上。說實話，這孩子養得紮實，看著胖嘟嘟的，抱在懷裡也確實顯重。她雖然喜歡小孩，但說實話，生孩子的事情她還真沒想好，畢竟她這會兒才十六歲，擱現代，十六歲還是個孩子啊！謝家兩個兒媳婦不管是蕭熙還是許繹心，都是二十左右才生孩子呢！

沒想到出去之後，謝樹元正好從外面進來了。謝清溪和謝瑋珂一看見他就高興，兩人同時朝他笑。

謝樹元如今就這麼一個孫女，尋常在外頭還會專門帶些小玩意兒給她，就像謝清溪小時候那會兒一樣，身上掛著的葫蘆串都是羊脂玉做的。

「珂姊兒，想不想爺爺啊？」謝樹元走到謝瑋珂跟前就問她。

小孩子一點都不笨，他們一直都知道誰是那種你要什麼就給你什麼的人，誰又是那種會管著你的，所以謝樹元一說話，她就伸手讓他抱。

謝清溪一見就搖頭，立刻沒好氣地說道：「這孩子太實誠了！」

等吃完晚膳後，蕭氏讓他們都回去了，就留下謝清溪，母女兩人坐在榻上，妳瞧著我，我低著頭的，最後還是蕭氏開口問道：「怎麼突然回來了？」

謝清溪沒好意思說是被陸庭舟凶了一頓，遮掩地道：「王爺說我好久沒回娘家住，剛好大哥哥有事去莊子上，就順便把我接回來了。」

蕭氏點了點頭，不過這會兒她卻是有更重要的事情要說。

謝清溪只聽了大概就明白她娘想說什麼了，蕭氏的意思居然是讓她先避孕，因她如今年歲還小，十六歲可不好生孩子。

「娘……」謝清溪紅著臉叫了她一聲，這話題真是太尷尬了。

蕭氏嘆了一口氣，道：「我也知道妳難做，畢竟恪王爺的年紀比妳大了十歲。」

謝清溪突然想起今天在門口的時候，謝清湛也說陸庭舟那麼大年紀，她突然好心疼她的小船哥哥。

蕭氏繼續說道：「太后肯定著急著要妳懷孕，可是妳到底年紀還小，十六歲就懷孕的話，最後生產肯定是難的，所以娘的意思，是先緩個兩年。妳看妳大嫂和二嫂，不都是二十左右才生的？」

謝清溪點頭，但還是沒說話。她娘這想法倒是挺好的，但她就是怕要是自個兒一直不懷孕，萬一太后給陸庭舟賞個小妾什麼的，她真是沒地兒哭去了。

第二天的時候，朱砂和月白她們就被送了回來，聽說陸庭舟已經進宮面聖去了，至於丹墨和雪青兩人則回王府收拾去了。

謝清溪一瞧見她們倆，就問湯圓傷勢怎麼樣了？

朱砂立即說道：「王妃放心吧，奴婢親自給湯圓剪的毛，就是火燎了一圈毛而已。」

謝清溪這才真的放心了，又想問陸庭舟怎麼樣了？可想了想，卻還是忍住了。

等到下午的時候，月白去拿了東西回來時，卻是慌慌張張的，一見著謝清溪便說：「王妃，我方才去廚房，結果就聽他們在議論，說今兒個康王妃攔了咱們王爺的轎子，在大街上就給王爺跪下了！」

謝清溪霍地一下子站了起來。

朱砂還在旁邊疑惑地說道：「康王爺犯了事，又不是咱們王爺說了算，她給王爺跪，還不如給皇上跪呢！」

謝清溪臉色都白了，這就是皇帝的用意吧？把陸庭舟拉出來，將這場皇家醜聞引到他身上去！

謝清溪雖然這麼想著，可轉頭又覺得不對。此事是因皇上和林雪柔而起的，要不是皇帝納了林雪柔，搶了人家老婆，也不至於鬧到如今這地步。

至於大皇子和康王兩人，誰都知道他們之間就是想相互坑對方，最好能弄死對方，結果不僅兩人都沒落得好，反倒相互都被坑了。

如今皇帝已經奪了大皇子的爵位，大皇子府也被圍了起來，誰都不許進，也誰都不許出。

至於康王府倒是要好一些，康王如今只是被軟禁起來，並沒有像大皇子那般被關在宗人府。大概皇帝在一開始的盛怒之後也冷靜了下來，所以待康王府的幕僚再舉報康王的時候，皇帝並沒有像對大皇子時那般雷霆震怒，反而只是讓人將康王關了起來，所以這就讓康王妃有了機會，況且文貴妃是康王的親生母親，如今兒子落難了，她怎麼樣都會全力以赴地營救，而作為皇帝欽命主審此案的恪王爺，顯然就是她們求情的首要人選。

只怕連陸庭舟都沒想到，康王妃居然會當眾攔了他的轎子。這叫什麼事？不知情的旁人還以為他這個做王叔的有多不近人情呢！

此時，皇帝正在宮裡頭召喚幾位內閣大臣見面。雖說這事他扔給了陸庭舟，可到底還是自己家裡頭的事情，也不可能就這麼撒手不管。何況到底是自己的兩個親兒子，真讓皇帝狠下手，他倒也未必忍心。

謝舫先開口勸道：「如今不過是幾封來往信函和一個人證罷了，依臣看來，這些證據都尚且不能稱為死證，若是單憑這兩樣東西就要定大皇子和康王爺的罪，還為時過早了些。」

謝舫早在家中同謝清駿商議過了，皇上如今將此事交給恪王爺處理，而恪王身為王叔，同兩位王爺並沒有什麼利害關係，所以有可能是皇上想借著恪王的手，將此事的影響壓到最小。

謝舫這麼說，自然是在替兩位皇子求情。不過因他從未參與過皇子之間的黨爭，所以並不存在為誰站隊的疑慮。

此時見他開口了，其他人也紛紛開口，多半都是求情的多，不過這其中未必就沒有給自己求情的。雖然皇上是讓恪王查大皇子、康王兩人，可他們自封王入朝參政以來，不知和這朝堂上的多少人結交過，要是真論起來，只怕京城裡一半的官員都能被打成兩人的黨羽了！

皇帝的性子本就優柔寡斷占上風，也正是他這樣的性格，這兩位皇子如今才能留得一條命的。

此時陸庭舟正在宗人府內，這裡關著的是大皇子，他是被康王告發了的，結果康王這會兒卻被自己府上的幕僚告發了，真是不可謂不諷刺啊！

如今皇上要讓他查，不過意思卻是要查大皇子、康王身邊的幫凶。皇上擺出一副慈父的架子，和他說起的時候，只說不信兩人會這般喪心病狂地謀算皇父，肯定是有人在背後慫恿二人行事的。

陸庭舟聽了只在心中冷笑，他也是和兩人一塊兒長大的，很瞭解這兩人的心性，真讓他們幹出逼宮的事情，他們倒是不敢，不過要是別的事情，估計兩人誰都不會手軟。

這會兒兩人同時在皇上的名聲上做文章，目的就是為了除去對方，他們要不是這麼相互下絆子，何至於就讓一個成是非鑽了空子？

他到了宗人府的時候，直接就去了後堂。這幾日大皇子府早被圍了起來，女眷都是相安無事，只是前院從小廝到師爺，都被抓了起來，不過這會兒沒被關在宗人府，畢竟這塊可是關著皇室宗親的地兒，他們就算想來也得掂量掂量自個兒的身分。

陸庭舟讓齊心打了一盆水進來，這會兒正到了夏天最熱的時候，他從皇宮裡頭出來，就被康王妃攔了轎子，這會兒又趕到宗人府來。就算在遼關管著馬市那檔子事情的時候，都沒現在這麼累，不僅是人累，心也累，勾心鬥角的。

齊心親自端了水進來，伺候他擦了臉，還讓人拿了衣服過來，要讓他換上。

陸庭舟想了下，還是搖頭。這會兒正好要去看大皇子，他那屋子算不得什麼乾淨地方，換了也是白換。

陸庭舟過去時，就看到大皇子正吃著飯，見他進去，還抬頭笑呵呵地打了聲招呼。

「六叔來了。」

陸庭舟看了眼大皇子吃的東西，涼茶、饅頭、一碟鹹菜、一碟炒青菜，青菜連個油星都不見。他登時冷了臉，讓人叫了宗人府的府丞過來，開口就問這飯菜是怎麼回事？

府丞支支吾吾地說，誰進來宗人府都得吃這個。

陸庭舟這回聽明白了，這就是宗人府的標準膳食。他沈吟了半晌才說道：「以後給大皇子上熱茶吧，就算是這麼熱的天，喝涼的也容易拉肚子。」

大皇子聽了這話，噗哧一聲就笑開了。他越笑越大聲，最後連眼淚都笑得掉了下來，看著陸庭舟說道：「還是六叔對我好哇！」

「我對你，豈有皇上對你恩重如山？」陸庭舟聽完這話，就是冷著臉斥責道。

大皇子的眼淚順著眼眶流了下來，卻又低頭咬了一口手裡的饅頭。那饅頭早就硬了，得在嘴裡嚼上許久才能嚥下去，剛開始他還不知道，才嚼了兩口就往下嚥，差點把喉嚨都給割破了。

他喝完水，吃完饅頭，還頗為語重心長地對陸庭舟說：「六叔不該蹚這渾水啊！」

「皇上既然有旨，做臣下的只管接旨便是了。」陸庭舟依舊是板著臉教訓他。

大皇子這時抬起頭，瞇著眼看著面前的恪王爺。就這麼間破屋子裡頭，他一身低調華麗的衣裳站著，不僅絲毫未損他的貴氣，反倒有種讓整間屋子都蓬蓽生輝的感覺。以前倒是不覺得這位六叔有什麼特別的，如今看來卻是陸家裡頭少有的明白人。

要是他那會兒能做到陸庭舟的這分通透，也就不會落得如此下場了對吧？是呀，他一直當自己是皇子，是皇帝的兒子，可是在皇帝之下，他還是皇上的臣子。他只記得了兒子的身分，卻忘了作臣子的本分。

所以他覺得自己去爭去搶是對的，隱約卻又明白，其實父皇有時候並不想讓他們搶得那麼厲害。

父皇老了，所以他怕了。

若大皇子還是寧王的時候，說不定他會開始警惕陸庭舟，但如今他只是大皇子了，大位已離他遠去了，以後誰當皇帝都和他沒了關係。

這也是他能在這裡好吃好喝的原因，他能被關著就知道自己是死不的，畢竟他這點小事，遠沒到逼宮的地步，還不至於讓父皇對自己的親兒子下手。

「如今皇上的意思，是徹查此事，你只管將事情說出來，到時候我定如數向你父皇稟告。」陸庭舟看著大皇子身上的衣裳都是髒污，頭髮只是束起來，沒有任何冠飾。

「沒什麼可說的。」

大皇子雖然前頭和陸庭舟聊得挺開心的，不過這會兒該不說的，人家還是不說。

陸庭舟出了宗人府就直奔著內務府去了，這會兒大皇子府上的小廝都關在這兒。這些人裡頭有太監也有侍衛，當然還有幕僚，這些幕僚是最緊要的，要是真撬開這些人的嘴，只怕京城有不少官員都保不住了。

陸庭舟那邊忙得跟陀螺一樣，太后這邊卻是讓人宣康王妃進宮了。

這幾日康王妃連遞了兩回進宮請安，都沒被允許，結果今日在大街上跪了一回恪王爺，倒是連太后都能見著了，可她如今已是心急如焚，都顧不上泛酸了。雖知道太后見自己，肯定是為了今日之事，不過她現在也算豁出去了，要是康王真沒了，她這個王妃還有什麼體面可言？

等被人領進了壽康宮，太后還沒說話呢，她自個兒就先跪下了，眼淚唰地一下流了下來，哭道：「皇祖母，孫媳知道自己行事無端，可是如今王爺被囚，孫媳也是實在沒法子了啊！」

自從康王被關以來，文貴妃就去乾清宮向皇上長跪求情，後來暈倒在乾清宮門口，皇上讓太醫去看了，說是中暑了，便讓人好生照顧她，到如今都沒出來呢！

文素馨也實在是沒法子了，好在她父親給她想了這麼一招，攔著恪王爺的轎子，沒想到這一攔還真能見著太后。

所以這會兒她只管哭，她不信太后就能眼睜睜地看著兩個孫子出事。此時文素馨倒是挺慶幸自家王爺先把大皇子扳倒了，要不然現在就他一個人的話，連法不責眾這話都不好用了。

太后是氣她壞了陸庭舟的名聲，她這麼一跪，如今在這謠言滿天飛的時候，指不定要傳恪王怎麼虐待自己的姪子呢！

可是如今看見她哭成這樣，又想起還身陷囹圄的兩個孫子，手心手背都是肉，她忍不住嘆道：「這回老大和老二都錯得厲害，不怪皇上會這麼生氣。但如今妳還是皇上欽定的康王妃，隨隨便便就在大街上攔轎子下跪，那是愚婦才會做的事情。妳只管在府上等著，這事如今歸妳六叔管，左右他會如實辦的。」

文素馨聽了這話，只覺得一顆心好像活了過來一般，又是給太后磕了幾個響頭，這才回去了。

京裡頭的事情多，謠言散得也快，先前皇上和林貴妃的事情雖是沸沸揚揚地鬧騰了一陣子。但這回寧王府被抄家卻是被人真真切切地看見了，所以說什麼的都有。

誰知沒幾天，京城裡頭的風聲竟是慢慢變了，說這兩位皇子實被奸人所害，如今皇上還顧念著父子之情，所以不願懲處兩位皇子。一時間，皇上的形象就變成慈和好父親了。

謝清溪在家裡頭待著，聽著外頭這些亂七八糟的事情，一會兒覺得自己那天純粹是自己嚇唬自己，一會兒又覺得後面肯定還有後招沒使出來呢，便又擔心起陸庭舟。

但這麼過了兩、三天，就連蕭氏都覺得不對勁了，這女兒怎麼就在家住下了？

至於謝樹元早就問過謝清駿了，問他那天去接謝清溪回來的時候，王爺是不是不高興了，要不然媳婦這麼幾天不回去，他怎麼也跟個沒事人一樣？

謝清駿是這麼和謝樹元說的——我和王爺都商量好了，覺得這幾日康王妃和她娘家肯定會上門叨擾清溪，所以索性就讓她回來住。

至於中間那麼點爭吵，自然是略過不提了。

陸庭舟照舊把這幾日審問出來的口供送進宮給皇上看，不過皇帝仍不喜歡看奏摺，依舊是喜歡煉丹多些。且之前氣得要殺兒子的心差不多都下去了，這會兒又想起大皇子和二皇子來，還拉著他說了不少他們倆小時候的事情。

然而陸庭舟卻發現，他說的居然一件都不對！一會兒將皇帝自己小時候鬧的笑話按在了大皇子身上，一會兒又將三皇子生病的事情按在了二皇子頭上。他倒是沒反駁，只點頭說是。

末了，皇帝拉著他說道：「朕如今只盼他們都好好的。」

好一顆慈父之心啊！

於是，慢慢地，風向就開始變了。來給陸庭舟求情的人不少，有女眷也想上恪王府的，結果一打聽才知道，恪王妃這會兒正在娘家住著呢，好像是小倆口拌了嘴。

所以謝清溪這邊消停了，可陸庭舟那邊卻越發艱難了，因為他是皇上讓辦差的，如今皇上雖然心軟了，可是卻遲遲不叫停，所以他就必須往下查下去，大皇子府裡的人得審，二皇子府裡的人也得抓。

直到大皇子有個側妃懷了三個月身孕，熬不住流產了，這就跟捅了馬蜂窩一樣，京城裡頭開始傳陸庭舟審案子手段殘酷，居然連孕婦都不放過！

這風聲也不知是從哪兒開始傳出來的，反正越傳就越是有鼻子有眼睛的。畢竟老百姓就愛聽皇家的這些事情，之前皇上的事情好不容易消停了，這回又來了個硬心腸的王爺。

其實大皇子府上孕婦的事情，跟陸庭舟是一點關係都沒有。府裡的人是皇上讓抓的，大皇子府是皇上讓圍著的，如今不管是受了驚嚇落胎還是生了病落胎，那都和陸庭舟沒一丁點兒關係，不過就因為他如今是主審此案的，所以壞的爛的都朝他身上糊就是了。

不過這事情大概真的讓皇上受了點震動，沒一會兒京兆尹就抓著一夥人，聽說他們是見張梁跳了城牆，又聽說張梁家財萬貫，便想著乘機搶了他家。這夥人就是見財起意，想撈點銀子罷了，剛好打劫的人裡頭有個在藥材鋪當幫傭的，便偷了店裡的蒙汗藥給他們，誰知居然拿成了砒霜，所以才毒死了這一家子。

京兆尹去查了那間藥材鋪，幾個月前還真丟了一包砒霜。書上都不會有的情節，這會兒竟出來了。京兆尹的人一審，各個都認罪畫押了，再加上這夥人都說不認識二皇子，那二皇子殺張家人的罪名就不成立。更巧的是，狀告二皇子的那個幕僚在獄中自盡了，聽說是奸計未能得逞，畏罪自殺的。

於是這會兒陸庭舟就又多了一個頭銜——無能王爺。查了這麼久，什麼都沒能查出來，最後還是京兆尹的人先查出來的。

既然這事不關二皇子的事情，那人自然就得放了。二皇子一被放出來就要進宮給皇上請安，結果皇上讓他在家好生讀書。

張家的事情算是了了，可那大皇子還關在宗人府呢！

結果沒多久，就查出來了張梁和大皇子的信是偽造的，根本就不是大皇子寫的。其實這些信是不是偽造的根本就不難查，當初皇帝之所以信了康王的鬼話，那是因為他願意相信，他需要有一個人出來給自己揹黑鍋——你看張梁罵朕的那些話，都是別人指使的；你看京城這些百姓背後議論朕的事情，都是胡編亂造的，根本就不是真的！皇帝只是需要一個發洩口，等他發洩完了，大皇子和二皇子也就沒事了。

陸庭舟這會兒是徹底閒下來了，他躺在自家涼棚下頭，看著頭頂上的那片天空。也不知人是不是真的在天有靈，如果父皇真的能在天上看見，見了皇兄這麼兒戲地處理國家大事，還這麼玩笑般地對待兩個皇子，會不會顯靈呢？

陸庭舟不知道先皇會不會顯靈，他只知道自己是真的厭了，厭惡了皇上這種行事作風，厭惡他說一套做一套的方式，厭惡他每每總要找人揹黑鍋。上回是大皇子，這回是他。

是呀，自己是面冷心更冷的辣手王爺，而他則是心慈的皇父，皇恩浩蕩，萬壽無疆。

真真是皇恩浩蕩啊……

京城風雲變幻得太快，不過短短一個月之間，有些人便從天上地下走了一遭。原以為這回死定了的大皇子，自從被囚在宗人府之後，就連身在宮中的養母德妃都沒有幫他向皇上求過情，而是選擇了保存自身。

這種情況對於大皇子來說是在預料之中的，他和德妃之間也只是利益的相互糾結，他春風得意的時候，她便是辛苦養育他成人的養母；他成了階下囚之時，她就避而不見。

皇帝派太監親自來宗人府宣讀了詔書，寥寥數語，沒有安撫也沒有訓誡，只讓他回大皇子府閉門讀書。

喔，如今那裡不是寧王府了，那個地方只能被稱為大皇子府。大皇子跪在地上，叩謝皇恩浩蕩。

至於比他早幾日放回府裡的康王，看起來比他要好上許多，最起碼爵位還在，最起碼還有人願意為他四處奔波，最起碼不像他這樣嘗過從高處摔下來時那種粉身碎骨的感覺。

陸庭舟還是又進宮了一趟，這一趟自然是為了交差，事情都落定了，自然自己這個主審倒也沒了用武之地。

陸庭舟如今看透了皇上，知道他根本不能管理好這麼一個帝國，可是如果真的讓他退位了，那麼又該由誰繼承呢？自己嗎？

陸庭舟以前從來沒有認真透澈地考慮過這個問題，他並非戀棧權力之人。可是如今他面臨的是整個王朝，只要他邁出去一步，那麼歷史都將重新改寫。陸庭舟也並非在乎歷史的人，他在乎的是這個王朝，在他父皇手中生生不息、蓬勃向上的這個皇朝。

如果有一天他真的得到了這個皇朝，他會比皇上做得更好嗎？

在陸庭舟幼年的記憶之中，皇兄並非一開始就是這樣的性格，那時候他就像所有繼承了皇位的人一般，想要放開手腳大幹一場，想要改變這個皇朝，想要將人民帶到富饒美好的生活當中。

可如今呢？他沈迷在重華宮的美色之中，沈迷在無盡的仙丹靈藥之中，不可自拔。

陸庭舟從不知道權勢可以將一個人變得這麼面目全非，那麼若換成自己呢？

「六弟，在想什麼？」皇帝難得這般正式地叫他。

陸庭舟輕笑一聲，只道：「臣弟只是在自責，這樣重要的線索居然一直沒發現，險些誤了大事。」

「你還年輕，又是頭一回辦這樣的案子，難免有些疏漏，倒也不礙事。」皇帝倒是十分大方疏朗地寬慰了他兩句。

沒過一會兒，他便起身告退了。如今身邊沒有湯圓在，就只有齊心一個人跟在他身後，走到岔路口的時候，他突然頓了一下。

齊心站在身後，剛想問怎麼了？就聽他說——

「去壽康宮吧。」

太后正在禮佛，宮裡頭上了年紀的妃子都愛這麼做，不知是年輕的時候手上殺孽太多，還是只是閒來無事找個寄託。陸庭舟安靜地坐在椅子上等著太后，此時壽康宮的大宮女給他端了茶水，還偷偷地瞧了一眼。

等太后出來的時候，就看見他一身親王裝束，坐在椅子上，自是一股巍然不動的風範。

太后扶著宮人的手緩緩地過來，待走到跟前的時候，陸庭舟才站了起來，過去扶著太后，將她攙扶坐在榻上，這才又回了自個兒的位子去坐。

「什麼時候過來的？怎麼不讓人去叫我？」太后有些嗔怪地說道。

陸庭舟輕聲一笑，低頭道：「不過是等了片刻罷了，想過來向母后討杯茶喝，倒是忘了母后這會兒要禮佛。」

太后知道他心裡頭存著事情，也不多問，只是仔細打量了他一番。自陸庭舟從莊子上回來之後，除了頭一天過來給她請安之外，就再沒來過。太后知道他是接了差事，只是這差事卻是辨得不好。

太后看了他一眼，臉色還算好，並沒有特別的差。她在心底嘆了一口氣，口中卻問道：「清溪這幾日怎麼不進宮？」

陸庭舟抬頭看太后，沒說話，臉上卻揚起一層笑意。

太后見他笑了，還以為閣良打聽出來的消息不屬實呢，誰知就聽他不緊不慢地說——「最近事多，我讓她回娘家住兩天。」

「胡鬧！」太后輕斥了一句，不過卻還是頓住了，沒多久，她又緩緩說道：「你如今也是成家的人了，再不能像從前那樣了。好生過日子，早日有了子嗣，這才是緊要的。」

陸庭舟突然說：「如今母后都是曾祖母了，有這樣多的孫兒，何必再逼兒臣呢？」

太后一聽便十分不高興，立即道：「這能一樣嗎？那是你皇兄的兒子、孫子，母后如今就盼著你的孩子。」

「那母后也太著急了些，我如今大婚不過才幾月而已。」陸庭舟依舊是不緊不慢的口吻。

太后知道他就是這樣的性子，同你不緊不慢地說話，可真要論起來，卻是誰的話都不聽，他自個兒該如何還是如何。

太后實在是有點管不住他，這會兒只得走苦情路線。「母后如今都六十多歲了，你皇兄兒子十幾個，日後這些皇子們再成親了，子子孫孫就更加繁茂了。可你呢？如今都二十六歲了，連個孩子都沒有，母后都不知有生之年能不能看見你的孩子。」

陸庭舟突然低頭，半晌才說：「母后要好生保重自己，千萬別再說這樣的話，要不然兒臣心裡頭如何能安？」

太后沒注意他落寞的語氣，還唸唸叨叨地說著孩子的事情。

陸庭舟上了馬車後，便開始閉目養神。等到了家裡頭，齊心扶著他下車，他也沒多想，抬腿就往王府後院裡頭走。謝清溪雖然不在，不過他依舊還住在正院裡面。

他一到了正院，正在院子裡頭給睡蓮換水的朱砂立即給他請安，這株睡蓮是謝清溪養的，平日裡換水都是朱砂或者月白親自弄的……朱砂？

陸庭舟看了朱砂一眼，她不是回謝家伺候清溪去了嗎？

陸庭舟快步往屋裡頭走，穿過正堂，掀開通往東梢間的珠簾後，就看見坐在榻上的人，只見她懷裡抱著湯圓，似乎在跟牠說話。

謝清溪看陸庭舟還維持著掀起簾子的動作，便抿嘴輕笑一聲，問：「幹麼不進來？」此時盤坐在她腿上的湯圓也抬頭衝著他看，張嘴就露出尖銳的牙齒，顯然是高興極了。

陸庭舟想問她怎麼回來了，可是話到嘴邊又沒問出口。

謝清溪看了他一眼，拍了拍身邊的榻，說道：「過來坐啊，傻站著幹麼？」

陸庭舟還真的聽了她的話，坐在她旁邊。

謝清溪這會兒正在看湯圓的腳，其實根本就沒怎麼燙傷，也早就好了，如今就是腳上一圈光禿禿的。

謝清溪讓齊心把湯圓帶下去，此時房間裡頭就留下他們兩人，謝清溪扭頭看他，過了半晌，等陸庭舟也終於轉頭看她的時候，她才問道：「咱們會走嗎？」

「去哪兒？」陸庭舟反問她。

「葉城。」謝清溪脆聲開口。

陸庭舟突然頓住了，因為在這一瞬間，葉城湛藍的天空、藍得清透的河水、一望無際的草原，都出現在他的眼前。那是一個遼闊壯美的地方，不過也是個貧乏的地方。

陸庭舟這次認真地打量謝清溪，她精緻的髮髻、華麗的衣著，就像是所有富貴鄉中嬌養著長大的姑娘般，是精緻而華美的牡丹，卻也脆弱無比。

「我知道你肯定在想，謝清溪可不行，她從小到大從來沒離開過爹娘哥哥的保護，就像是一枝好看又不中用的鮮花，擱在暖房裡頭還能養得活，要是放在外頭打一晚上只怕就蔫了。」謝清溪認真地看著陸庭舟說道。

陸庭舟沒反駁，也沒說話。

謝清溪忍不住笑了。

她盤著腿坐在榻上，沒有一點兒規矩，可是卻看得陸庭舟有些恍惚。

「這是最後一回。」

陸庭舟問她。「什麼最後一回？」

「把我放在什麼安全的地方，你自個兒一個人抗風擋雨的，這是最後一回。」謝清溪堅定地說道。

陸庭舟沒再說話，手掌被她抓住。

「我知道現在的我連自己都保護不了，可是庭舟，我不要你護著我一世，我也不要大哥哥他們護著我一世。人生這麼長，我總該學會擔當，我是恪王妃，是你的妻子，不管未來是好也罷、是壞也罷，我們總該在一起。」

「葉城挺美的，朝廷原本就想將茶市設在葉城的，不過就是風大了點。」陸庭舟看著她，輕笑道。

謝清溪抿嘴笑，回他道：「沒關係，我可以戴帽兜。」

就像是一陣風般，朝堂上上書請求藩王就藩的摺子，像雪片般地飛向了皇帝的案桌。

如今藩王中，皇帝的兄弟還有兩人沒就藩。

至於皇帝的兒子中，大皇子如今被奪了爵位，他反倒是不用煩惱就藩的問題；至於三皇子和五皇子，他們兩人都已大婚，按著本朝律法，是到了就藩的年紀；而底下這些皇子們，因還沒大婚，所以暫時還不用考慮。

三皇子和五皇子還有可商量的餘地，畢竟皇帝還活著，要是不願讓他們就藩，就留在京城之中，情理中也是說得過去的。

但成王和恪王兩位王叔，卻是再沒理由繼續留下去了。

自從大皇子和二皇子事發之後，成王便開始擔驚受怕，生怕陸允琅之前同兩位皇子之間的交往被人查出痕跡來，誰知最後對兩人的處理也是雷聲大、雨點小。成王剛以為逃過一劫，卻又遇上這件事。以前他之所以沒就藩，那是因為有陸庭舟在，太后為了留住他，便讓成王一家也留在京城裡頭，這樣恪王也不至於這麼顯眼。

如今恪王大婚了，朝中突然有這麼多的摺子上書要求就藩，成王可是一點都不相信這其中沒有皇上的手筆。

當年皇帝繼位之時，成王可是親自經歷過事情的，那時候皇上表現出來的殺伐決斷，直讓他以為自己的性命都要保不住，好在皇上殺了鬧得最凶的兩個手足後，就對他手下留情了。

然而這些年來，成王也算是活得戰戰兢兢的，如今若真讓他就藩去，他反倒是慶幸不已，總算是能離開京城這個漩渦了。

太后自然也聽到了這個消息，她原以為皇帝怎麼也會等到她死了之後再讓陸庭舟就藩的，可是她沒想到皇帝將陸庭舟利用了一遍之後，就讓他提著包袱滾蛋了。

雖然就藩是祖制，可太后一想到只怕臨死才能再見他一面，心裡頭就忍不住難受，以至於皇帝過來的時候，她屏退眾人便問道：「你答應過哀家什麼？要好生對你弟弟的。如今你這是要幹麼？」

「母后，親王就藩是祖制，這不是朕要逼六弟走，只是朝中大臣覺得六弟和成王都已大婚，特別是成王，如今連孫子都有了，再留在京城實在是不合適，所以這才上書的，朕自然也捨不得六弟啊！」皇帝還在狡辯。

太后聽了更加氣忿，指著皇帝便怒斥道：「你答應過哀家的話，如今是統統都不算數了是吧？庭舟到底是你的親弟弟，你便是留他在京城之中又能如何？寧王、康王的事情，他處理得還不夠妥善嗎？你就這麼容不得他？」

「母后，朕也是妳的兒子，妳這樣一味地偏袒六弟，置朕於何地？」皇帝忍不住反駁道，不過說話間卻還是有些底氣不足。

太后突然頓住了，她看著皇帝，良久之後才有些失神地說道：「哀家實在是擔心庭舟，你弟弟從小就生活在京城中，我怕他去外頭會過不慣。」

皇帝看著她，這才溫和地說道：「母后妳實在是擔憂過了，庭舟之前在遼關待了那麼長一段時間，朕瞧他挺開心的，只怕這回讓他去葉城，他高興還來不及呢！」

你覺得他高興，你為什麼不替他去呢？

太后看著他渾濁的眼睛以及縱慾過度而蒼白虛浮的臉，在心中想著。

第五十三章

陸庭舟親自上摺子，向皇帝請求就藩，隨後成王爺也上了摺子。

雖說皇帝那邊還沒正式下詔令，不過與其等到那天再匆匆忙忙的，倒不如現在先收拾。不管以後還會不會回來，反正這回就連人帶家當都一塊兒搬走。

謝清溪又看了一遍府裡頭的名冊，這裡頭的人身家都是清白的，特別是陸庭舟從宮中帶出來的內侍，這些人是要一輩子待在王府裡頭的，要不然他們也沒別處可去。

至於謝清溪這邊帶過來的人，都是蕭氏和她親自篩選過的人，肯定是沒有問題的。蕭氏給她挑陪嫁的時候，找的都是些在謝家和蕭家伺候了好幾代的人家，所以她用著也放心。

謝清溪想著她這些莊子、鋪子的事情，這些都是不賣的，得留人在京城裡打理。到時候這恪王府雖說沒了主人，不過這宅子卻還是在的，所以陸庭舟肯定會留些妥當的人在這邊打理。

她正想著這些事的時候，就聽外頭一陣吵鬧，好像是朱砂在攔著什麼人。這府裡頭敢直闖她院子的，也就陸庭舟一個人，不過要真是陸庭舟回來的話，朱砂也不敢攔著吧？她正想著，喧鬧的聲音就越往裡面來了，沒一會兒就到了正堂。謝清溪穿了鞋子正準備出去，就見珠簾被掀了起來。

謝清湛紅著眼圈朝她看。

謝清溪一見竟是謝清湛，先是鬆了一口氣，接著看著他問道：「你這是怎麼了？」

謝清湛只紅著眼不說話，後面的朱砂也跟了過來，她看著謝清溪，叫了聲王妃，又朝謝清湛看了一眼。

「你去給六少爺端杯熱茶來，他喜歡六安瓜片，就給他上這個。」謝清溪吩咐道。

這會兒謝清湛還是一副氣鼓鼓的模樣，就是衝著她看，也不說話。

謝清溪見他這副受了大委屈的模樣，趕緊問道：「你這是怎麼了？來之前怎麼也不讓人通知一聲，我好親自到門口去接你啊！」

誰知謝清溪這玩笑話也沒讓謝清湛鬆懈下來，下一刻，謝清湛抓著她的手腕就往外面走。

謝清溪是真不知道他這瘋勁是怎麼了，只哭笑不得地看著他問道：「六哥哥，你這是幹麼呢？」

這會兒他正好將謝清溪拉到了正堂，這句話就跟點燃了他心頭的炸藥包一般，只見謝清湛轉頭就盯著她看，那神情別提多委屈了。他咬著牙問：「妳是不是要跟他走了？」

這沒頭沒腦的……謝清溪隨後立即就明白過來了，只怕是謝清湛聽見了什麼風聲，便跑來找自己吧？她這才想起來，這時間他應該在書院的，怎麼就突然跑自己這邊來了？她再打量他，只見袍子上都是灰撲撲的，臉上也紅通通的，看起來有些狼狽。

謝清溪見他這模樣，心裡頭也不好受，只輕聲哄道：「六哥哥，你先放開我的手，咱們好好說話好嗎？」

謝清湛沒有說話，也沒放開她。

「這事不是我能決定的，這是祖制，是……」謝清溪說到這兒，自個兒都說不下去了。

自從就藩的事情出來之後，她一次都沒回過謝家，蕭氏也一次都沒派人來看過她。她怕這時候去了，她就再也鼓不起勇氣離開，因為這一別，誰都不知要多久才能再見，或許待太后去世的時候，他們才能有機會回來，或許是等皇帝歿了的時候，或許是陸庭舟靠著自己的力量重返京城，又或許……是永遠都不能回來。陸庭舟沒有說，她就沒有問過。

可是當謝清湛出現在她面前的時候，這就是明明白白地在提醒著她，她將失去的是什麼。

「狗屁祖制！不過是防著親王而已！」謝清湛的眼圈更紅了，好像隨時都能哭出來。

他才只是個十六歲的少年，妹妹出嫁的時候，他一點都不害怕，因為他知道謝清溪就在那裡，可以經常回家，他也可以去看她。可如今她要走了，與他同時出生的血脈至親，這世間和他比誰都親密的人要離開他了，於是謝家的小小少年一下子便承受不住了。或許他永遠不會像謝清駿那樣睿智驚豔，也不會像謝清懋那樣方正理智，可是他有一顆誰都比不了的赤子之心。

謝清溪拉著他的手，安慰道：「你若是想我了，給我寫信就好了。你可以和我說說你同窗的故事，也可以和我說蹴鞠的故事。」說到蹴鞠，謝清溪突然想起來陸庭舟的話，她有些興奮地說道：「王爺前兩日在宮裡藏書閣看見了一本前朝景陽皇帝親自編撰的蹴鞠手冊，聽說世間只有一本呢！你不是一直說，這世上踢蹴鞠的人中，你是第二，景陽皇帝是第一嗎？我讓王爺把那本書拿出來抄寫一遍給你，到時候天下踢蹴鞠的，你就是第一了！」

「妳當我是三歲小孩啊？」謝清湛忍不住怒道。

謝清溪悠悠道：「你可不就是三歲嘛。」

此時外面又傳來通報的聲音，月白匆匆而來，一進來就著急地道：「王妃、六少爺，大少爺來了。」

謝清駿是在翰林院裡被驚動的，張小寶一見六少爺跟發了瘋一樣地往恪王府來，生怕自家少爺闖出什麼禍，便趕緊去了翰林院。

謝清駿一聽就明白，只怕是謝清湛在書院裡聽說了親王要就藩的事情。如今書院在大齊朝盛行，京城四大書院更是名師薈萃，所以即便自家請了先生，但朝中的大臣也喜歡把孩子往四大書院送，畢竟這從同窗開始的友誼可不是等閒的，以後若真進了官場，也算是一大人脈。

雖說謝家這邊還瞞著謝清湛呢，不過書院那邊的同窗一時閒聊，他自然也會知道的。

謝清駿一進門，就看見謝清湛正站在謝清溪旁邊，臉色不好看，眼睛也紅通通的，他瞧了一眼，也不由得軟了心腸。

「怎麼不在書院讀書，跑這裡來煩擾清溪兒了？」謝清駿溫和地問道。

謝清湛有點不想回答他大哥這種明知故問的話，賭氣地想著：你們不是當我是小孩子，什麼都不想告訴我嗎？那我也什麼都不和你們說！

謝清溪生怕他和謝清駿鬧僵了，「長兄如父」這話可不是說說的，如今謝樹元不在這兒，大哥哥還真的可以教訓謝清湛，所以她趕緊拉拉謝清湛的袖子，用眼神示意他：唉，好漢不吃眼前虧啊！

謝清湛瞧了她一眼：我就不想說！

謝清駿看著他們倆這你來我往的眉眼互動，氣笑了之後，便說道：「好了，清湛，不要胡鬧了，我送你回去。」

「大哥，什麼叫胡鬧？難道都像你們這樣，眼睜睜地看著清溪走，就是對她好嗎？」謝清湛終究還是忍不住質問。

謝清溪最怕的就是這個，可是謝小六的性子一上來，頗有點愣頭青的耿直，這會兒一副威武不屈的樣子，彷彿面前的謝清駿就是逼迫謝清溪的壞人。

「好了，六哥哥。」謝清溪在旁邊勸架。

結果謝清駿突然冷聲道：「清溪，妳讓他說。我倒要看看你有什麼好法子讓清溪留下來？」

謝清駿這人太厲害了，知道謝清湛的弱處在哪兒，還專挑他的弱點說，這會兒謝清湛都快要眼淚汪汪了。他就是沒法子，才會在這邊急得跳腳的，他要是有法子，也不至於這麼生氣了。謝清溪都要忍不住心疼起謝清湛了，大哥哥輕輕動了下小拇指，就輕鬆把他K.O.了。

謝清駿這會兒把人提溜走了，謝清溪本想將他們送至大門口的，誰知到了院子門口的時候，謝清駿就讓她留步了。

謝清溪想了想，便站在原地，看著謝清湛一臉不情願地跟著謝清駿離開。

待他們走了之後，不到一刻鐘的時間，陸庭舟居然回來了。

「你今兒個不需要去工部嗎？」如今陸庭舟的差事在工部，她隨口便問了一句。

誰知陸庭舟卻突然說道：「方才清駿和清湛來過？」

謝清溪一聽便知肯定是有人告訴他，所以她輕笑一聲，語氣歡快地說道：「是啊，我跟六哥哥說了你可以幫他抄錄一本景陽帝編纂的蹴鞠手冊，他高興得連書院都不待了，非要過來謝謝你呢！」結果她歡快地說完，陸庭舟卻好久都沒說話。

過了半晌，他才苦笑著說道：「昨兒個大朝會散朝的時候，我看見岳父大人了。」

謝清溪抬頭看他，陸庭舟臉上都是苦澀的表情。

「我沒敢上前和岳父大人打招呼，因為我一想到我就要將他最心愛的女兒帶走，就有點不敢面對他。」不敢。這在陸庭舟的人生中，是為數不多的幾次。此時他面對謝樹元，就生出了這樣的情緒，也只有在謝清溪面前，他才會流露出這樣的懦弱。「清溪，皇兄已決定在近日頒布詔書，下令讓我們就藩。」

雖然心中早已知曉，可當這天真的即將到來時，謝清溪也忍不住恍神了。

三日之後，皇帝於乾清宮中頒布就藩詔書，成王就藩蜀地汶川，恪王就藩葉城，康王就藩河南信陽。

大皇子因爵位被奪，失去了就藩的資格，皇上如今只命他留在京中讀書。

世事變化太快，就在清溪把家裡頭都收拾得差不多了，就等著十一月太后千秋節過後啟程前往葉城時，邊關外族的戰報就送到了京城。

謝清溪一輩子都沒經歷過戰爭，上輩子頂多是在電視上看過什麼伊拉克戰爭、科索沃戰爭，那斷壁殘垣之景真真是讓人難忘，那些戰爭之下的人們，滿臉污糟，讓人心酸。她還看過有個外國記者想給戰地中的孩子拍照片，誰知記者剛舉起相機，那個孩子就舉起雙手作出投降的姿勢，這個畫面震撼了很多人，包括她在內。

如果可以，謝清溪是真的不願打仗，或者該說，這世上大多數的人都不願打仗。可這些大多數都是沒有權力的人，他們無法左右時局，只能默默承受。

或者在關外的韃靼和胡人的地方，那些游牧人民也是不願打仗的，可是他們沒有糧食，連牛羊都已病死了，他們的統治者便開始給他們洗腦，說他們是最強壯、最威武的民族，可偏偏卻只能生活在貧瘠的草地之上，而那些漢人卻可以世世代代地占據著最好的土地，在這樣長期的洗腦之下，那些人民大概也會覺得不公平，覺得漢人都該去死。

韃靼人和胡人種植糧草的人極少，他們是以游牧為生，牛羊便是他們的口糧，況且他們的放牧也只是將牛羊趕到草原上，任牠們吃草而已。

漢人雖說以種地為生，可是每家每戶都會養些雞鴨豬，他們不僅要種地，還要上山割草或者找些東西給這些雞鴨豬吃，將牠們養得胖胖的，這就是一家人的指望。漢人還會織布，衣裳可以自己做，有些人家還有會手藝的，木工也好，屠夫也好。

當那些韃靼人真的瞭解漢人的社會後才會發現，漢人的富足並不僅僅是因為他們占據了最好的土地，更多的是他們勤奮，願意想盡一切法子讓一家人吃飽。

可是胡人和韃靼人呢？他們的牛羊死了，他們便不會去想著別的法子生活，他們只會抱怨上天沒有給他們肥沃的土地，然後就以這樣的怨念順理成章地開始搶奪別人。

據說韃靼人上層出現了王位爭鬥，再加上今年牛羊疫病嚴重，讓韃靼人的生活無以為繼，所以一向不安穩的邊關，再一次緊張起來，連續不斷的戰報送到了內閣之中。

「王妃。」朱砂輕聲叫了一句。

謝清溪這才抬頭。

「這銀錁子按著吩咐，已做成了四錢一個的還有八分錢一個的，只是這賞賜要如何定呢？」朱砂一股腦兒地問道。因為太后的千秋節快到了，所以謝清溪派人打了銀錁子，準備賞賜府中下人。

謝清溪看了一眼手中的冊子，上頭是恪王府登記在冊的人員，不包括侍衛在內，光是丫鬟、婆子、小廝還有宮人，一共就有三百五十七人。恪王府大部分的院落都是空著的，可真要是刪減人員的話，你打開冊子一看，還每個人都有自己的位置！

「妳去找齊二總管問問，先前太后千秋節的時候都是怎麼發放這紅封的？不過因著今年是王爺和我大婚，這紅封自然是要厚些，至於加多少，等妳問了之後我再看著定奪吧。」謝清溪吩咐道。

這邊朱砂剛走，廚房的管事就過來了，問的是菜式問題。

趙明全和齊心他們一樣都是從宮裡頭出來的，所以他進來的時候，謝清溪連屏風都沒讓人擺。

不過這邊趙明全正問著魚要做成什麼菜式的時候，陸庭舟就進來了。

陸庭舟打量了趙明全一下，皺眉瞪了一眼。「連這點小事都要過來詢問主子，要你這個後廚管事的幹什麼？」罵完就將他趕出去了。

謝清溪見他火氣這般大，便趕緊讓人上了茶水過來。

「這是怎麼了？」謝清溪輕聲問道。

陸庭舟喝了一口茶，臉上的鬱色依舊沒有消散，待半晌之後，他才無奈地笑了一聲，說道：「我早就上書請求皇上派我前往葉城，葉城乃是韃靼人入侵中原的必經之地，韃靼人肯定會有所動作。可朝廷這幫酒囊飯袋，到現在居然還沒商議出結果，甚至連糧草都沒準備呢！」

謝清溪有些無奈地看了他一眼後，委婉地說道：「恪王爺，我必須鄭重地提醒您，您的岳丈還有兩位舅哥都是您所罵的酒囊飯袋。」

陸庭舟看了她一眼，半晌之後臉色一下子輕鬆了，就連眼睛都亮堂了起來。

「那妳可得在岳丈和兩位舅哥面前遮掩一番。」陸庭舟隨後便做出作揖的姿態。

謝清溪很是安慰地點點頭，拍了拍他的肩膀。「咱們倆這是什麼關係？好說、好說！」

「清溪，妳在家裡要好好的。」誰知陸庭舟卻話鋒一轉，說到別的上頭去了。

謝清溪頓了一下，隨後抬頭看著他，有些結結巴巴地問道：「你說的、說的這是什麼話？」

「胡人擾我邊境，擄我漢人，妄圖以鐵騎踐踏我們漢人的山河，不管我是不是大齊的恪王爺，我都有責任去阻止他們，讓他們永遠地待在草原上。」

這樣的陸庭舟是謝清溪極少見到的，在她的印象之中，他總是溫和的、清冷的、高貴的，可是當他說這些話的時候，整個人彷彿都鮮活了起來。

謝清溪在想，是不是男人都有一顆馬革裹屍還的慷慨豪邁之心？再加上葉城本就是他的藩地，若不是韃靼人突然犯境，只怕這會兒他們都要準備前往了。誰都知道若是外族入侵中原，葉城必然危急，不說太后，就連皇上都准了他們留在京城，只是謝清溪沒想到，他會主動請纓前往戰場。大抵男人心中，都有保家衛國的雄心壯志吧？

她伸手蓋住他放在桌子上的手背，輕聲道：「無論你做什麼，我都支持你。」

皇上最終准了陸庭舟的請纓要求，讓他前往葉城。陸庭舟到的時候，已經是一月，雙方都在膠著之中，他緊急同軍中將領商議，如何才能大破敵軍。

到了一月末，在收到前方線報後，大齊軍隊突然趁著夜色朝對岸的胡人軍隊進行突襲，陸庭舟率部偷襲胡人大營，在燒了胡人的帳篷之後，佯裝不敵，往木圖河撤離。

胡人此次的帶隊大將軍名喚穆圖，乃是鮮卑人出身，此次胡人打算分為三路進攻，這邊的人剛集結到大營，誰知還沒商定好哪天偷襲呢，就被人偷襲了一把。

結果等出去打了之後才知道，對方區區幾百人竟就敢偷襲他兩萬人馬的大營！所以在對方下令撤退的時候，穆圖便下令追過去，一定要將這些偷襲的漢人粉身碎骨。

後來突然有人大喊，說那群偷襲的漢人裡頭，有個大齊的王爺。

這麼一聽，整個胡人軍營都震撼了，原先還在那兒慢騰騰穿衣裳的，都趕緊裹了衣裳就衝出去。但凡在軍中當士兵的人都知道，只要能擊殺大齊的將軍，即便只是個偏將，都能立即改變自己的命運，如今這可是個王爺，聽說還是大齊人可汗的親弟弟呢！

大齊的軍士護著陸庭舟往回逃，而身後的胡人則是不停地追逐。不過大齊的軍隊雖說人少，但各個悍勇，特別是那個在黑夜中穿著銀色鎧甲的人。

後來也不知又是誰喊了句，說穿銀色盔甲的便是大齊的王爺，未料沒過一會兒，竟跑出好幾個著銀色盔甲之人，胡人的騎兵便跟在身後追，一直追到木圖河，見大齊的軍士開始渡河，胡人也跟著過河。但是已結冰的河面卻不知為何特別的濕滑，大齊人騎的戰馬卻好像並不受影響，飛快地往河對岸奔去。

「漢人的王爺就在前面，不要放他走！」

在喊殺聲中，突然傳來一聲突兀的聲音，似乎就跟在漢人的王爺附近。

衛戌一嗓子吼完之後，一邊策馬狂奔，一邊有些不好意思地看著旁邊的人。

旁邊穿著銀色盔甲的陸庭舟，在冰面和月光的雙重照射下，銀色盔甲簡直是熠熠生輝。

此時大批胡人騎兵追了上來，而所有的大齊士兵都已經渡了河。

河中央本就是冰層最薄的地方，此時大齊的士兵和胡人的騎兵之間幾乎只有幾丈遠了，誰知就在這時，突然一個紅色信號箭燃放至空中，幾乎是同時，前方的大齊士兵往後面扔了個黑色的圓球，誰都沒看見那圓球是什麼，在冰面上滾了兩圈之後，突然就炸裂開了！

此起彼伏的炸裂聲瞬間響起，那些圓球若是論威力並不夠炸死人，但是滾落在冰面上，卻足以將冰面炸裂！

胡人的騎兵還沒反應過來，連人帶馬就掉了進去。有些人縱馬踏了過去，結果到了冰洞的另一端，那邊的冰層也隨之塌了。

大齊的騎兵早就知道會如此，這會兒只管著往前面跑。

而後面的胡人騎兵還沒反應過來這邊的情況，縱馬過來後，便又掉進那無底的黑洞之中。當後面的騎兵想往回撤的時候，冰層終於不堪重負，數不清的胡人騎兵連帶著馬匹開始掉了下去。

此役滅胡騎兩千餘人，毀胡人戰馬兩千多匹，而大齊這邊則是死七人，傷九人。

陸庭舟幾乎是兵不血刃地打贏了第一場仗，就連聶峰這個作戰經驗豐富的將軍都對於這樣的勝利目瞪口呆。

臨近三月的時候，陸庭舟的信再次送來，未料謝清溪一打開信，就覺得信函上面沾了一層墨腥味，她展開信紙還沒看清上面的內容，就先聞到墨水的味道，突然間只覺得整個胃裡頭就跟翻江倒海一樣，還沒等她緩一口氣呢，哇地就吐了出來。

旁邊的月白因站得近，被吐了一身。

謝清溪登時只覺得滿空氣裡頭都是讓人反胃作嘔的味道，她一把推開過來扶著她的朱砂，急速往外頭去，一直到了外面的迴廊下頭，冷風一吹，她才覺得稍微好過了些。

這會兒月白看著裙子上的污糟，有些委屈地對朱砂道：「不是我啊……」

朱砂在旁邊看得真切，知道確實不怪月白，月白不過是遞了信上去，是王妃一打開信就吐了。她立即道：「妳先回去換身衣裳吧，我去瞧瞧娘娘。」

謝清溪還扶著門口的柱子，不停地反胃呢，一張臉煞白的。

旁邊的小丫鬟們見狀後乾站著，也不敢上前。

好在朱砂及時過來了，一瞧見謝清溪便趕緊上前替她撫背，連忙說道：「王妃是不是不舒服？可是吃壞了東西？」朱砂自個兒還是個大姑娘，一見謝清溪吐成這樣，登時就覺得「我們家王妃是吃壞東西了」，所以連說辭都往這上頭猜。

她見謝清溪實在是吐得難受，一面讓人去請了王府的良醫過來，一面又讓人端了茶水過來。誰知謝清溪剛拿上茶水，一聞到茶水的味道，就更加抑制不住地開始吐了！

周圍的丫鬟都嚇住了，後來還是個管事嬤嬤正好過來要回話，一瞧見謝清溪扶著欄杆嘔吐的模樣，便立即問道：「王妃娘娘這不會是有了吧？」

有了？朱砂轉頭看了眼謝清溪，又抬頭看管事婆子。

「朱砂姑娘莫不也是歡喜壞了？還不趕緊把娘娘扶進去，這外頭風大，可不能把娘娘吹病了。」這管事嬤嬤姓金，也是謝清溪當初在謝家帶來的陪房，只是謝清溪用慣了朱砂等人，所以金嬤嬤主要在外頭當差。她是生育過好幾個孩子的，對這女人懷孕後的孕吐最是瞭解，如今見謝清溪吐成這般模樣，便趕緊讓人扶了她進去，若是尋常吃壞東西可不是這麼個吐法的。

待朱砂等人替她脫了衣裳，又扶著她上了床躺下後，雪青就領著李良醫進來了。這位李良醫於婦科上很有一套，謝清溪的平安脈便是他診的，他還不時會調配些養生的方子獻上來。

這會兒屏風已經架好了，李良醫搭著謝清溪的手腕，仔細又仔細地把了好幾次，這才喜笑顏開地說道：「恭喜娘娘、賀喜娘娘，娘娘這是有孕了！」

謝清溪這會兒躺在床上，盯著頭頂上的百子千孫帳，這是過年那會兒她讓人掛上的，上面繡著的小孩子是各式各樣的笑臉，憨態可掬。

她伸手撫著自己的小肚子，依舊是平平坦坦的，連一點起伏都沒有。

半晌之後，她才恍惚地問道：「你可確定？」

李良醫的臉稍微僵了一下，片刻後立即保證道：「王妃娘娘請放心，小人家裡頭好幾代都是鑽研婦科的，不說旁的，這懷孕的脈象是定不會診錯的。」

朱砂在旁邊聽到都呆住了，不禁和丹墨對視了一眼。

謝清溪還躺在床上，朱砂趕緊讓眾人出去，別打擾了她。

謝清溪吐得太厲害了，李良醫也說了，這懷孕是依各人體質的不同，有人是吃什麼都吐，有人則是到生產了都不會吐的。

謝清溪很悲劇地就是屬於吃什麼都吐的那類人。

沒過多久，齊力就過來請安，隔著屏風就咚咚地給謝清溪磕了三個頭，略有些激動地說道：「老奴恭喜王妃娘娘！」

齊力和齊心一樣都是陸庭舟年幼時就跟在身邊伺候的，忠心自然是不用質疑的。誰都知道王爺如今都二十七了，這要是擱在別家，都不知是幾個孩子的爹了，結果呢，一直耽誤到現在。如今總算是有後了，才連齊力都激動成這樣。

謝清溪躺在床上，讓人扶了他起身。

齊力有些興奮地說道：「老奴即刻讓人去給王爺報喜信，王爺若是知道了，指不定如何歡喜呢！」

方才李良醫也說了，謝清溪這是有了兩個月的身孕，她的反應比別人來得遲，但是孕吐的情況卻比別人嚴重。

謝清溪一聽他的話，便立即道：「別、別！如今王爺正在前線打仗，若是你派人去說，少不得要分了他的心。這戰場上刀劍無眼的，先別告訴他。」謝清溪是怕陸庭舟真的太高興了，這打仗可不比別的，得全神貫注，若真的出了什麼事的話，那真是追悔莫及。

齊力經她這麼一說，也是想到這一層了，但仍有些猶豫地道：「可這到底是大喜的事情……」

「若是可以，我自是想告訴王爺，可戰場上那麼危險……」謝清溪一想到這裡，便立即吩咐齊力。「你傳了我的命令下去，誰都不許告訴王爺。」

原以為這場仗很快就能打完，可是一直拖到五月分都還沒結束。大齊這一次大勝，聽說原本還想議和的，但是軍中很多武將都不同意，而後恪王爺力排眾議，率軍一路打進了草原，將五胡一直趕到了大都附近。

最終韃靼主動派人來求和了。

求和與議和，雖是一字之差，可誰都知道這其中真的是天差地別之分。

謝清溪自然也聽說了這個好消息，她低頭看了眼自己的肚子，感覺連眼眶都濕潤了。自從她懷孕之後，就變得特別多愁善感，可是吧，她連個多愁善感的對象都沒有，身邊只有湯圓，她總不好跟湯圓撒嬌吧？

這會兒快到夏天了，因她懷有身孕，也不敢多吃冰鎮的東西，每天就只能喝那麼一小碗綠豆湯，那還是不怎麼冰的。

她不知道別人懷孕是怎麼回事，但是擱在她自己身上，那就是吐。吃飯吐、喝湯吐，最後連喝水都吐。好在後來她能吃些水果，可是這總不能天天吃水果吧？這幫丫鬟光是求著她吃飯，求得嘴都瘦了。

這會兒謝清溪正扶著月白的手在走路，聽李良醫說，她的肚子可比一般孕婦大。加上她吃什麼吐什麼，所以身上哪都沒胖，就肥了肚子，手臂和大腿一伸出來還是細胳膊細腿，要真從後面看，都看不出來她懷孕了。

月白小心地扶著她的手，陪著她說話。

就在此時，門口的簾子嘩啦啦地被撩了起來，月白一抬頭正要訓斥呢，驀地就傻眼了。

謝清溪也是聽見了動靜，抬頭就看見風塵僕僕回來的陸庭舟。說風塵僕僕是一點都沒誇張，他身上那件袍子本是黑色的，這會兒因上頭沾了灰，都成灰色的了。

陸庭舟先是看著謝清溪，接著又看了她的肚子，半晌都沒說話。

謝清溪還在想著，這久別重逢，該說些什麼話打招呼好呢？誰知一抬手，對面的人就衝了過來。

直到兩人坐在榻上後，陸庭舟都還沒能說話呢！丫鬟們早就退了下去，留下陸庭舟看著她猶如充氣般的肚子。

「妳對它做了什麼？」陸庭舟指著她的肚子問道。

謝清溪聽見他沒頭沒腦的話，立即笑了起來，半晌才捶了他的肩膀，假裝怒道：「我才要問你，你對我做了什麼？」

結果，陸庭舟一下子仰躺在榻上，盯著房樑上頭，喃喃道：「我這是要當爹了？我要當爹了！」下一刻他突然又坐了起來，抱著謝清溪就不鬆手，只是她的肚子實在太礙事了。

「是啊，你要當爹了，恪王爺。」

謝清溪看著他就跟個小孩子般，竟在榻上滾了兩圈。謝清溪見過十幾歲的他，可那會兒他就已經沈穩內斂，行事便像他所說的那般，不愧對自己王爺的身分。可現在呢，因為這樣的消息，他居然在榻上滾了好幾圈！

榻上已鋪上玉色蓆子，那象牙一樣的顏色，這會兒蒙上一層薄薄的灰，都是從他身上掉落下來的。

陸庭舟突然站了起來，他站在榻邊，伸手去拉她，笑道：「來，媳婦，讓我抱抱妳！」

謝清溪看著他的手指，似乎比原先更粗了點，也沒那麼白了，但是依舊修長好看。她極少見著這樣的陸庭舟，只托著臉笑道：「我現在變重了。」

下一刻，謝清溪就被他拉了起來，不過謝清溪如今已經開始顯懷了，他根本不好抱。

兩人看著對方傻笑，最後還是謝清溪先克制住，笑著對他說：「趕緊去洗個澡，換身衣裳，你回來肯定還沒吃東西吧？」謝清溪這會兒都要被自己的賢慧給感動了，她打量了面前灰不溜丟的陸庭舟，心想：這傻小子命可真好，能娶到自己這樣的老婆！

陸庭舟見她眼神有些奇怪，便摸了一下她的臉蛋，輕笑道：「這麼看我幹麼？」

謝清溪嘟嘴道：「我相公生得這般英俊，自然是要多看兩眼了！」

陸庭舟不禁哈哈大笑。

可是他一笑吧，真的是全身都在抖灰，當飛塵往她鼻孔裡鑽的時候，謝清溪忍不住撇過頭打了個噴嚏。

她驀地朝陸庭舟看去，生怕自己剛才噴嚏打得太過猙獰了。

陸庭舟只笑了笑便立即讓人準備衣裳和熱水，他要去洗漱了。

趁陸庭舟去洗漱的空檔，謝清溪趕緊讓人去廚房弄了些吃食。她事先並未得知他要回來的消息，如今見他突然回來，可也沒聽說大軍開拔回京了啊！

前線雖不時傳來大捷的消息，可謝清溪心裡頭還是不放心。如今就連她和太后的婆媳關係都好了許多，再加上她懷孕了，太后待她那叫一個和顏悅色的，三不五時就讓人賞賜了東西過來，生怕陸庭舟不在家，她受了委屈。

謝清溪知道軍中的吃食不好，他們在軍中一待便是好幾個月，肯定是難受壞了，便趕緊讓人弄了吃食。

她自個兒也重新換了一身衣裳，陸庭舟身上的塵土都弄到她身上來了。待她讓丹墨重新梳了頭髮，就見外頭又有響動。

陸庭舟回來的時候，頭髮還是濕漉漉的，謝清溪趕緊讓人拿烘頭髮的香爐過來，非要給他弄頭髮，可如今陸庭舟恨不能她時時躺著才好呢，哪裡還會願意讓她伺候自己？更何況，她沒懷孕的時候，陸庭舟就不捨得讓她伺候自己了。

謝清溪被扶著坐下後，陸庭舟這才想起來，方才洗澡的時候他可是咬牙切齒地想著要回來收拾她的，於是他登時板著臉教訓道：「懷孕這等大事，豈是開玩笑的？妳為何不寫信告訴我？」

「我有給你寫信啊！」謝清溪故意扭曲他的意思。

陸庭舟靜了一下，想起他行軍在外的時候，清溪確實是給自己寫了幾封信，可信上就只說「馬上要天熱了，你胃口不好，還是要多吃些飯」之類的話，壓根兒就沒提到她懷孕的事情好嗎？於是，他這十分的假怒，便加上了兩分真意。「這等大事妳也能瞞著我？」

「我懷孕了，自然是第一個便想告訴你的，可是你在外打仗，要是分心出了事，我豈不是成千古罪人了？」謝清溪撇嘴，只覺得自個兒的一片好心被當成了驢肝肺。

說實話，女子懷孕最是敏感的時候，謝清溪又不是沒見過別人懷孕的樣子，不過幸好雖然陸庭舟不在，可她親爹親娘都還在啊！蕭氏自從知道她懷孕之後，也跟太后一樣，止不住地往家裡頭送東西，還隔三差五地上門來看她。要是擱從前，蕭氏這樣守規矩的人，可不會頻繁到女兒家裡頭來的。

自己懷孕了，丈夫又不在，任誰心裡頭都會難受吧？這會兒雖知道陸庭舟不是真生氣，可是她心裡頭這委屈，一見著他就停不下來了。

對面的陸庭舟實在是沒想到會搬了磚頭砸了自個兒的腳，這會兒見謝清溪淚眼矇矓了，他就先心疼了，摟著她便立即說道：「清溪，是我不好，不該這般質問妳，妳都是為了我好。」

嘖，誰說王爺不會哄女人的？謝清溪覺得，陸庭舟肯定有上過如何哄媳婦的補習班，要不然他怎麼就知道怎麼說話最容易讓人心軟呢？

一直到晚上睡覺時，陸庭舟都恨不能時時盯著她看。待兩人換了身中衣，陸庭舟才發現，只穿著中衣的時候謝清溪的肚子顯得更大了。他極少看見大肚女子，即便偶遇了，也不過是打眼瞧上一眼而已。

這會兒他伸手摸了一下她的肚子，詫異地問道：「妳的肚子怎的這般大？」

「李良醫也說比一般人要大呢，想來是個結實的孩子。」謝清溪很是自豪地說道，這說明她養得好啊！

然而陸庭舟卻是憂心地搖搖頭。「那生產的時候豈不是很辛苦？」

謝清溪聽了這樣的話，心裡頭跟打翻了糖罐一樣。她一直知道在古代很多男子心中，女子就是傳宗接代的工具，要是真到了保大人或保孩子的狗血劇情，無一例外就是保小孩，所以陸庭舟能想到女子生產時的辛苦，對於他來說，已是極難得的。

陸庭舟又讓她趕緊躺下，問她如今哪種睡姿更舒服些？兩人躺在一處說話，陸庭舟的手一直摸著她的肚子，待聽見她輕微的鼾聲後，才舒了一口氣。

之後他也迷迷糊糊地睡了過去，一直到後半夜，旁邊的人突然踢了他一腳。他本就淺眠，又經過軍中的歷練，一下子便坐了起來。

待他起身之後，旁邊守夜的丫鬟也聽見這邊的動靜了。

陸庭舟一轉頭就聽見謝清溪有些痛苦的呻吟，他立即著急地喊道：「來人，快叫李良醫過來！」

謝清溪被他這麼一叫也不忍著了，只拉著他的手道：「別叫李良醫了，我只是小腿抽痛而已，你讓月白過來給我捏捏就行。」

陸庭舟哪用別人捏，立即就自個兒上手了。可他從來沒幹過這活兒，也不知是輕了還是重了，於是一邊捏她的小腿，一邊問道：「這力道可以嗎？」

「嗯，挺好的。」謝清溪有些害羞地看他。這會兒外頭點起了燭火，她只能瞧見他的側臉，這才發現，原來他側臉也是這樣的好看，線條流暢極了，鼻梁越發的高挺。

陸庭舟低頭看著她的小腿，還是一隻手就能握住，如今她都懷孕五個月了，可是這身形、這模樣，哪能看得出來？特別是今天看著她穿上中衣之後，胳膊和腿處都是空蕩蕩的，陸庭舟心裡頭便越發地難過。自己是真沒照顧好她。

「妳懷孕之後，經常這般抽搐嗎？」陸庭舟輕聲問她。

謝清溪點了點頭，想了會兒才說道：「也沒關係的，月白她們一直都有守夜，我但凡有點動靜，她們便會過來的。」

「她們確實是忠心的。」陸庭舟說完便垂下頭，待重新抬起之後，他又問道：「清溪，妳有什麼想要的嗎？」

謝清溪似乎是沒明白他突然問這話的意思，有些困惑地看著他。

陸庭舟又問了一遍。「妳有沒有什麼特別想要的？就算是天上的星子，我都給妳摘下來。」

謝清溪從來沒聽過他這樣的傻話，登時低頭笑開了。

陸庭舟這次能回來，是因為韃靼人求和了，大齊人的軍隊不僅將他們趕回了草原，甚至要打到韃靼人的老巢了。這回不僅韃靼人被打服氣了，一開始作為先鋒部隊的五胡也蒙受了慘重的損失。

當然，這半年的用兵，對於大齊的影響也是巨大的。若不是及時地從江南等地徵調了糧食，只怕這場仗誰輸誰贏還未可說呢！

朝廷如今正在商議議和使團的人員名單，而呼聲最高的使團代表，自然就是恪親王陸庭舟。

按理說，大齊的王爺並沒有實權，可是這次戰爭是發生在葉城，也就是陸庭舟的藩地，遑論當初他請求出戰是皇上親准的。

可誰都沒有想到，他居然能贏得這麼漂亮，如今整個西北軍誰不服氣恪王爺？再說了，陸庭舟身為大齊的皇室宗親，最有資格代替皇上接受韃靼人的投降。

只不過，這事到了朝中，卻有不一樣的聲音，其中以三皇子和五皇子為首的幾位皇子反對得最凶。大皇子和二皇子之爭沒過去多久，下頭這些皇子都跟雨後春筍一樣，就連下面那些皇子都被拉了出來。

三皇子如今拉著九皇子站隊，而九皇子素來和十皇子、八皇子關係好，這兩位皇子的母親都是小角色，大位於他們那就是鏡中花、水中月一般。

此番大齊大敗胡人，要成立使團前往邊境接受胡人投降，這是多麼光宗耀祖的事情啊！但凡能入選這回使團的人，日後那都是名垂千古的人物，所以眾人爭破了頭都想參加。

此時成賢妃看著面前坐著的三皇子景王，問道：「你媳婦這都八個月的身孕了，你若是這會兒去邊關，豈不是讓她擔心？」

「我能不能去邊關還未可知呢，這使團也不是誰都能去的，如今朝中讓恪王受降韃靼人的呼聲可比讓我去的高。」景王有些煩惱地說道。

「要我說，讓他去總比讓旁人去好，他便是軍功再大，那也只是個藩王而已。」成賢妃撇嘴說道。

景王瞧了她一眼，問道：「我聽說十四皇子這幾日又病了？」

如今成年的皇子都在宮外開府，而去年還沒打仗的時候，皇上就替那幾個到了年紀的皇子指婚了，為著這事，京城裡頭可是熱鬧了一番。

不過再熱鬧，也沒林貴妃生十四皇子的時候熱鬧。這十四皇子比上頭最小的十三皇子小了十來歲，算是皇帝的老來得子。

林貴妃是個什麼情況，別說宮裡頭的人知道，你問問這滿城的百姓，誰不知道？可就算這樣，皇帝仍跟找著了真愛一樣，可著勁兒地寵著、愛著。

邊關在用兵，將士們用血肉身軀抵擋外族的入侵，原本太后就勸說皇帝，這邊關在打仗，十四皇子的滿月典禮就不要大操大辦了，免得讓邊關將士寒了心。皇帝一開始也聽進去了，可去了林貴妃宮裡之後，也不知林貴妃和皇帝說了什麼話，後來居然還是要大辦十四皇子的滿月宴。

成賢妃自然和後宮一眾妃子一般，對於此事是憤憤不平。她雖知道皇帝的寵愛對於林貴妃來說未必全都是好事，可女人不就是這樣？看得清是一回事，看得開又是一回事。

後來還是太后發了怒，因此十四皇子的滿月典禮只邀請了後宮的諸多妃嬪，並沒有讓命婦入宮慶賀。

「不過是個小孩子罷了，那樣的恩寵，也不怕折了福氣。」成賢妃說道。

「說到底，林貴妃到底是短見了，父皇那般寵愛她，她又何必爭一時之氣呢？聽說皇祖母除了十四出生的時候，就再沒給過賞賜了？」景王有些試探地問道。

成賢妃瞥了他一眼，不在意地說道：「太后有多不喜歡她，你又不是不知道。」成賢妃聽了這話，突然覺得有些不對勁，立即便問道：「你今兒個怎麼一直在說那個女人和十四皇子？」

一見成賢妃這狐疑的目光，景王立即便道：「其實兒子一直有一事想同母妃商議。」

成賢妃倚在榻上的靠墊，悠閒地瞧了他一眼，輕笑一聲道：「你只管說就是了，咱們母子之間還有什麼不能說的話？」

自從大皇子和二皇子兩人徹底失去了繼承皇位的可能之後，他作為皇上的第三子，便成為了繼承皇位最有可能的人選。可就算是這樣，景王也不敢篤定，畢竟皇上可是有十幾個兒子，下面那些弟弟雖各個瞧著都是老實人，可誰又能知道他們真正的想法呢？

因此，景王府的幕僚便向他獻計，如今後宮之中林貴妃是皇上最寵愛的人，而她的十四皇子不過才是個嬰兒而已，在前頭有這麼多哥哥的情況下，基本上是沒了繼承大統的機會，所以何不聯合林貴妃呢？景王可以保證，在繼承大統之後，善待她和十四皇子。

對於這個提議，景王覺得可行。如今皇上就跟瘋了般地寵愛林貴妃母子，要是林貴妃能給皇上吹吹枕邊風，對他來說真是如虎添翼。

成賢妃聽完兒子的話後，靜默了一會兒，才問道：「你有同你舅舅商議過嗎？」

景王一時沒說話。

成賢妃卻是立即明白了，合著他們都已經商量好了。她露出一絲冷笑，只道：「既是都商量好了，還問我做什麼？」隨即她臉色又是一變，有些拔高聲音地說道：「莫非你是想讓我去諂媚那個女人？」成賢妃顯然是被這個想法給氣昏了，方才的悠然嫻靜一瞬間被戾氣所替代。

這女人就跟花朵一般，若是沒有精心的呵護，就算再富貴的生活都擋不住衰老的速度。先前景王看成賢妃還是各種美麗年輕，可是這一瞬間就瞧見了她眼角突兀的細紋。

他立即垂下頭，安慰道：「母妃這是想到哪裡去了？兒子不過是想著，若是真與林貴妃結盟了，母妃在後宮之中少不得要幫襯幾分。」

「幫襯她？」成賢妃神色譏誚，看著景王便道：「如今只怕是我們得看著人家的臉色過日子吧！你父皇滿眼都是她，我忍了，如今連你都要靠到她那頭去了？」

「母妃，兒臣不過是想同她結盟而已，何來投靠一說？若是母妃不願，兒臣不做便是。」景王見成賢妃真是氣得厲害，立即就哄道。

此時，外面有宮女傳稟。「賢妃娘娘，九殿下來了。」

成賢妃一聽小兒子來了，立即收斂臉上的怒容，歡喜地讓人叫他進來。

陸允珩一進來就瞧見三哥也在，從容地給他行禮。

景王起身將他扶起，朗聲笑道：「如今咱們允珩也懂事了，不過自家兄弟何須這般見外？」

「即便三哥同我是親兄弟，可是這長幼有序，禮不可廢。」陸允珩一本正經地說道。

景王又問道：「你可是去給父皇請安了？」陸允珩身上有著淡淡的龍涎香的味道，這是乾清宮才會點的香。

陸允珩也沒否認，點了點頭便說道：「我去求父皇讓我跟著使團前往邊境。」

「你也想去邊境？」景王沒想到連陸允珩都要去，登時有些緊張。

陸允珩點了點頭。「如今咱們大齊大敗韃靼人，這可是數百年前才有的盛況，我自然想去見識一番。況且我如今也領了差事，該為父皇分憂了。」

要說這幾個皇子之中，景王最不擔心的便是這個弟弟了，現下連他都想要在使團裡頭分一杯羹，這令自己原本堅定的信念有些動搖了。

成賢妃並不想過問他們朝中的事情，只是有些擔憂地問陸允珩。「你本該大婚了，若不是打仗，何至於拖到現在？雖說這仗是咱們打贏了，可誰知道邊境有沒有什麼胡人流寇？萬一衝撞了你，你讓我怎麼安心？」

「母妃，若是使團出訪，定會有大軍保護的，您只管放心便是。」陸允珩並沒有回答關於他大婚的問題。其實今年元宵節的時候，皇上就將他們幾個皇子的婚期都定了下來，只是後來要打仗，這才耽擱了。

陸允珩的正妃乃是兵部尚書陳江的嫡幼女，他早就見過了，模樣倒是不錯，只是那眉宇間的跋扈讓他十分不喜，而一口濃重的京片子腔調他更是不喜。

他喜歡什麼呢？或許是記憶中那一抹溫柔的江南語調吧，說話間彷彿含著蜜一般，聲音輕輕柔柔的，猶如一抹春風拂過面容……

第五十四章

大齊和韃靼的停戰協議要商談，大齊派遣以恪親王陸庭舟為首的使節團與韃靼進行和談。

作為新手爹爹，陸庭舟覺得自己的世界又打開了一扇新的大門。雖然談判在即，可是他看的不是軍報也不是內閣發來的摺子，而是醫書，還是婦科醫書。

他以前還覺得自己略通醫術呢，可這會兒才發現，在浩瀚的知識海洋中，他要學的還很多很多。他看醫書的同時，還不忘給太后寫信，大致的內容就是：我在外打仗，我媳婦懷孕了我都沒能照顧她。清溪吃什麼吐什麼，身邊也沒個可靠妥貼的人，所以希望母后能給我兩個懂女子懷孕養胎的嬤嬤。

一封信還在路上呢，另一封信又寄出去了，內容是：聽說皇兄又得了第十四子，我心裡面特別開心，如今我也即將有後了，日後母后再不用替我擔憂了。

原本是要在葉城簽訂協定的，兩方也確實商談了一個多月，韃靼雖有餘力，可不足以抵抗大齊，如今也只是砧板上的肉，任由大齊宰割。

不過陸庭舟也怕打壓韃靼太過，會埋下禍根，所以除了讓韃靼每年要向大齊進貢之外，特別將木圖河以西的地方劃出一道界限，讓雙方不得超過這個地區，一旦有一方超過，另一方可直接對其用兵。

陸庭舟還沒回來呢，不過大軍已經開始回程了，所以謝清溪這些日子，連睡覺都能笑醒了。

這日，朱砂給她帶了個好消息來。「元宵懷孕了！」

「啊？」謝清溪聽完立即驚訝地叫了一聲，然後就拉著朱砂的手撒嬌道：「我要去看元宵！」

元宵是陸庭舟隨軍時撿的一隻狐狸，原本軍中並不許養寵物的，可是陸庭舟見牠和湯圓一樣有著雪白的皮毛，就連模樣瞧著都有些相似，所以就留了下來，之前回京時便帶了回來，如今他再次前往葉城，把元宵留了下來。

一開始湯圓大人顯然對於這個同類很是感興趣，天天都在人家屁股後面追來追去，只是這位元宵小姐顯然是有些傲嬌，並不大搭理湯圓。謝清溪早就聽陸庭舟說過，其實他也不是沒給湯圓找過母狐狸，可人家愣是眼睛朝上，瞧都不瞧那些狐狸一眼。

所以這會牠屁顛屁顛地跟在元宵後面，謝清溪很是感動了一把，還生出一副「我家的湯圓大人終於要告別單身狐狸」的慈母感嘆。結果，人家元宵壓根兒就不愛搭理牠。

因此這會兒聽到這個消息，謝清溪比聽到母豬會上樹了還要驚訝。

「湯圓不會是對元宵用強了吧？」謝清溪立即聯想到這個可能性，不過又想到湯圓大人那小驕傲的模樣，以及元宵傲嬌的性格，便又覺得似乎不大可能。

唉，誰養個寵物跟養孩子一樣勞累的？

大齊軍隊大敗胡人，凱旋回歸。

旌旗蔽天，鎧甲熠熠，京城百姓莫不夾道歡迎，而為首的幾位將軍更是得到了百姓們莫大的歡呼。此時街道兩旁的店鋪前早已經擠滿了人，而二樓這樣有利的觀賞位置更是早被人包下了。

浮仙樓是大軍必經之處，因此二樓的包間都被人包走了。此時景王聽著外頭喧鬧的動靜，只悶頭喝酒。

一旁的成洙則是拎起酒壺，又給他倒了一杯酒，安慰地說：「這次咱們的人雖說沒能入使節團，不過五皇子那邊的人不是也沒撈著什麼好處？」

景王沒抬頭，只是將酒杯重重地放在桌子上。

此時外面的聲音越來越吵鬧，沒一會兒就聽見樓下有人喊道——

「大軍進城了！進城了！」

因著這回大齊軍隊大獲全勝，所以皇帝要在內城門上接見大軍。但說是接見，其實也就是站在城樓上面說幾句話罷了。

文武百官早就在城樓前等著了，所以若這其中少了誰也是不知道的。

京城的八月正值炎熱的時候，蕭氏知道陸庭舟今日要回來，特地來恪王府看望謝清溪。蕭氏看著閨女這張小臉蛋，按理說懷孕的女人誰不發福？養得珠圓玉潤的，那才叫懷相好。可清溪原本就是巴掌大點的小臉，如今還是巴掌大點，不僅一點肉沒長，反而下巴越發地尖了。

蕭熙打量著她便道：「我看著她除了長肚子之外，其他地方怎麼一點都沒變啊？」

「有些人的體質便是天生不長肉的，就算再大補，也只是讓孩子得了而已。」許繹心是學醫的，自然比蕭熙要懂些。

蕭熙一驚，立即便說：「可這豈不是對清溪的身子不好？」

許繹心見蕭氏皺了眉頭，立即便寬慰道：「也不是，這只是人與人天生的區別而已，比如有些人只是喝水都會長胖，而有些人每天吃三碗飯都未必會發胖。」

這麼一說，倒是讓她們稍微放心了一點。

陸庭舟因為還要進宮見皇上，所以至今還沒回來，謝清溪便留著蕭氏還有兩位嫂子在家中用膳。

「娘……」

謝清溪依偎在蕭氏身邊，可憐巴巴的模樣讓蕭氏都不知該說什麼好了。

蕭氏的性子那是冷靜自持的，但看著她臉上不長肉，可偏偏還大著肚子，立即便心疼道：「我先前就擔心過，妳和王爺到底都是頭一回當爹娘，定是什麼都不懂，如今看看妳，瘦成這般模樣。」

謝清溪嘟著嘴巴，楚楚可憐地點頭，還撒嬌道：「娘，我真是吃什麼吐什麼，連飯都吃不下，您又不經常來看我，我一個人在這麼大的王府裡頭，怪害怕的。」

「妳看看，我就知肯定是這樣的！」蕭氏有些痛心地說道。

謝清溪也不是想讓她娘真的擔心，這會兒撒完嬌了，便趕緊轉移話題，說道：「我們遲哥兒還有珂珂呢？快讓我抱一抱。」

此時謝璋珂正依在她娘親的腿旁，一點點的小人兒正是會走會跑的時候，一聽姑姑叫自己，竟是害羞了起來。

蕭熙見她嬌滴滴地往後躲，便笑著說道：「先前不是吵著、鬧著要姑姑的？趕緊來給姑姑瞧瞧。」

謝清溪對著珂珂招了招手，小姑娘一見，顛顛地就過去了。謝清溪低頭看了珂珂，頭上梳著兩個小揪揪，粉嘟嘟的小臉別提多可愛了，遑論那烏黑的大眼睛還直勾勾地看著自己。

謝清溪立即便讚了一聲。「我們珂珂如今長得可是越來越像姑姑了！」

這頭蕭熙聽了，立刻就笑了，哼了聲。「我辛辛苦苦養的閨女倒是像妳了。」

「姪女像姑母，這是老話說的！」謝清溪得意地說道。

蕭熙也不是真要和她較勁，便只一笑。

謝清溪如今身子重，抱不得孩子，所以丫鬟便將珂珂抱著坐在她邊上，謝清溪見了便指著她腳上的小繡鞋說道：「不如將她的鞋子脫了，讓她上來玩吧！」

蕭熙雖說自個兒當姑娘的時候最是不喜這些規矩啊、禮儀的，可等當了娘後，反倒是時時要求珂珂。再加上有謝清懋這個一本正經的人在，小姑娘雖然嬌滴滴的，可禮儀卻是一點不差。

「謝謝姑姑！」待丫鬟給她脫了繡鞋，讓她在榻上坐著後，小丫頭朝謝清溪瞧了一眼便說道。

「這乖巧的，真是跟我二哥哥一模一樣呢！」謝清溪對她簡直是喜歡得不得了。

蕭熙這會兒是直接衝她瞪了一眼了。「合著妳就是故意膈應我的吧？」

「哪敢哪敢！」謝清溪衝她一抱拳。

她這舉動直接逗樂了在場的所有人，就連一旁伺候著的丫鬟都垂著頭低低地悶笑呢！

謝清溪見著謝連遲的時候，是真想抱著的，雖說這麼大點的嬰兒，眉眼都沒長開，壓根兒瞧不出長得像誰，可謝清溪怎麼看都覺得他跟大哥哥長得一模一樣，儘管她沒見過謝清駿小時候的模樣。

「娘，遲哥兒和大哥哥小時候長得像嗎？」謝清溪纏著蕭氏問道。

蕭氏立即點頭，親自伸手接過他抱在懷裡，笑著說道：「這孩子一出生的時候，我就在產房裡頭，瞧著那眉眼跟妳大哥出生那會兒是一模一樣呢！」

這女人湊在一塊兒，就愛說孩子的事情。

這會兒城樓邊上剛散了場，不少人都中了暑。

陸庭舟今日穿的是王爺的朝服而非鎧甲，因此雖也熱，可到底還能忍受。

皇上在宮中設宴款待這些將軍，大軍這會兒要出城回營去，而他正準備回府找謝清溪，結果才掉頭呢，就見懷濟帶著幾個小太監過來了。

懷濟瞧見他立即便道：「奴才給王爺請安了。」

陸庭舟一見著他就明白，這是皇上要宣自己。他淡淡地抬了手，客氣地道：「懷公公不必這般客氣。」

「皇上讓老奴過來請王爺過去呢！」

果真如他所料想的這般。陸庭舟點了點頭，就跟著他往前頭走。

皇上已經從城樓下來了，就坐在鳳輦之中。

陸庭舟到了跟前便立即請安，誰知卻久久沒聽見皇上叫起的聲音，待過了許久之後，才聽到一個有些中氣不足的聲音響起——

「起來吧。」

陸庭舟沒抬頭打量皇帝，但是他知道，皇帝此時一直在打量自己。

此時坐在鳳輦之中的皇帝，面色複雜地看著他，過了會兒才不緊不慢地開口道：「母后得知你今日回來，早已經在宮中等著了，你隨朕一塊兒回宮去給母后請安吧。」

陸庭舟立即道：「微臣遵命。」

一聲「微臣」，將他和皇兄之間的界限劃得分明，而這一次，他沒再聽到皇帝如以往般說「你我兄弟之間，何須這般客氣」的話。

壽康宮中栽著一株桃花樹，那是恪王爺親自在外頭相看之後移了進來的。往年恪王爺在的時候，只要他一來，他身邊的那隻雪白胖狐狸就會跟著一塊兒過來，那隻胖狐狸以前瘦的時候還會爬樹，每回蹭蹭蹭地就竄上去了，在樹枝上頭搖晃，花瓣繽紛落下，漫天飛舞，好些宮女、太監就站在桃花樹下頭，生怕牠從樹上摔下來，如今想想，那會兒實在好玩。

今年恪王爺不在了，那隻胖狐狸也不來了，但宮裡頭的太監和宮女有時路過桃花樹的時候，都還會忍不住朝那邊瞧上一眼呢！

太后正數著手上的那串沈香佛珠，這是恪王爺特請了西藏的活佛給開光的，如今太后最愛重的就是這串佛珠了。

此時，容嬤嬤和金嬤嬤兩人在旁邊伺候著。

金嬤嬤瞧著太后數一顆佛珠就抬頭朝外頭看一眼，便恭敬地說道：「太后娘娘，要不再讓閻良去外頭瞧瞧？」

太后還沒說話，就見外頭進來一個小太監，是壽康宮裡負責通稟的。

小太監一進來就跪在太后跟前，喜氣洋洋地說道：「稟太后娘娘，皇上和恪王爺到宮門口了！」

太后面露喜色，立即便道：「竟是這麼快就來了？」

「可見得咱們王爺也念著您呢，這前頭的事一忙完，就趕緊過來給您請安了。」金嬤嬤歡天喜地地說道。

太后臉上的悅色更甚，顯然是聽進了金嬤嬤的奉承。這會兒她連佛珠也不摸了，只等著皇帝和陸庭舟進來。

沒一會兒皇帝就率先進來了，因著太后並沒有坐在正廳，而是在旁邊的梢間，因此兩人進去後，就看見太后歪著身子坐在榻上。

皇帝立即拱手笑道：「母后瞧瞧，兒臣這是把誰給您帶回來了？」皇帝的口吻很是溫和，帶著一種一家人的親密。

太后朝他身後瞧，眼眶子就是一熱，還沒等陸庭舟跪下呢，就衝著他招手。「快過來給母后瞧瞧！」

陸庭舟抬頭看了一眼皇帝，正撞上他意味深長的眼神。

片刻之後，皇帝臉上便揚起溫和的笑意。「小六，去，讓母后仔細瞧瞧你，免得母后心疼。」

陸庭舟點頭，走近了幾步。

太后這會兒仔細看了他，有些黑了，人又消瘦了，原本溫潤如玉的人，如今添上了幾分肅殺的氣質。這上過戰場和沒上過戰場的，果真是不一樣。太后瞧了，心裡頭那叫一個心疼，是個娘的都不願自己兒子上那吃人的地方。

「如今回來就好，你這回可是替大齊立功了，回來了就好好給你皇兄當差。」太后雖不問事，但對於戰情也是瞭解的，知道陸庭舟率部打了不少的勝仗。

陸庭舟立即點頭。「兒臣定不辜負母后的期望。」

太后又笑了笑，這眉宇間的皺紋都舒展開了，心情顯得很是愉悅。「母后原只希望你能平平安安的，可如今你不但平安，還替你皇兄辦好了差事，母后也替你開心。」

「好了，母后，小六剛回來，咱們還是先用膳吧。」皇帝打斷了太后的唸叨。

太后瞧了皇帝一眼，見他臉色如常，立即便輕笑起來。「母后特別讓御膳房弄了幾樣你和皇上都愛吃的。」雖說在皇室裡頭，這吃食上的喜好是最不能為外人知的，不過太后到底是他們的親娘，自然是瞭解得很。

陸庭舟從宮裡頭出來後，就回了恪王府。

待他回了府裡時，蕭氏等人還沒離開，所以他立即就給岳母請安。

而後謝家女眷也因為他回來了，不宜在此處留上許久，於是便紛紛告辭。

先前蕭氏她們在時，謝清溪還勉強維持著端莊的表情，待所有人走後，只剩下夫妻兩人，她眉眼便皆染上笑意，扶著肚子站在旁邊，含笑看著他。

陸庭舟伸手便要抱著她，但謝清溪的肚子實在是有些大，讓兩人之間隔了些距離。陸庭舟將下巴壓在她的肩膀上，輕笑一聲。「這小傢伙……」

謝清溪醒來的時候，陸庭舟早已經不在了，她迷糊地睜開眼睛，看著旁邊的空位，接著又朝外頭瞧了一眼。淺藍色簾帳將清晨的光線擋在了外面，她伸手挑開一道縫隙，陽光一下子便射入眼中，她伸手擋了一下。

外面的朱砂瞧見這邊的動靜了，趕緊過來輕聲問道：「王妃可是想要起身了？」

謝清溪在帳子裡面「嗯」了一聲。

朱砂便喚了月白過來，兩人一左一右地將帳子勾起。

謝清溪要起身的時候，朱砂和月白兩人趕緊伸手扶她，直接就將謝清溪逗樂了，笑道：「我真是沒想到，自個兒有一日竟是連起身都要旁人扶了。」

「娘娘這會兒是身子重，精心些才好。待小主子出來了，可不就好了？」月白立即說道。

等謝清溪換衣裳的時候，雪青就進來問今日早膳用什麼？

謝清溪想了一會兒後，笑著說道：「今兒個吃煎包如何？」謝清溪一想到「煎包」兩個字，口水險些都要流下來了。這會兒她正坐在鏡子前的錦凳上，丹墨在身後替她梳妝，因著今日要進宮見太后，所以不能像往常那般簡單的打扮。

朱砂將首飾盒子打開，謝清溪瞧著這上下五層的首飾匣子，裡頭有一支赤金纏絲鳳簪，那鳳嘴上銜著一串粉色珍珠。這白色珍珠是最常見的，而這粉色的則是珍品，一顆已是極好的，更別提這一串了。

她今天穿著銀紅衣裳，臉頰上打了一層薄薄的胭脂，登時面若桃花，一張巴掌臉依舊美得驚人。

今兒個謝清溪胃口不錯，喝了大半碗的粥，又吃了兩個煎包，這才出發往宮裡去。

等到了宮門口，在門口略等了一會兒，就見壽康宮的閻良親自過來迎接了。

閻良一見著謝清溪，立即便客氣地笑道：「奴才給王妃娘娘請安。」

謝清溪笑著點頭，讓他起身，不過她臉上這笑已有些掛不住了。雖說這會兒不過才辰時，可是陽光已是有些曬，她本就是不耐熱的人，如今又穿著厚實的禮服、挺著大肚子，這心裡頭別提多憋屈了。

然宮裡頭有規矩，命婦是不得乘坐轎子的，除非是皇上特准或是年過六十之人。謝清溪往常也是從神武門步行至壽康宮的，可這會兒她懷有身孕，要真走過去，估摸著得半個時辰吧。

閻良落後她半步，前頭是壽康宮的宮女在領頭，他偷偷抬頭瞧了一眼，就見這位王妃秀眉微蹙，可神色卻依舊沒變，顯然是在心中隱忍著呢。

謝清溪這會兒真是走了才幾步，就感覺整個人都熱得要昏過去了。

閻良一路都瞧著她呢，見她這臉上慢慢染上紅霞，額頭上一層薄汗，身邊的丫鬟扶著她的手臂，生怕她昏倒一般。閻良趕緊將身邊的小太監叫了過來，在他耳邊吩咐了幾句。

小太監一聽也不敢耽誤，得了令就往小路小跑著離開。

閻良瞧著謝清溪這走路實在是難，剛好從神武門進來沒多久就能走到御花園邊上，閻良生怕這位主子有個意外，便立即上前笑著說道：「王妃娘娘只怕是走累了，要不咱們到前頭的涼亭略歇一會兒吧？這日頭可烈著呢！」

謝清溪對他這個提議自然是覺得不錯，不過又想著太后這會兒正在宮裡頭等著她，因此她面有難色地說道：「可母后如今還在宮裡等著……」

閻良忙說道：「方才是奴才想得不周全，來接王妃娘娘的時候，就該讓人派頂軟轎過來的。娘娘如今身子重，這般走過去，只怕是身子乏累吃不消。」

謝清溪一聽居然有轎子坐，心裡立即鬆了一口氣，不過面上卻依舊矜持地笑了下。「既是這樣，便煩勞公公前頭帶路。」

閻良趕緊在前頭帶著路，這御花園裡頭的亭臺樓閣最是多，他特選了一處靠水的亭子，這會兒坐在水邊也涼快些。

謝清溪坐在亭子裡頭，身後的朱砂趕緊將隨身帶著的團扇拿出來，站在她背後替她搧風。

一時間，涼風陣陣，她坐在亭子中，看著旁邊碧波蕩漾。這池中種著不少蓮花，水裡頭好像還養了不少錦鯉，紅色的、金色的還有紅白相間的，有些躲在蓮葉底下，有些則是低頭就能看見。謝清溪這會兒歇下來後，只覺得整個人都鬆散了，方才心中的煩躁也被這清風一點點地吹拂走。

御花園的景致本就是天下絕有的，現在因著夏天燥熱，所以來逛園子的人並不多。可這雖說是不多吧，但也還是有人的，而且，還讓謝清溪給碰上了。

這邊林雪柔讓人抱著十四皇子一塊兒出來逛逛花園，她住在重華宮，坐了輦駕過來，自然是一點都不熱。她在前頭走著，身後的奶娘抱著十四皇子，因這天氣有些熱，十四皇子只穿著一層薄薄的衣裳。

林貴妃身邊的紅綾笑指著前頭，說道：「娘娘，穿過這個遊廊前頭就有一片池子，旁邊有一處涼亭，不如去那邊坐坐吧？先前朝鮮進貢了一對丹頂鶴，聽說就養在這池子周圍呢！」

林雪柔一聽便是點頭，驕矜地扶著紅綾的手往那頭去。

由儉入奢易，如今林雪柔算是徹底習慣了宮中的生活，身邊光是伺候的宮女、太監便有數十人，往來更是說不盡的奉承和好話，這樣的日子讓林雪柔迷戀也深深地沈醉著。

一行人走到亭子的時候，紅綾一抬頭瞧見那邊，「呀」了一聲才輕聲說道：「那亭子裡頭好似有人？」

林雪柔定睛一瞧，果真是有好幾人在亭子裡面，不過周圍站著的都是宮女、太監，那坐在中間石桌旁的才是主子吧？

「就算有人，也是後宮的姊妹，咱們過去說說話也是好的。」林雪柔輕笑了一聲，扶著紅綾就往亭子裡頭去了。

閻良正朝著對面瞧，按說這轎子也該到了，怎麼這會兒還不來？他站在亭子外頭的臺階下，抬頭小心覷了謝清溪一眼，見她神色沒有絲毫不耐，這才稍稍放心。結果對面的小太監卻是一直朝他使眼色，閻良不禁瞪了他一眼。

小太監這才輕聲說道：「公公，後面來人了。」

閻良回頭一瞧，這時來人已離得極近，所以他一眼就瞧見對面是何人，只是待林雪柔到了跟前，閻良才不緊不慢地躬身說道：「給林貴妃請安，娘娘萬福。」

林雪柔瞧了一眼閻良，也並不叫起，又抬頭朝涼亭看了眼，只是涼亭中的人此時正偏著頭，朝後面的水池子瞧，所以她沒能看見正臉。

她知道這個閻良是太后娘娘的心腹，先前十四皇子出生的時候，就是他來賞賜了一回東西，可是聽她宮中的總管說了，這閻良連重華宮賞賜的紅封都沒要去。

「閻公公這會兒不在太后跟前伺候，怎麼有心思來御花園閒逛？」林雪柔上下打量了他一番，這才掐著腔調，不緊不慢地說道。

閻良在宮裡頭少說也有三十年了，跟在太后身邊就有二十年，那是心腹中的心腹，就連皇帝瞧見他都是笑咪咪地問話呢！可有道是閻王好見，小鬼難纏，閻良見著皇上都未必會頭疼，可見著這位林貴妃卻覺得很是麻煩。

閻良回道：「回娘娘話，奴才得了太后娘娘的吩咐，到宮門口接王妃娘娘前去壽康宮。」

王妃娘娘？林雪柔沒好意思問是哪位王妃？她進宮沒多久，又不像成賢妃那般是在京城長大的，對這皇室宗親都很是熟悉。她對陸氏中這些大長公主、長公主還有王妃認識得不多，先前還差點鬧出笑話來呢！

此時謝清溪正轉過頭來，就瞧見亭子底下站著的人，她一眼就認出來這位是何方菩薩了。

而林雪柔恰好也抬頭朝亭子裡看，兩人四目相對，得，又是熟人見面。

見林雪柔抬腳上了臺階，閻良只得著急地看了一眼，畢竟這是御花園的涼亭，他一個做奴才的，哪敢攔著貴妃娘娘不讓她上去？

謝清溪待林雪柔進了亭子，才起身向她行禮。「見過貴妃娘娘。」

「免禮吧。」林雪柔看了她的肚子一眼，這才緩緩說道。

謝清溪也不想和她客氣，又重新坐了下來。

林雪柔則是淡淡看了她一眼，待後頭的小宮女趕緊上前將錦墊放在石凳上，她這才坐了上去。

謝清溪看了人家的做派，只覺得很是好笑，但也是臉上閃過一絲笑意罷了，並沒出聲。反倒是林雪柔瞧著她，又看了看她的肚子，輕聲道：「先前便聽說妳懷孕了，我當時身子也重，便沒精力另賞賜妳些東西。咱們畢竟是親戚，往後可要常來常往。」

謝清溪見這位林表姑如今說話很是有些條理，就抿嘴一笑，可見這皇宮確實是能讓人成長。只不過這位林表姑如今都三十幾歲了，也不知道她這後天成長的戰鬥力能不能扛得住這些宮裡頭成精的女人？

這會兒正說話呢，就聽後面傳來低低的嬰兒哭聲，謝清溪這才抬頭，就看見被奶娘抱在懷中的小孩子，哭的聲音跟小貓兒似的，瞧著似乎是不大康健。

「今兒個我瞧著外頭天氣不錯，便帶著十四皇子出來逛逛，正巧就碰上妳了，說來你們還是表姊弟呢！」林雪柔輕笑地說道。

謝清溪立即正色道：「十四皇子是皇上親子，那便是我家王爺的姪子，說來以後他也得叫我一聲六嬸呢！」

林雪柔面色一僵，顯是忘記爹那頭的關係了。好在這會兒身邊沒別的人，要不然這傳出去又是一樁笑話。

兩人正說著話呢，就見不遠處有兩個身影慌亂地閃過，顯然是原本想朝這頭來，結果一過來瞧著這裡全是人，就又躲了回去。

閻良朝那頭瞧了一眼，還沒說話呢，就聽對面站著的重華宮太監總管孫方尖著嗓子嚷道——

「前方是哪兒的宮人？見著貴妃娘娘在此處，豈有躲回去的道理？」

他這麼一說，就連謝清溪都抬頭朝著對面瞧了一眼，只模糊瞧見兩個青色身影。

此時林雪柔緩緩朝那邊瞧了一眼，有些不悅地道：「去，你瞧瞧，是哪宮的奴才，竟是這般不知規矩！」

謝清溪聽她張口閉口便是「規矩」二字，心裡頭更覺得好笑。她若真是守規矩的人，只怕如今早該抹脖子去了！

孫方就是靠著奉承林雪柔才能爬到如今這位置，所以林雪柔一發話，他就一馬當先竄了出去，身後幾個太監也跟著一塊兒過去了。等把人提溜過來後，孫方便跟驚了魂一般，三步併兩步地上了臺階，跪在涼亭外頭，驚愕地說道：「貴妃娘娘，那兩個宮女竟弄死了朝鮮進貢上來的丹頂鶴！」

此時兩個宮女就被押著跪在臺階之下，而旁邊則是一隻早已死去的丹頂鶴。

聽了這話，林雪柔蹭地一下站了起來，扶著紅綾的手就從臺階下去。她站在臺階的最後一層，居高臨下地看著兩個宮女，那隻丹頂鶴也不知死了多久，這會兒都僵硬了。

「好大的狗膽！這丹頂鶴乃是朝鮮進貢的貢品，妳們竟也敢弄死了？如今妳們倆的小命都不夠填補的！」林雪柔很是惱火地斥責她們。

這兩個宮女一聽見她的話，便立即喊冤，畢竟這可不僅僅是一隻丹頂鶴，人家還是貢品呢！「貴妃娘娘，丹頂鶴並非我們弄死的，我們只是瞧見牠躺在那邊，這才過去瞧瞧，誰承想牠竟是死了，奴婢們冤枉啊！」

此時紅綾突然在林雪柔耳邊說了兩句話，只見她整張臉都瞬間綻放出光芒。

林雪柔立即就怒道：「原來妳們是賢妃宮中的宮女，今兒個我便要問問賢妃娘娘，為何不好生約束宮中的宮女，竟是讓妳們弄死了這樣珍貴的丹頂鶴！」

如今這後宮是她和成賢妃掌管，她雖居於貴妃之位，但成賢妃在宮中浸淫多年，又理慣了這些宮務，再加上上頭還有位太后娘娘在，所以宮人仍是懼怕成賢妃甚於她。

這會兒她抓住了成賢妃的把柄，自然是一點都不願鬆手的。

謝清溪原以為只是小事，如今一聽竟涉及到貢品之事，便知道這事恐怕是不能善了了。

她朝著對面又看了一眼，這轎子竟是還不來。

此時紅綾上來了，對著謝清溪客氣地說道：「王妃，貴妃娘娘請您下去呢。」

謝清溪不願蹚宮裡的渾水，索性下去了。就算轎子不來，此時她用兩條腿走都要走去壽康宮！待她扶著朱砂的手臂，緩緩地下了臺階之後，就聽貴妃指著兩個宮女說道——

「這宮裡頭竟是出了這樣的大事，少不得要請妳跟我去成賢妃宮中走一趟了，以免這兩個宮女死不承認。」

謝清溪瞧了她一眼，淡淡道：「想來娘娘也是知道的，我還要去給太后娘娘請安，只怕是去不了賢妃娘娘宮中的。」

「妳到底是個人證！」林雪柔不客氣地說道。

謝清溪也不怕得罪她，只又說：「那只怕不行，給太后娘娘請安可不能耽誤呢！」

林雪柔也不好硬押著她去賢妃宮裡。

此時，就見幾個太監正抬著一頂轎子過來，闔良一見立即便鬆了一口氣，待那轎子到了跟前，闔良立即喝斥那跟著轎子的小太監。「怎的這麼久？」

「小的方才帶著轎子回去，結果沒見著王妃，所以圍著這園子找了好久。」小太監立即委屈地說道。

要不是有這麼多人在，闔良恨不能給這小子一個腦瓜蹦。不長眼的東西，也不看看這會兒的氣氛！

謝清溪見轎子來了，扶著朱砂的手就要過去，卻被林雪柔叫住。

林雪柔有些不悅地說道：「此事事關貢品，妳還是同我去一趟賢妃宮中。」她又看了一眼轎子，如今她也是懂得宮裡的這些規矩了，不是說命婦要六十以上才能坐轎的？

「我就在太后宮中，難不成娘娘還怕我跑了不成？」謝清溪說完就是一福身，告退而去。

林雪柔咬牙看著離去的謝清溪，冷冷地對身邊的紅綾道：「咱們先去賢妃宮中，待會兒直接將此事鬧到太后跟前，我倒要瞧瞧她們還想怎麼開脫！」

謝清溪到了壽康宮時，金嬤嬤就在宮門口等著。兩刻鐘前就說人到了神武門口了，結果到這會兒了竟是還沒來，所以太后娘娘心裡著急，她就自請到門口來等著了，如今遠遠地瞧著轎子過來了，這才算是鬆了一口氣。待轎子在宮門口處停下後，金嬤嬤便立即上前幾步，而朱砂則在一旁扶著謝清溪下來。

金嬤嬤打眼一瞧這肚子，確實是大了，近三月分時傳來的好消息，說是懷了兩月，如今這會兒都八月分了，這可不就是七個多月的肚子了？金嬤嬤也是見過宮裡那些娘娘懷胎的，可是像她這般大的肚子倒是少見，難怪走到一半就走不動了。

先前金嬤嬤還想著，恪王妃是不是趁著懷孕故意在太后娘娘面前拿喬呢，如今想想，自己可真是小人之心了。

金嬤嬤立即也上前扶著她另一隻手，小心翼翼地道：「王妃娘娘可得小心了。」

「謝謝金嬤嬤。」謝清溪對太后身邊的老嬤嬤自然是客氣的。

金嬤嬤立即訕笑道：「娘娘這般說，豈不是折煞老奴了？娘娘如今身子重，老奴扶著您也是應該的。」

太后雖說不至於等得不耐煩，但還是不時地朝外面瞧。不過也難怪她這麼著急，想當年皇帝像陸庭舟這般大的時候，都有好些個孩子了。如今陸庭舟都這麼大年紀了，這才得了頭一個孩兒，她能不著急嗎？

小宮女進來通報恪王妃到門口了，太后這才露出些許笑意。

此時謝清溪到了東次間，就看見太后坐在大葉紫檀七屏風式羅漢床上，她到了跟前就要給太后跪下請安。

太后一瞧她這肚子，立即便道：「妳身子都這般重了，就不要拘束這些俗禮了。」

謝清溪不敢托大，還是深深地彎腰行禮，不過她這會兒感覺自己彎腰就會起不來了，幸虧旁邊的金嬤嬤一直實托著她。

太后沒敢讓她坐在羅漢床上，怕她扭著個身子坐著不舒服，乾脆讓人搬了一把大葉紫檀的高腳椅子來，她坐在上頭反倒是舒服了些。

這會兒太后仔細打量了她的臉，見她臉色還算紅潤，只是這臉頰太瘦，還是一張巴掌大的瓜子臉，漂亮是漂亮得驚人，可這會兒她看著也嚇人啊！太后這輩子沒見過百、八十個懷孕的，也見過幾十個了，以前先皇後宮的那些女人、後來她兒子後宮的那些女人、然後又是孫子後院的女人，還有那些公主、命婦等等，這大肚婆不知見過多少了，可也沒瞧見一個像她這樣的，肚子都這般大了，一張小臉還跟沒懷那會兒一樣瘦，就連孕婦常見的浮腫都沒有。

於是太后就憂心了，立即問道：「平日裡頭用飯可用得香？妳瞧瞧妳，瘦得這般模樣。」太后又嘆了一口氣。「這吃下去的東西都被肚子裡的孩子拿去了，反倒妳自個兒是一點斤兩也沒長，到了生產的時候對妳可不好。」

謝清溪愣了一下，有些回不過神，太后娘娘這會兒是在擔心她呢？

她心裡頭還挺高興的，畢竟太后現在對自己這般和顏悅色。

「說來也奇怪，先前吃什麼吐什麼，昨兒個王爺一回來，我就吃了一大碗的米飯呢！」

謝清溪立即笑著說道。

太后一聽也是覺得奇了，不過隨後想了一下，又說道：「小六在外頭，到底讓人放不下心來，再加上妳懷孕，口味變了，身邊沒個妥貼的人伺候膳食，難免會這樣。」

「兒媳不孝，倒是讓母后一直擔心了。」謝清溪很是乖巧地對太后說道。

太后見她說話甜甜柔柔的，人也乖巧得很，遭了這樣的大罪都沒抱怨一句，自然對她很是喜歡，再加上這未出世的孩子，太后恨不能將她當成個寶貝供著。

「這錢嬤嬤是有了庭舟那會兒就跟在哀家身邊的，她最是會料理孕婦的膳食，妳若是想吃什麼，只管同她吩咐就是。」太后指了指錢嬤嬤。

謝清溪見太后對自己這麼關心，很是感動，不過她立刻就說道：「母后先前已經賞了人給我了，錢嬤嬤是您身邊得力的人，兒臣如何敢要？」

但太后堅持，謝清溪這才謝恩。

「今兒個妳就在哀家宮裡用膳吧，待小六前頭沒事了，讓他也一塊兒過來。等用完膳了，再讓他帶妳回去。」太后和藹可親地說道。

要說這人吧，還真是奇怪，先前太后對她冷冷淡淡的，她很是習慣，這會兒突然對她噓寒問暖了，她卻不禁覺得人家有陰謀在。

太后見她有些乏累了，就讓她去後頭休息會兒。

謝清溪正要起身謝恩的時候，負責通傳的宮女這會兒又進來了。

「太后娘娘，林貴妃和成賢妃二位娘娘如今在殿外求見，說是有要事稟報。」

太后微蹙著眉頭，臉上閃過幾分不悅，不過最後還是點頭道：「讓她們都進來吧。」

雖說林貴妃和成賢妃二人只帶了各自貼身的宮女進來，不過此時整個梢間一下子熱鬧了起來。

二人給太后請安之後，林貴妃搶先開口道：「太后娘娘，臣妾今兒個不得已來打擾，只因咱們宮裡出了件大事啊！」

成賢妃朝她看了一眼，雖說竭力克制，但眼底的輕蔑還是流露了出來。先前老三還說要和這女人聯盟，如今她可是踩到自個兒的頭上來了！

太后從來都不喜歡這個林貴妃，她就是皇帝最大的污點，偏偏皇帝如今還就愛寵著她，就跟瘋魔了一般，所以太后也並不好太拂逆皇帝的意思，只是這林雪柔偏偏要到她跟前來。

「這後宮之中最是注重規矩儀態了，妳們都是後宮掌管宮權的人，遇事便毛毛躁躁、大驚小怪的，成何體統！」太后有些不悅地道。

雖然太后用了「妳們」這兩個字，不過成賢妃的嘴角卻揚起一抹笑意。太后娘娘在說誰，顯然是一聽便知的。

林雪柔本身皮子就白皙，這會兒被太后這麼一說，一張臉都燒紅了，偏偏她還不能反駁。

等兩人都不說話了，太后才問道：「說吧，到底出了什麼事？」

這會兒林雪柔反倒是不搶話了。

成賢妃瞥了她一眼後，譏誚地說道：「貴妃娘娘方才不是信誓旦旦地說要找太后娘娘做主的？如今在太后娘娘跟前，貴妃便有什麼就說什麼吧！」

太后也聽出成賢妃這諷刺的意思，可只是淡淡地看了她一眼，便瞧著林貴妃問道：「說吧，妳這大事究竟是件什麼大事？」

「回太后，方才臣妾去御花園散步，竟是撞見有兩個宮女弄死了一隻丹頂鶴，結果臣妾訓斥她們，她們還強嘴反駁！」林貴妃逮著機會，便在太后面前給成賢妃上眼藥，只等著太后問問這兩個宮女是哪個宮中的？

誰知太后瞥了她一眼，隱隱有些怒道：「不過就是死了隻丹頂鶴而已，也值得妳們這般大張旗鼓地鬧到哀家跟前來？若真是那兩個宮女害的，只管將人送到慎刑司去，按著宮裡的規矩辦便是！」

林雪柔見太后一點都不在意，眼底閃過一絲不甘，趕緊又說道：「回太后，這丹頂鶴可是朝鮮進貢的貢品，平日就養在御花園的池子裡頭，臣妾方才派人去問了，照顧牠們的小太監說，今兒個早晨還瞧見牠們在池邊來著，結果過了一刻鐘就不見了，後來就是臣妾瞧見那兩個鬼鬼祟祟的宮女拿著這丹頂鶴的屍身呢！」

太后一聽這竟是貢品，而且還是朝鮮送來的，這要是什麼地方上送來的倒也好辦，可這是附屬國進貢上來的東西，損壞貢品可是要判刑的，情節嚴重的就是死罪，所以太后一時也有些不知如何是好。

「而且臣妾讓太醫來檢查過了，這隻丹頂鶴是被毒死的！」林雪柔言語中微微露出些得意。先前她還沒想到這處，幸虧紅綾給出了主意，說是驗驗這丹頂鶴到底怎麼死的？要真是普通的弄死了，頂多就是這兩個宮女沒了性命，可要是其他的死法，例如毒死的，那她們可就真的抓住成賢妃的把柄了！這會兒還真的被她們撞上了，太醫信誓旦旦地說，這隻丹頂鶴是被毒死的！

「毒死的？是什麼毒藥？」太后一聽這話便立即緊張了起來。不過她瞥見面色有些蒼白的謝清溪，忙道：「金嬤嬤，妳先扶王妃到後殿去歇息會兒。」

等謝清溪出了殿門，這才輕吐了一口氣，只是她吐氣的動作大概大了些，惹得金嬤嬤立即詢問。

「這是怎麼了？王妃是不是坐著太久，累著了？」

謝清溪有些無力地說道：「大概是吧。」

待進了後殿，朱砂扶著謝清溪在榻上歪著，金嬤嬤立即出去喚了宮女，謝清溪這才真的鬆了一口氣。方才她雖說是隔著衣裳掐了一把自己的大腿，但還是疼出了一頭冷汗，感覺現在是身上一丁點兒的動靜都能連接到敏感的肚子上。不過她也算是有了藉口出來，要不然真的聽到什麼皇宮秘辛，那還了得？她對於這些能殺人的秘密是一點都不感興趣的。

謝清溪歪著歪著，就睡著了……

等謝清溪再醒來的時候，就看見一個偉岸寬闊的背堵在眼前，她叫了一聲，陸庭舟立即回頭，見她醒了，便過來扶著她起身。他一手放在她脖子後側，一手放在腰腹後側，雙手用勁，小心翼翼地將她扶了起來。

說實話，朱砂她們也時常將她從榻上扶起來，可她最喜歡的還是陸庭舟扶自己，寬厚的胸膛，有力的雙臂。

她在他身邊坐好後，便拉著他笑道：「什麼時候來的？怎麼不叫我？」

「見妳睡得香，就讓妳多歇息會兒。」陸庭舟順手給她理了理鬢髮。

此時謝清溪朝旁邊看了一眼，這後殿裡頭擺了一個落地座鐘，她瞧著上面指針的方向，立即就吃驚地問道：「這會兒都申時了？」

陸庭舟也朝那座鐘看了一眼，點頭說道：「妳今兒個走了那樣遠的路，又陪著母后說了那麼久的話，是真的累了。」

謝清溪真是欲哭無淚，她居然一覺睡過去這般久。她有些擔憂地看著陸庭舟，生怕太后覺得她是個懶媳婦。

陸庭舟居然看懂了她的意思，立即捏了捏她的臉頰，開心地告訴她。「我方才陪母后用膳的時候，她不知有多心疼妳呢。說妳孝順，還說妳這會兒辛苦了。」

「真的？」謝清溪略表狐疑。

誰知陸庭舟竟伸出右手，三指合併朝天一豎，笑道：「我保證是真的。」

他們說著話時，錢嬤嬤就過來了，太后已派她來了兩回。這會兒見她起身了，立即便讓膳房將準備的吃食端了上來。

謝清溪吃完飯後，這才去前頭跟太后請安。

太后看著她是真的心疼，只說道：「到妳生產前就不要再進宮了，這跑來跑去的，沒的累著妳了。好生在家裡頭養著，給母后生個乖孫子。」太后想了下，又補充道：「乖孫女也行。」

謝清溪登時驚訝了，要知道，在這個年代，雖說大戶人家的姑娘也精貴，可哪家婆婆不是盼著媳婦第一胎生個兒子啊？所以謝清溪立刻眉開眼笑，謝恩的時候更是嘴甜得跟吃了蜜般。

太后又賞賜了好些東西給他們，這才讓他們出宮去。

第五十五章

待兩人回了府裡，外面已被晚霞染上一抹火燒色。下車的時候，門房的小廝一見這樣多的東西頓時不知所措，管事則立即問要搬到哪兒去？

謝清溪聽了便吩咐他們先搬到她的院子裡放，畢竟這些可是太后賞賜的東西。這裡有大補的藥材，還有首飾、賞玩的物件以及各色瓷器，反正是應有盡有。

陸庭舟陪著她一塊兒回去，等回了院子在榻上坐下後，她總算是歇了一口氣。外頭來來往往的腳步聲，顯然是朱砂吩咐她們將太后賞賜的東西放好。

結果她正閉目的時候，就聽見咣噹好幾聲，像是瓷器碎裂的聲音，接著便是朱砂有些氣急敗壞的聲音——

「妳們將這些瓷器都擺好了，可別讓湯圓碰著！」

陸庭舟見外面實在是吵鬧，便親自去逮湯圓這個搗蛋鬼。

可他剛出去，就見湯圓一躍而起地跳到椅子上，衝著桌上擺著的一個錦盒齜牙咧嘴。

朱砂見他出來了，立即便有些無奈地道：「還請王爺把湯圓大人抱進去，奴婢們正在收拾宮裡賞賜的東西。」

湯圓見陸庭舟出來了，又朝著地上的瓷器碎片做出齜牙咧嘴狀，接著再轉頭盯著桌子上還放著的錦盒。

陸庭舟立即問道：「這些是什麼？」

「太后娘娘賞賜的瓷器，是一整套的膳食用具，這質地和花色可是頂頂好的。」朱砂是謝清溪身邊的大丫鬟，看多了好東西，自然也認得這套瓷器的精貴。

陸庭舟冷聲道：「都別動，碎片也放著！」

經他這麼一喝斥，蹲在地上收拾碎片的小丫鬟也不敢動彈了。

陸庭舟將桌子上完好的錦盒打開，將其中一只小碗拿了出來，置於鼻下輕輕聞了一下，他自然是聞不出什麼。待他將小碗放在湯圓鼻下的時候，牠揮爪就將小碗打落。

朱砂看著面前在桌子上滾了幾圈，終究還是滾到地上摔碎的小碗，眼淚差點都要落下來了。「王爺，這可是太后娘娘賞賜的，而且是貢品啊……」今兒個朱砂剛在宮裡瞧見了由貢品引發的血案，聽說後來太后也發了怒呢，如今她守護貢品不力，這、這……

誰知陸庭舟竟是繼續將錦盒之中的瓷盤拿出，又湊到了湯圓鼻子下讓牠聞，結果湯圓又要抬爪揮掉盤子。好在這回陸庭舟手快地將盤子拿開，這才沒讓牠又摔了一個。

「這可是貢品，」陸庭舟伸出一手按著牠的腦袋，嗤笑道：「可不能再摔了。」

湯圓平時還很聽話，可此時很是急躁，見著那盤子就在不遠處，拚命地想往那邊拱，可腦袋卻被陸庭舟的手一直壓住。

朱砂看著這一幕，一時也不知道要說什麼。

隨後陸庭舟就將手中的瓷盤重新放回錦盒之中，指著錦盒吩咐道：「妳叫齊心過來，讓他把這錦盒搬走，還有地上這些碎片也不要扔掉，一併讓他搬走。」

朱砂立即點頭，以為陸庭舟這是在給湯圓善後呢！

陸庭舟雙手抱著湯圓，就將牠帶進了內室中。

此時謝清溪已經歪在榻上，看著湯圓這模樣便止不住地笑，問道：「湯圓這是怎麼了？是不是因為要當爹了，所以特別興奮啊？」謝清溪立即這般猜測。狐狸的懷孕期大約也就兩個月而已，如今元宵只怕就要生了，所以謝清溪覺得湯圓會這麼鬧騰，是不是因為緊張了啊？

陸庭舟坐了下來，隨手拿了一只錦墊過來，命令湯圓道：「趴在上面不許動了。」

湯圓這就趴上去，乖乖不動了。

謝清溪知道陸庭舟養湯圓那叫一個精心寵愛，不過他訓牠的時候也一點都不嘴軟，所以湯圓也很聽話，讓牠趴著就絕對不會站著。

「沒事，牠每個月都要這麼鬧騰兩日。」陸庭舟避重就輕地說道。

這回答倒是讓謝清溪一下子想到了大姨媽的問題，難不成狐狸每個月都要來兩回？但湯圓是公的耶！謝清溪隔著小炕桌，摸了摸牠的腦袋安慰道：「好了，別這麼大氣性了，你乖點。」

湯圓此時趴在錦墊上，腦袋放在兩隻前腿上，眼神極是楚楚可憐。

「牠摔了什麼東西，竟是這麼乖？」謝清溪一瞧牠這個模樣，立即便猜測牠肯定是闖了禍，才會這般乖巧的。

「沒什麼，只是摔了幾個碗。」陸庭舟不在意地說道。

謝清溪也沒在意，剛準備替湯圓說說情，突然又想起什麼般，連忙問道：「是不是太后娘娘賞賜我的那套瓷器？」

陸庭舟還是一臉不甚在意的表情，但也點了點頭。

謝清溪險些要昏倒過去，她朝著外面瞧了一眼，這才壓低聲音說道：「那可是太后娘娘賞賜給我的，我還打算這幾日就用上呢！」

陸庭舟瞳孔一縮，整個脊背瞬間緊繃了起來，半晌才問道：「妳怎麼想起用這套瓷器的？妳不是頂喜歡青花瓷的？」

「可這是太后娘娘賞賜的嘛，如今她還讓錢嬤嬤專門到王府中伺候我膳食，我當然要用這套瓷器最好啊！」謝清溪並不明白發生了什麼事情，說得很是天經地義，接著又衝著陸庭舟狡黠一笑。「我這不是想讓錢嬤嬤回宮之後，在母后跟前能為我美言幾句嘛！」

陸庭舟聽了她的話，右手猛地握緊，整個身體一瞬間都繃住了，但臉上卻依舊是柔和溫暖的笑。「妳如今這般乖，母后哪有不喜歡妳的道理？」

謝清溪一笑，突然又有些擔心地問道：「今日我入宮就撞見御花園的一隻丹頂鶴不知道怎麼死了，聽說是朝鮮進貢上來的貢品，負責飼養牠們的小太監都遭殃了。咱們湯圓也把貢品摔碎了，不會有事吧？」

陸庭舟低頭看了湯圓一眼，輕輕地說道：「放心，不會有事的。」

待過了會兒，月白進來問今兒個晚膳用些什麼？

謝清溪立即便道：「錢嬤嬤人呢？妳們可有帶她去好生安置？」

「已經安置好了，也按著您的吩咐同錢嬤嬤說了，今兒個王妃身邊不用她伺候，待明日起再請她多操勞些。」

月白是個機靈的，聽她這麼一說，謝清溪也放心了。

陸庭舟親眼看著謝清溪喝了一小碗的烏雞湯，這才點頭允她可以放下碗筷了。等用完晚膳之後，陸庭舟便說有事要處理，讓她先休息。

謝清溪立即擔心地問。「可是有什麼急事？」

「只是去瞧瞧元宵的產房收拾得如何，我看湯圓今天在鬧騰，大概就是因為沒瞧見牠吧。」陸庭舟這般說道。

聽他說起湯圓，謝清溪這才醒悟，原來是在擔心湯圓啊！因著元宵快要生產了，所以陸庭舟讓人幫牠收拾了間產房，今日又讓人去了內務府一趟，要了個在宮裡養狗舍的太監，而且是那種會伺候狗生產的。

說實話，這養狐狸當寵物的，實在是太少了，再加上湯圓是隻公狐狸，陸庭舟以前不需要考慮牠生崽的問題，這會兒牠要當爹了，陸庭舟便得負責善後。

陸庭舟出去時，就見齊心站在門口等著，臉色略有些沈重。陸庭舟將湯圓放下地，牠自個兒就熟門熟路地往牠的院子裡面跑，而他則帶著齊心往書房走去。此時裴方已經在書房裡候著了，旁邊的桌子上擺著一個錦盒，裡頭是稍早讓齊心收走的瓷器。

「屬下見過王爺。」裴方見他進來，立即便起身問安。

陸庭舟讓他免禮，走過去拿起錦盒中的一片碎瓷，直接問道：「檢查結果如何？」

「這瓷器本身是一點問題都沒有，但我懷疑它之前被有毒的氣體薰染過，所以碗上沾上了致毒之物。」裴方立即說道。

雖說陸庭舟早已經猜測到這碗肯定有問題，不過經裴方這般肯定地說出來，心裡還是不免有些蒼涼。他一手扶著桌子，白皙的手指抓住桌角，手背上爆出隱隱的青筋，顯然是用力極了。

「這瓷器可是宮裡賞賜下來的？」裴方問了一句，隨即便停住了。

陸庭舟霍地轉頭盯著他，眼神沒了往日的溫和，帶上了幾分肅殺和狠戾。「是太后賞賜給王妃的。」

裴方有些驚訝，這幾日因剛回來，他忙著聯絡京中的長庚衛。如今王爺回京了，他們離目標便又近了一步，裴方自然是不敢有絲毫鬆懈。結果稍早前齊心突然來找他，讓他檢驗一套瓷器是否有毒。一開始他檢驗了瓷器上的釉，都是沒有問題的，後來還是長庚衛中有擅長製毒之人提醒他，有些毒並不會立竿見影，而是會日積月累地殘存在人的身體之中。直到最後那人悄無聲息地死去，別人都不知是何時中毒了。

「你立即聯繫宮中那人，看看最近有什麼異變？」陸庭舟伸手將一個完好的瓷器拿了出來。「可知這是什麼毒物？」

「應該是夾竹桃葉子所熬製出來的汁水，只是屬下也不知道是如何薰染到這些瓷器上的。」裴方立即說道。

「這些後宮女人想出來的招數，必定是惡毒又隱秘的，你便是想不到也無礙。」陸庭舟打量著這套精美的瓷器，冷笑了一聲。「你聯繫內務府裡的人調查，這些瓷器都是要先送到內務府登記造冊的，賞給誰、是誰送過去，都是有記錄的，你立即給我查出這裡頭經手的所有人。」

待裴方走後，陸庭舟冷冷地看著手中的瓷器，不久，只聽見一聲巨響，整個瓷器便四分五裂地分散在房間各處。

陸庭舟去湯圓院子的時候，在外就見裡頭亮著燈，待走進屋子後，便看見元宵趴在湯圓以前慣常趴的墊子上，而湯圓則是很狗腿地趴在元宵旁邊，竟還不時伸出舌頭舔元宵的背。

這還是陸庭舟頭一回見這兩隻如此和諧地在一塊兒呢！他看著地上空空的盤子，立即說道：「再去給湯圓弄些肉來。」

「是！」滿福不敢耽誤，立即就去了。

等鮮肉被弄來之後，陸庭舟就半蹲在湯圓跟前，將放著鮮肉的盤子朝牠面前推了推。「湯圓，你今天可是立了大功。我本來該和你說聲謝謝的，」陸庭舟自嘲地笑了聲，顯然也是覺得自個兒說這話實在是太傻了，於是摸了摸湯圓的小腦袋。「不過估計你也聽不懂。來，多吃點肉，你這幾天好像瘦了點。」

也不知道湯圓有沒有聽懂，反正牠抬頭朝著陸庭舟看的時候，那叫一個感動的。

待第二日，陸庭舟便進了宮。

太后瞧見他來了，還覺得奇怪，想著他連續幾日都來壽康宮，可真是極少見的。

「兒臣有話想同母后說，讓他們都下去吧。」陸庭舟看著太后，輕笑道。

太后面色雖有些困惑，不過還是讓身邊的宮女、太監都下去了。

誰知這門關上好一會兒後，都不見陸庭舟開口說話。太后正要問是何事呢，就聽陸庭舟突然說道——

「母后，昨日您賜給清溪的一套鬥彩蓮紋瓷器被人使了手腳。」

陸庭舟盯著太后，可是突然又閉上了眼睛，什麼都不看。

太后看著面前的人，面色一怔，什麼話都沒說，而後便低頭摸自己手上的佛珠，待過了許久之後，她才淡淡地道：「你先回去，這件事母后必給你一個交代。」

陸庭舟看著太后，見她一直垂著頭，在一開始的驚訝之後，這會兒面上已恢復了平靜，可她這樣的表情，反而讓陸庭舟整個人突然鬆懈了下來。

是的，母后不會這麼對他的。不管母后曾經對父皇做過什麼，或者她曾經做過什麼，陸庭舟都知道，母后是真的疼愛他。可是，這皇宮之中的人心太過可怕了，即便是嫡親的母子之間，都糾纏著錯綜複雜的情緒。

陸庭舟不得不用懷疑的態度去對待太后，可是他又不希望自己的懷疑成真。在他得到他想要的答案之後，又低聲道：「如果這套瓷器母后沒有賞給清溪的話，那……」那這套瓷器就有可能被太后自己用起來，而到時候中毒的人就會是太后。

陸庭舟一開始覺得此事是衝著清溪去的，可是後來他又想到一個更為可怕的可能。

太后正在轉著手中的佛珠，當陸庭舟的話停住時，她轉動佛珠的手指也突然頓住了。整個內室突然變得安靜，靜得只能聽見外面風吹拂著窗櫺的沙沙聲。

陸庭舟抬頭看著面前的太后，突然沒來由的一陣心酸。太后看起來是真的老了，即便頭髮梳得一絲不苟，可是早已經花白，臉上更是皺紋密布，再看看那雙手，手背乾瘦枯槁，猶如一截沒了生氣的老樹枝。

如果這次的下毒不是衝著謝清溪來的話，那就是衝著太后而來的，畢竟東西是太后賞賜的，如果下毒之人不是太后，那真正的下毒者又怎麼能猜測到太后究竟會賞賜哪樣東西給清溪呢？

陸庭舟是關心則亂，當他再次靜下心來的時候，才突然想明白，這次下毒的目標極可能是太后。可太后身居宮中，地位尊崇，根本不可能有人和她結怨，就算是心中有所埋怨，也決計不敢這麼大手筆地下毒啊！

太后看著陸庭舟，開口輕聲道：「回去吧，清溪肯定也受了驚嚇，你好生陪著她。這懷孕的女子最怕受驚了，對孩子不好。」

「母后，妳跟我出宮住些時日吧！我也是妳的兒子，宮裡素來就有跟著開府的兒子一塊兒住的慣例，妳同我出宮去住吧！」

太后見他的表情，便知道他心底是真的擔憂自己，她突然就笑了起來，是那種滿足的笑，似乎是終於等到了自己一直在等待的話。

「可那是太妃才有的尊榮，母后是太后，活該一輩子都在皇宮之中，大概也只有等到死的時候，才能出去吧。」太后抬頭環視了這間屋子，雖只是一間梢間，可光她所坐的這張大葉紫檀羅漢床便價值千金，再看看這房間中一層層的錦繡，這世間最富麗堂皇之處也不過如此吧？

她出身名門，一出生便享受著富貴錦繡，一入宮便是皇后，乃是這天下的國母，這等的榮耀、這等的尊崇，只怕是女人所能想像到的最榮華富貴的活法了。

可是在這後宮之中，她即便是皇后，也處處小心、步步為營。她生了皇長子，可偏偏不為自己的丈夫所喜歡，她的丈夫是這天地間最尊貴的男人，即便是她也要仰望著他，因為她的富貴、她的一切，都是他所給予的。

「庭舟，如果再來一次，母后大概還是會這麼活的……」太后原本是想說，如果再來一次，她還是會這麼做，親手殺死自己的丈夫。可是這句話，她到了嘴邊還是換了一種說法，或許她不想讓她的另一個兒子再失望吧。她抬頭看著陸庭舟，伸出手掌，滿目溫柔。

陸庭舟站起身握住她的手。「母后，妳和我出宮去吧，我去求皇兄，就算是住幾日也好。」

「別！」太后聽到「皇兄」這兩個字，突然變得激動起來，幾乎是用盡全身的力氣抓住他的手，壓低聲音說道：「不要再讓人知道你發現瓷器有毒一事，誰都不要告訴，母后自會有安排的。」

「母后身處後宮，周圍已是群狼環伺，難不成要兒臣眼睜睜地看著母后身落險境而不顧？那兒臣才真正是枉為人子！」

太后見他起了怒氣，立即輕笑出聲，道：「你瞧瞧你，都這般大的人了，怎麼這會兒還跟個孩子一般？母后活了這麼一把年紀，在這皇宮裡頭住了五十年了，什麼樣的大風大浪沒瞧見過，還會怕這點小事？」

陸庭舟的薄唇緊抿，顯然是極生氣的。

太后輕拍了拍他的手掌。「出宮去吧，好生照顧清溪。」

陸庭舟出了壽康宮的時候，有個小太監就悄悄從壽康宮出去，直奔著御花園去，不過他在御花園轉了一圈之後，這才再往西邊去了。

在宮裡，跑腿的多是太監，宮女要是偷閒溜達被抓住了，必是好一頓教訓。但要是這宮裡一時半會兒少了個小太監，只怕誰都說不出這人去哪兒了……

林雪柔正拿著小壺對著面前的花，聽說這可是從南邊進貢上來的貢品，名喚美人嬌，花瓣足足有十八層之多，開花之後，這香氣足可縈繞整個房間。內務府裡頭有登記的，統共就進貢了六盆，皇上給太后宮裡送了一盆，賞了她一盆，又給兩位大長公主各自賞了一盆，還有兩盆如今放在御花園養著。

上回去成賢妃宮中的時候，林雪柔瞧了她屋子裡頭擺的花，順口就提起了這盆花，自然是感慨這花的珍貴，因為歷來都是鮮花不香，香花不美，如今有了這麼一盆既美又香的花，可不就是兩全其美？然後，她很滿意地看著成賢妃變了的臉色。

之前景王居然提出要同她合作這樣的話，想騙三歲的小孩啊？本朝誰不知道，這成年的皇子是有各自的藩地，只要新皇登基了，這些皇子都得各自就藩去。當然有些不受寵的皇子，自己親爹還在的時候，就被打發去了藩地。

林雪柔雖然對後宮這些爭鬥還有些陌生，但是她絕對不蠢。景王說什麼讓自己同他聯手，一旦他得登大位，必會善待自己和十四。

林雪柔冷笑一聲，大皇子和二皇子兩人為了那個位置，恨不能置對方於死地，若真讓景王得了那位置，成賢妃就成了太后娘娘，到時候以她對自己的憤恨，自己還能有好果子吃嗎？況且皇上這會兒春秋鼎盛，要是再活上十幾年，她的兒子也就長大了。如今林雪柔很是篤定皇帝對自己的寵愛，畢竟當初姓張的跳城牆那會兒，他依舊不顧一切地接了自己進宮，可見這是真正的愛啊！

紅綾站在旁邊，低聲說道：「娘娘，方才恪王爺從太后娘娘宮裡出來了，不過我聽那人說，這回有些不對勁，據說這麼多年來，恪王爺甚少這般頻繁地出入壽康宮呢！」

「他自然是要好生奉承太后娘娘，日後好長長久久地留在京城，再也不用去葉城。」

紅綾一聽便立即討好道：「娘娘可真是厲害，竟是一眼就瞧出了這箇中的關節來。」

「好了，太后那處並不重要，反正她整日只會吃齋唸佛的。若不是因著她是皇上的親生母親，豈能這般在我頭上耀武揚威的？」一想到那妖婆從不給自己好臉色瞧，林雪柔登時就覺得氣悶。接著她又不悅地問道：「倒是賢妃宮中難道就真是一塊鐵板不成？這都多久了，你們居然連一個有用的人都沒收買住？總是那些灑掃的丫鬟，她們能打探到什麼要緊的事情？」

紅綾立即低頭，略有些無奈地道：「奴婢和孫總管已是想了辦法，只是賢妃到底在宮中浸淫多年，她宮中那些貼身的宮女，又都是跟著她許多年的。」

「蠢貨才會一味地給自己找藉口！」林雪柔撇頭瞧了她一眼，又看著放在高腳架子上的花盆，低頭聞了聞，便拿起放在架子上的剪子，只聽嗞嚓一聲，一條枝蔓便被她剪去。「本宮可不想被人說，咱們重華宮盡是些無用之人。」

「奴婢知道，奴婢定不辜負娘娘的期望！」紅綾急急地表態。

清溪正在和錢嬤嬤商定晚膳，當然這多是錢嬤嬤在定，她也不過是點頭附和而已。

「王妃娘娘，王爺回來了，方才讓蘇通公公過來傳話，說是會過來用晚膳。」月白進來說道。

謝清溪立即說道：「蘇通人呢？讓他進來回話吧。」

沒一會兒，蘇通就進來了。

「王爺剛回府？今兒個可是你師父伺候他進宮給太后娘娘請安的？」謝清溪免了蘇通的禮之後，便問道。

這古人之所以要生兒子，就是為了死後有個捧盆的後人，可這太監是決計沒兒子的，所以一般混出名堂的太監，都喜歡過繼姪子當兒子養，也算是有後了吧。齊心到底也不想死了之後，逢年過節連個燒灶香的人都沒有，因此就收了蘇通當徒弟，這徒弟在古代就相當於是半子了。

蘇通立即點頭，說道：「王爺這會兒正在前頭處理一些公務，所以便吩咐奴才過來說一聲，今晚還過來陪娘娘用晚膳。」

謝清溪笑著點頭，轉頭又對錢嬤嬤說道：「嬤嬤是太后身邊的貼身人兒，想來知道我們王爺的口味，今兒個就煩勞嬤嬤了。」

「伺候王爺和王妃娘娘是老奴分內之事，娘娘這般說便是折煞老奴了。」錢嬤嬤立即輕笑著說道。

皇宮之中，賢妃此時跪在乾清宮外，而懷濟匆匆從裡面出來，瞧見她便立即驚訝地說道：「娘娘這千金之尊，如何能跪在這處？老奴扶您起身吧？」

成賢妃看著懷濟，她本就養尊處優慣了，如今乍然這麼跪在這裡，一時也是頭昏眼花的，不過她還是不願起來，只道：「今兒個我若是不瞧見皇上，就不會起來的。這丹頂鶴被毒死一事，和我宮中之人無關。」

今日下午的時候，林貴妃以朝鮮進貢的丹頂鶴在御花園被人毒死為由，下令搜查後宮，偏偏就在成賢妃宮中，在她貼身宮女碧翹房中竟然搜出了夾竹桃葉子碾磨而成的粉末。林貴妃便立即跟皇上請旨，而皇上則下令抓了碧翹審問。

顯然在林貴妃和成賢妃的鬥爭之中，皇上又一次地偏袒了林貴妃。

懷濟對成賢妃好意規勸道：「不過是個宮女犯事而已，如今這包藏禍心的奴才被抓了出來，也算是護了娘娘一個周全，所以娘娘聽老奴一聲勸，還是早日回宮去吧。」

「還請懷公公幫我再次通傳一聲。」成賢妃堅定地說道。

她今日之所以跪在這裡，並不只是為了碧翘。若是她真的對碧翹不管不問，只怕她身邊的人都會寒心，況且她要讓後宮的人都看好了，她並不會輸給那個姓林的！

懷濟見她是真的聽不進勸，只得又回了殿內再次通傳。

待他站在皇帝的案桌之前時，就見皇帝先是皺了皺眉，手中拿著的筆立即停了下來，皇帝這幾日打算抄一卷佛經讓人裱起來。

「讓她回去吧，朕今日乏了。」

懷濟再次回來的時候，無奈地對成賢妃道：「娘娘還是先回吧，皇上今日真的乏了。」

成賢妃的宮女也跟著她跪在地上，這會兒成賢妃聽了這話，竟是一時撐不住，整個人往旁邊歪了歪，身後兩名宮女趕緊往前爬了兩步，一左一右地扶著她。

「喲，姊姊這是怎麼了？」

身後傳來一個略帶著幾分笑意的聲音。

成賢妃霍地轉身，就看見林雪柔帶著宮女、太監緩緩而來。她今日梳著牡丹髻，穿著銀紅繡百蝶穿花宮裝，手臂上挽著一條長長的飄帶，行走之間有種飄飄欲仙的美，再配上她這樣的容貌，直讓人覺得她就是那月宮中的仙子。

成賢妃年輕的時候也是個美人，要不然陸允珩也不會那般貌美，可她如今到底上了年紀。雖說林雪柔也有三十了，可兩人一對比，顯然是林雪柔更加年輕貌美。

成賢妃因回頭太快，臉上的怨毒一時未能掩飾好，直接便暴露在林雪柔眼中，可她不僅不生氣，還格格地嬌笑了兩聲，柔聲問道：「姊姊這會兒跪在這裡做什麼？可是惹皇上不高興了？姊姊別怕，妹妹待會兒見了皇上，必會為妳美言幾句的，畢竟妳在後宮之中也算是老人了嘛！」之前成賢妃總是拿資歷來壓她，如今她就要讓成賢妃明白，在後宮裡面，可不是妳年紀大就管用的！

「懷公公，還煩請您進去通傳一聲。皇上這兩日嗓子有些不適，我特地親自燉了冰糖雪梨送過來呢！」林雪柔嬌滴滴地說道。

懷濟應了一聲，便又回身進去了。

當懷濟的身影再次出現的時候，成賢妃直盯著他瞧，大抵不知她眼中的希冀有多麼的熱烈。皇上肯定也會讓這個女人滾的，自己見不了皇上，這個賤女人皇上肯定也不會願意見……

「貴妃娘娘，皇上請您進去。」

皇上……

這世上本就沒有什麼不透風的牆，更何況賢妃是跪在乾清宮的門口，乾清宮本就是萬眾矚目的地方，不過才一個晚上，這事幾乎就傳遍整個京城了。

誰都沒想到，成賢妃在後宮浸淫這麼多年，又生育了兩位皇子，居然還比不上一個入宮不過才一年的林貴妃，可見這真愛的力量委實是偉大啊！

成賢妃本就身嬌肉貴，再加上在乾清宮門口被林雪柔那般羞辱，回來之後就有些不舒服，待到了後半夜的時候，就發起了熱，連夜請了太醫。

第二日，三皇子景王和九皇子楚王就進宮來了。因著陸允珩還未成婚，因此這會兒進宮請安侍疾的就只有他們兄弟二人和景王妃。

雖說景王和楚王都是成賢妃嫡親的兒子，可到底年紀大了，所以他們進去寢房給成賢妃請安的時候，中間也是擺了一道屏風，而景王妃則是坐在床榻旁邊，此時正擰了熱帕子給臥床的成賢妃敷在額頭上。

「不過是偶感風寒罷了，你們也不必這般大驚小怪的……」成賢妃在屏風後頭，有些有氣無力地說道。

其實成賢妃為著什麼生病，只怕這在場的沒人不知道。她這一方面是昨兒個確實不舒服，不過絕大部分還是被氣出來的。

同樣是去求見皇帝，她都跪在那裡有一刻鐘了，皇帝還是以乏累為由拒見她；可林雪柔嬌滴滴地捧著什麼冰糖雪梨過去，皇帝便宣了她進去。這可不是打臉那般簡單，這是將她的臉面給踩在了腳下！

這太讓成賢妃心寒了，她陪王伴駕了幾十年，還為皇帝生育了兩位皇子，如今兩人都已經封王了，可皇帝一點都沒顧慮她的臉面，也沒顧慮她兒子們的臉面！

「母妃，我方才問過太醫了，他說是小風寒而已，並不礙事的。」陸允珩立即開口說道，而後朝著旁邊的三哥看了一眼，不過眼神中卻多是責怪。先前三哥還要和那個林貴妃結盟，如今看來，人家可瞧不上他的好意。

景王自然也惱火，不過他多是在惱火林雪柔的不識抬舉罷了。她莫不是真以為這後宮之中，有了帝王的寵愛便可一手遮天不成？既然她這般不知好歹，那他也不必和林雪柔客氣了！

景王也出聲安慰成賢妃。「母妃只管放心，有兒子在，必會為母妃討回這口氣的。」

成賢妃躺在床榻之間，無力地朝著頭頂的簾帳看去，頗有些心灰意冷。「如今你們父皇待她如珍似寶，就算是去你們父皇面前，也不過是自討沒趣罷了。母妃這把年紀了，什麼風浪沒瞧過？如今也不過是聽了幾句奚落的話罷了。」

可她越是這般說，景王和楚王兩人便越是難受。

特別是陸允珩，他以前備受皇帝和成賢妃的寵愛，可自從那個林雪柔進宮之後，父皇便極少召見他們這些皇子，平日裡不是和那些臭道士煉丹問道，就是在後宮中陪伴林雪柔母子，那個十四皇子不過一出生而已，便已得了那般大的榮寵。

宮女將熬好的藥汁又端了過來，景王妃立即起身親自去扶著成賢妃，結果這邊景王妃剛替成賢妃弄好靠墊讓她靠著的時候，就聽見外面有些吵嚷之聲。

景王皺眉朝外頭瞧了一眼。

而陸允珩則是一下子便站了起來。「母妃如今病著，誰還在外頭如此喧譁！」

沒等旁人說話，他便闊步往外頭去，只是他身上戾氣外放，站在內殿兩側的宮女都立即垂下頭，無人敢正視他的鋒芒。

「孫公公，咱們娘娘如今還病著呢，你就帶人到咱們宮裡要拿人，未免也欺人太甚了！」成賢妃身邊的貼身宮女香玲站在殿門外，她身後站著不少永和宮的太監和宮女，顯然是攔著不讓他們進去。

孫方一臉得意地瞧著她，他年齡大概四十左右，面白無鬚，不過因有些虛胖，一雙本就不大的眼睛幾乎都擠成了一條縫隙了。他站在香玲對面，身後是一行太監，只聽他尖著嗓子說道：「咱家是奉了貴妃娘娘的命令前來的，這貢品被毒死可不是件小事，畢竟這後宮之中可是有人藏著毒藥呢！說句不好聽的，今兒個敢毒死貢品，明兒個未必就不敢毒死人！」他面色一冷，眼睛朝香玲身上那麼一瞄，語帶威脅地說道：「所以我勸妳還是趁早讓開，要不然可別怪咱家不客氣了！」

就在此時，突然有人從身後撥開香玲，然後一個身影竄了出來，一腳當胸便蹬了過去，踹得孫方整個人往後飛了起來，連帶著後面的一群太監都一塊兒往後摔倒。

所有永和宮的太監和宮女們，一時間都目瞪口呆地看著面前倒下一片的人。

因人壓著人，所以最底下的人一直在慘叫。

而罪魁禍首此時一個箭步上前，一腳就踩在了孫方的脖子上。陸允珩雖說平時不是那等寬厚之人，但也絕不是暴虐的性子，如今他卻是一腳就要踩斷孫方的脖子！

幸虧景王此時趕到，立即叫了一聲。「九弟，住手！」

陸允珩並沒回頭，腳底又碾了碾孫方的脖子。

此時孫方躺在地上，胸口有一個鮮明的腳印，脖子上還壓著一隻腳。若不是因為陸允珩踩著他的脖子讓他無法開口，只怕這會兒他已是開始求饒。

「好了，這等狗奴才，你若是殺了他，也不過是髒了自個兒的腳而已。」景王走到他身邊，一手按在他的肩膀上，不屑地低頭看了眼孫方。不過是林貴妃的一條狗罷了，就算是殺了這個蠢材，林貴妃估計眼睛都不眨，立刻又能找到另外一條狗來代替他。

這會兒孫方如同聽見佛音一般，也感覺到陸允珩腳上似乎鬆了勁，不過他不敢貿然從地上起身，眼中滿是乞求，躺著便開始求饒。「王爺饒命，奴才就是一條狗命，王爺犯不著和奴才一般見識啊！」

「狗東西，居然敢在我母妃宮前大聲喧譁，本王看你是活得不耐煩了！」陸允珩狠戾地說道，腳又在他脖子上碾了碾，直壓著他的喉管。

孫方連呼吸都困難，想咳又拚命忍著。

他又朝後面跟著孫方的太監們看了一眼，便將自己的腳抬起，放在了地上。

此時孫方也知道自己這算是撿回一條命了。以前雖聽過這位九爺的名聲，可沒想到他居然這般橫，就連他們貴妃娘娘的面都敢踩！孫方跪在地上，眼中是藏不住的怨毒，只是這會兒他聰明地朝地上看。誰知他剛垂頭，對面又是凌空一腳飛來，踢在了他的右肩上，讓他像隻翻了殼的烏龜一般，滑稽又狼狽。

「怎麼，還覺得不服氣是不是？還準備到你主子跟前告狀是不是？本王今天就是弄死你了，你看看本王能少根頭髮不？」陸允珩囂張地說道。

不過他說這話，卻沒一個人敢笑出聲，因為誰都知道他說的是實話。他乃是天潢貴胄，即便今天他一劍將面前這些太監都殺了，頂多也就是被皇帝訓斥一頓罷了，要說真填命，那都是笑話。王子犯法與庶民同罪，這句話泰半就是說說而已。

景王在一旁看著，也並不阻止他。這太監不過是仗著林貴妃就敢在永和宮門口大吼大叫的，要是今日不教訓教訓這幫不長眼的狗奴才，明日還真敢在母妃頭上動土了。

陸允珩低頭冷眼看著孫方。

孫方這回是真被打怕了，肩膀抖得跟篩子般，哆哆嗦嗦地求饒道：「奴才不敢！王爺恕罪！奴才這狗眼不管用，一時蒙了心衝撞了王爺，請王爺恕罪！」

「你不是衝撞了本王，你是衝撞了永和宮，衝撞了本王的母妃！你的這條賤命，本王也不想要，你就在這兒磕頭，向本王的母妃謝罪！」陸允珩一副「只要你磕頭，本王就饒了你」的架勢。

孫方不敢再求饒，只得拚命地磕頭。

陸允珩又朝孫方後面跪著的一行太監看了一眼，涼涼地道：「怎麼，你們還要本王請？」

於是後面的一群太監也開始磕頭了。這裡頭也不全是重華宮的太監，還有些是慎刑司的。

自從碧翹被抓進慎刑司之後，一開始管事太監知道她是永和宮的大宮女，對她也還客客氣氣的，並不動刑。可成賢妃親自跪到乾清宮門口，但皇上都沒見她的消息一傳出來後，這慎刑司的人對碧翹就沒那麼客氣了。碧翹是成賢妃的大宮女，根本就沒吃過苦，連個重活兒都沒做過，所以這會兒一被上刑，簡直是問什麼說什麼，就連成賢妃以前做的一些陰私之事都被她供了出來。

慎刑司的管事太監消息也是靈通的，知道昨兒個晚上，皇上不單單是沒見賢妃，關鍵是賢妃跪在外頭時，皇上還召喚了貴妃娘娘進宮！所以這就說明了，如今貴妃娘娘在皇上心中可比賢妃重要多了。又或者是，這宮裡的長青樹成賢妃，只怕這下也青不下去了，所以慎刑司的管事太監將碧翹的供詞都給了林貴妃。

這麼一來可是給了林雪柔把柄，林雪柔立即便派人過來，打算按著供詞再抓兩個成賢妃身邊近身伺候的人，先斷了她的爪牙，最後再對付她。結果，這想法雖說很美好，但顯然現實很是殘酷。孫方帶著一幫人吆五喝六地過來了，最後卻被陸允珩幾腳就治得服服貼貼的。

十幾個人一塊兒跪在地上磕頭，腦袋觸碰在石板上的聲音聽著實在是令人瘮得慌。

陸允珩聽了好久後才叫他們停下，若不是母妃這會兒正病著，需要靜養，他定讓這幫奴才在這兒磕一天的頭。

「你們都回去吧！」

陸允珩剛說完，連孫方在內的所有人都鬆了一口氣，這位魔星可算是讓他們走了！

「不過……」

這一日，整個後宮都看見一個奇特的景色——重華宮的太監總管孫方帶著一幫小太監，以狗爬的方式一路從永和宮爬回了重華宮，而且一路上還不時地汪汪直叫。

孫方仗著林貴妃在宮裡頭不知得罪了多少人，平日裡對著那些貴人、小主時，他說話都是陰陽怪氣的，更別提那些宮女、太監了，所以不少以前被他整過的宮女、太監們都出來看這熱鬧呢！但眾人都知道這個孫方不僅心眼小，還愛記仇，所以大家也就是偷偷地看著而已。

但，有些主子可不管這些。

端嬪就在御花園裡偶遇了這行人，瞧見的時候，還衝著身邊的宮女直笑道：「本宮雖說也在宮裡不少年頭了，可這樣的西洋景還是頭一回見呢！」

容妃娘娘因之前和林貴妃起了些齟齬，也曾被這太監陰陽怪氣地損過幾句，這會兒走來時正巧就和端嬪撞上了。

端嬪一邊瞧著旁邊在學狗爬的人，一邊樂不可支地向容妃請安。「娘娘，莫非也是來看這西洋景的？」

「不過是個奴才罷了，有什麼好瞧的？」不過容妃還是同端嬪站在一處說話，朝孫方等人瞧了一眼後，便帶著宮女施施然地離開了。

林雪柔得到消息的時候，孫方他們都在御花園裡逛了一圈了，她氣得險些昏過去！林雪柔看著紅綾便道：「妳去給我將孫方這個沒用的東西叫回來！真是讓我丟盡臉面了！」

結果紅綾到了那邊之後，剛要過去叫孫方，就有兩個小太監過來攔著。

其中一個客客氣氣地對她說道：「這位姑姑，我勸妳還是不要過去的好。」

「你們算什麼？讓開！」紅綾一開口便是喝斥。都說什麼樣的主子便有什麼樣的奴才，林雪柔因皇帝的寵愛，在後宮之中素來不知道收斂，連帶著她下面的這些宮女、太監都各個眼高於頂。

這個小太監也不多說了，挪了步子就讓紅綾過去。

誰知紅綾怎麼讓孫方和後面這些人起身，卻是沒一個敢起來的。

太后剛禮佛完畢，就聽身邊的金嬤嬤來稟告，說容妃來請安了。

雖說太后出身的林家未曾再有女孩進宮為妃，但這個容妃出身的容家跟林家有著拐角親，所以她也要尊稱太后一聲姨母。

金嬤嬤大抵知道容妃娘娘過來的用意，扶著太后往前殿走的時候，便將陸允珩讓孫方爬著回重華宮的事情說了一遍。

太后聽完後都有些目瞪口呆了。「這個小九做事真是……」她搖了搖頭，到底沒把話說完。

旁邊的金嬤嬤則是立即輕聲說道：「奴才聽說，昨兒個永和宮的碧翹就是因私藏了夾竹桃葉子粉末才被抓了的。」

夾竹桃葉子粉末。太后聽了便止不住地冷笑，冷聲說道：「難道他這會兒是想讓賢妃當這個替罪羊？賢妃到底給他生過兩個兒子，他可真夠捨得的！」

「太后娘娘……」金嬤嬤有些詫異地轉頭看了太后一眼。

金嬤嬤是這些嬤嬤當中跟著太后最久的，是太后進宮時候就跟著的丫鬟，後來到了年紀，便由太后做主嫁了人，剛開始日子倒也和和美美的，只是後來相公納了一房妾室，險些鬧出寵妾滅妻的醜事，好在太后娘娘一直對她顧念有加，讓金嬤嬤的相公自個兒親手賣了那妾室。後來金嬤嬤唯一的兒子沒了，她便再次進宮，在太后身邊服侍。

這做了幾十年的主僕，有些話太后自然是不必避諱她的，所以即便是這樣誅心的話，太后也可以當著她的面這般直接地說出來。

但金嬤嬤聽到太后說出這樣的話，是真的心疼了。都說天家沒親情，可是這種親生兒子要毒死生母的，估計也是少見的。金嬤嬤知道這世上知道越多秘密的人，越是活不久，不過她都這把年紀了卻是不怕，就算是陪著娘娘一塊兒去了，也還能跟著娘娘到地底下繼續伺候著。

「哀家活了這麼多年了，還有什麼好怕的？」太后冷笑一聲，便徑直往外走。

金嬤嬤趕緊扶著太后的手臂，寬慰道：「到底是母子，太后娘娘也別太擔憂。」

「如今連這弒母的事情他都敢做出來，還有什麼母子親情可念？他真以為哀家這麼多年來在宮中吃齋唸佛，便可任意擺布於哀家？」太后扶著金嬤嬤的手臂往外面走去。

自從那日陸庭舟將瓷器上被人下了毒的事情告訴她後，她便隱隱猜到是誰做的。畢竟在這後宮之中，能在太后的東西裡面下毒的，不過就是那麼寥寥幾人而已。

成賢妃一心想讓兒子登上大位，如今皇上寵愛著林雪柔，而太后卻是極厭惡林雪柔的，有了太后在就有人壓制林雪柔，所以成賢妃是決計不會下毒謀害太后的。

至於林雪柔，不是太后瞧不上，那樣的人雖說如今手握宮權，可真能在獻給太后的貢品之中下毒，但這事還真不是她能做得出來的。

所以這最有可能也最有能力做到的，就只有皇帝了。

雖說這個結果最讓太后心寒，但是在太后派人秘密查訪之後，這卻也是最接近真相的。

至於皇帝為何推賢妃出來頂罪，也實在是賢妃的運氣不好。成賢妃如今與林貴妃共同執掌宮權，偏偏這套瓷器之前就是賢妃管理的，後來皇帝將瓷器送到太后宮中，也是派賢妃行事，所以賢妃的宮女房中才會出現夾竹桃葉子粉末。

太后猜想，大概是因為她將這套瓷器賞給了謝清溪，讓皇帝誤以為太后已識破了瓷器中的秘密，所以這才趕緊找了替罪羊。太后相信，如果當初這套瓷器是經由林貴妃的手送到自己宮中的，那麼這會兒頂罪的人便是那林雪柔了。

其實，若皇帝是在剛登上皇位之時就賜死她的話，太后還能夠理解和佩服這個兒子，可是他卻只是懦弱地跪在自己面前，哭著說「母后都是為了兒臣才會這麼做的，是兒臣對不起母后」這樣的話。

太后倒是沒想到，皇帝如今帝位都坐穩了這許久，才想起來秋後算帳。這筆帳，算得可真夠遲的啊……

第五十六章

元宵這幾日就要生了，謝清溪特別想親眼看著牠生小狐狸，可是陸庭舟覺得這太血腥了，死活不同意，所以這外頭都腥風血雨起來了，她想的卻只有「我們家的狐狸要生小寶寶了」！

雖然元宵是九月才要生小狐狸，但陸庭舟還是很貼心地提前讓人給牠布置了產房，還做了一個特別大的窩，都是用最柔軟的草弄的，可以保證小狐狸寶寶不受傷。

結果千準備、萬準備，在一個清晨謝清溪醒來的時候，剛叫了朱砂過來，就見她喜氣洋洋地說道——

「王妃娘娘，元宵昨兒個晚上生了三隻小狐狸呢！」

生了三隻小狐狸?!

謝清溪霍地一下就要坐起來，結果忘記了自己的肚子，一時又躺回了床上。

旁邊的兩個大丫鬟見狀，被她嚇得立即就奔過來。

雪青小心翼翼地上前重新將她扶起來，一邊擔心地問道：「王妃娘娘，肚子可疼？」

「我又忘了它……」謝清溪無奈地指了指自己的肚子，笑著說道。

也不知是不是傳說中的「一孕傻三年」開始發威了，謝清溪這些日子時常早上起來的時候，都像未懷孕時那般起身，可偏偏肚子上多了這麼一大坨肉。

「趕緊幫我更衣，我要去看看元宵和湯圓！」謝清溪招手讓朱砂也過來扶著她。

朱砂和雪青兩人一左一右地將她扶著起身。

雪青將早已準備好的衣裳拿了過來，伺候她換好之後，便扶著她到梳妝檯前坐下。因著昨晚是丹墨守夜，所以這會兒她去歇息了，梳頭的事情就落在了雪青身上。好在雪青梳頭的手藝也很是不錯，很快便幫她整理妥當。

此時湯圓的院子就跟剛打完一場仗般，元宵是昨晚半夜生的，好在滿福是個淺眠的，晚上聽見元宵一直在叫喚。

宮裡頭新來的那個太監叫福田，慣常在宮裡伺候貓啊狗的，所以宮裡那些貓狗生產也是由他伺候著的。他一早便說過了，這動物生產和人可不一樣，人需要有接生婆幫手，但是動物的話反而不需要人靠近，因為就算是平時再親近的人，到了生產的時候，牠都會很排斥對方靠近。

所以專職伺候的滿福和滿貴聽了他的話後，並不上前幫手，只在邊上候著。

陸庭舟今兒個早上起身的時候，便得知元宵生了三隻小狐狸的事情，他去瞧了一眼便上朝去了，不過臨走的時候，吩咐齊力好生賞賜福田和滿福、滿貴三人。

謝清溪過來的時候，隔著窗戶朝裡面瞧，就見一團團白白的東西躺在元宵的身邊，而湯圓則是一直圍著牠們打轉，還不時拱著鼻子去聞。

「我們湯圓大人居然也當爹了……」謝清溪很是感動，於是又讓人賞賜了福田三人。

待謝清溪走後，福田看著手裡頭做成小狐狸模樣的銀子，忍不住咋舌。他之前也是伺候宮裡貓狗的，可是伺候好了，也頂多得一塊碎銀子的賞賜。況且他們這些伺候貓狗的太監，在宮裡頭那都是上不得檯面的，根本不能到主子跟前回話，就算主子賞了銀子，一層層下來，到最後也是給了別人。

「王爺和王妃娘娘對這湯圓果真是恩寵得很啊！」福田很是感慨地說道。

滿福瞧了他一眼，笑呵呵地說道：「那是自然，要不然咱們怎麼一直叫湯圓大人呢？」

這外頭的風風雨雨雖是打不到謝清溪身上，可這幾日京城著實有些不平靜，或者更準確地說，是這後宮實在有風雨欲來的情況。

陸允珩讓林貴妃身邊的太監總管孫方學著狗叫，一路爬著回了重華宮一事，在整個京城都傳遍了，而成賢妃貼身的大宮女被搜出藏有毒藥的事情，自然也就包不住了。

林雪柔受了陸允珩的侮辱，自然是要在皇上面前使勁地吹枕邊風的。

那日皇上剛到了重華宮，就見她抱著十四皇子陸允柏默默地流淚，身邊的宮女也不勸阻。

皇帝瞧著她只是默默地哭，便柔聲問她怎麼了？林雪柔早就摸透了皇帝的脾性，自然是百般溫柔，一邊不忘輕聲哭訴道「蒙得皇上恩寵，臣妾覥居貴妃之位，又得掌宮權，可是臣妾沒用，連一點小事都做不好，辜負了皇上的期望」，皇帝自然是百般地安慰她。

於是，今日陸允珩就被皇帝叫來臭罵了一頓。

皇帝瞧了一眼跪在地上的人，怒道：「朕看你才是長了狗膽！那孫方即便再不是個東西，你讓他那般做，豈不是在羞辱貴妃嗎？」

陸允珩早就知道會有這麼一頓罵，可當皇帝真的罵他時，他心裡頭真別提有多難過了。以前他便是做了再錯的事情，父皇瞧見了也頂多是無奈地搖搖頭，笑罵一句「臭小子」。

所以這會兒他不僅沒有認錯，反而是梗著脖子道：「既父皇也覺得孫方這狗奴才不是個東西，那兒臣便懇請父皇處死這狗奴才！」

什麼叫蹬鼻子上臉，陸允珩真是完美演繹了這句話的含義，就算是皇帝這會兒都被他氣笑了。

此時皇帝反倒頗為慈和地看著陸允珩，語重心長地說道：「允珩，你這性子還是要多磨練磨練，你這次實在是太過分了些。貴妃是奉了朕的命令徹查後宮的，你母妃宮中有著包藏禍心的奴才，便該好生審問，要不然日後連累到你母妃，也不是朕所願意見到的。」

「母妃陪伴父皇幾十年了，難不成父皇對母妃還不夠瞭解嗎？單憑一個宮女房中被搜出東西來，便推斷母妃有害人之心……兒臣懇請父皇還我母妃公道！」陸允珩倒也不是一味地逞強，這會兒見皇帝的口吻軟化了，他便乘機打蛇上棍。

林貴妃因陸允珩中途橫插一腳，並沒能帶走賢妃宮中的人，所以此時只有一個碧翘被關在慎刑司裡頭受審呢，不過一個碧翘便也已經足夠了。

另一方面，也不知道是被孫方給氣的，還是被林雪柔步步相逼所刺激的，成賢妃居然很快就好了。

這會兒在後宮之中，林貴妃和成賢妃兩人的爭鬥已是一觸即發，不過眾人卻不瞧好成賢妃，只因皇上如今偏袒林貴妃，成賢妃的勝算委實不大。

誰知，還沒等皇帝審問呢，碧翘就自個兒死了！

林雪柔聽到這消息之後，第一時間是懷疑成賢妃再次下毒，殺人滅口。可是後來宮中的太醫被她指派去給碧翘驗屍，這才發現碧翘是因受不得刑才沒了的。

至於碧翘所藏的夾竹桃葉子粉末從何而來，線索也就從此斷了。而之前碧翘因受不住刑所招供的那些證詞，如今也就只是幾張廢紙罷了，成賢妃只需一句「死無對證」就可擺脫。

這會兒太后將皇帝召到自己宮中，苦口婆心地教訓他道：「賢妃到底是景王和楚王的生母，即便她私底下有些上不得檯面之事，可到底無傷大雅，就算為著兩位王爺，你也該給她些臉面。你如今一味地偏袒林貴妃，於後宮無益，也不過是徒增紛擾罷了。」

皇帝被她這般教訓，似乎也是聽了進去，立即便道：「母后教訓的是，兒子這些時日來朝務繁忙，倒是忽略了後宮。」

「哀家也知道皇帝你心裡有些私心，可你是天子，就算是做不到一碗水端平，也不該這般不給賢妃臉面，何況如今她也是做了祖母的人了……」太后又是唸叨了一遍。

皇帝聽著太后這尋常的語氣，這時才真正地放下心來。

待皇帝回宮之後，便又讓懷濟去庫房挑了東西，送到賢妃宮中。

其實他之所以對賢妃這般冷酷，也只是為了推她出去當替罪羊而已。

當初壽康宮的眼線回報，說太后將那套鬥彩蓮紋瓷器賜給了恪王妃，皇帝便以為是太后識破了他的計謀，才會將那套瓷器送了出去。特別是後來瓷器在恪王府被摔碎，他知道之後更是認定猜疑太后是察覺了！所以，那隻只是因為吃了死鯉魚而病死的丹頂鶴，就變成了被夾竹桃葉子粉末毒死的，而他也順勢答應了林雪柔徹查皇宮的要求，讓那碧翹成了替死鬼。

可是這些日子以來，皇帝一直讓人監視著恪王府和壽康宮，卻是連一絲異樣都沒有發現。直到今日太后將自己叫去，為成賢妃說話，他才覺得母后根本就不知道這件事。

況且後來他也得知了，那套瓷器並非被故意摔碎的，而是不小心被陸庭舟身邊那隻狐狸弄碎的，他這才真正地放下心來。

其實皇帝將那套瓷器給了太后之後，也一直處在後悔之中。都這麼多年過去了，母后定不會再將當年之事說出去了，畢竟父皇是她親自動手殺的，雖然那毒藥是他給母后的，可真正下手的人是母后，他只不過是幫凶罷了。

再說了，他是嫡長子，他繼承皇位本就是合乎祖宗家法的，誰都不能奪了他的皇位！

「皇上，該吃藥了。」懷濟進來，手中端著托盤，上頭擺著茶水。

皇帝從懷中掏出一個藍色小瓶子，打開瓶口，從裡面倒出兩粒朱紅藥丸，一口吞了下去之後，端起茶水喝了一口。待片刻之後，他似乎能感受到那藥丸融化開來，散發出陣陣溫熱。

這藥丸可真是個好東西啊……

十一月乃是太后千秋節，內務府早早就開始準備了，而京城宗室大大小小的貴婦們，也開始絞盡腦汁地想著要送些什麼貴重又出彩的賀壽禮物。

一大清早，安陽侯夫人正在用早膳。

旁邊的謝明嵐小心翼翼地盛了一碗粥，用湯匙攪了攪，這才端到她面前。

安陽侯夫人舀起一湯勺喝了一口，淡淡道：「燙了。」

「兒媳再給母親冷一冷。」謝明嵐立即伸手去端。

安陽侯夫人陰沈地笑了一聲，卻是沒開口說話，待謝明嵐伸手端粥碗的時候，她突然一抬手，謝明嵐一時沒躲避開，一碗粥就翻倒了過來，全都灑在了她的手掌和手腕上！

夏日穿著的衣衫很是單薄，滾燙的粥一下子倒在手臂上，謝明嵐竟是連哼都沒哼一聲。

反倒是安陽侯夫人的手也不慎沾上了幾顆米粒，她立即便豎起柳眉怒斥道：「想燙死我還是如何？」

「母親恕罪，都是媳婦粗手粗腳的。」謝明嵐立即跪在了地上，手臂上還滴滴答答地掛著米粥。

安陽侯夫人見謝明嵐這副油鹽不進的模樣，只覺得所有勁都打在了棉花堆裡頭，簡直是無處使力，因此對於謝明嵐就更加厭惡了。她冷冷地低頭看著跪在地上的人，只見謝明嵐滿臉的自責，那樣滾燙的粥潑在手臂上竟跟個沒事人一般。不過她到底也不敢行事太過分，這會兒也只是厭惡地說了一聲。「好了，妳回去吧，我這裡用不著妳伺候了！」

謝明嵐出了院子之後，身邊的丫鬟寧安立即扶著她。

寧安低頭看著她的手臂，帶著哭腔道：「二奶奶，妳這手臂……」她竟是不忍再說下去。

此時即便謝明嵐沒有低頭看，也知道自己的手臂一定很猙獰。剛開始的時候她還能感覺到疼痛，可是到後面竟是疼得沒了知覺，不過這會兒她也只是淡淡地吩咐道：「扶著我回去。」

回到院子裡，寧安便立即吩咐人趕緊拿了燙傷的膏藥過來。因從太太的院子走回來，此時袖子都差不多乾了，待寧安伸手去撥弄謝明嵐手臂的衣衫時，整個布料都已貼在了手臂上頭，稍微一拉，謝明嵐的嘴角就直抽氣，因此寧安不敢動了。

最後還是謝明嵐瞧著紅通通的手臂，狠下心道：「妳只管拉便是了，實在不行，就拿剪子剪開。」

最後寧安用力拉了衣衫，謝明嵐也只是抿著嘴，連叫都沒叫一聲。

「妳瞧瞧她，可真夠心狠的，那樣燙的粥潑下來，居然哼都不哼一聲！」此時安陽侯夫人對著身邊的嬤嬤說道，一臉忍不住的後怕。旁邊的嬤嬤姓周，年輕的時候就是安陽侯夫人的陪房，如今更是她的心腹，因此安陽侯夫人這會兒滿心的抱怨都是對準著她，不住地搖頭道：「要是當初知道是這麼個東西，我就算是死都會攔著不讓她進門的！如今妳看看，進門這麼多年了，連個蛋都沒生，白占著正室的位置！可憐我洙兒，到了這般年紀竟是連個嫡子都沒有啊！」

周嬤嬤見她越說越生氣，立刻便安慰道：「二奶奶倒也不是生不了，只可惜前頭那一胎，都是成形的男胎了，竟然沒懷住。不過我瞧著二奶奶的身子也康健，再養個兩年，未必就不能再生了。」

這不提不生氣，一提安陽侯夫人就更加生氣了，手掌都哆嗦了起來，連茶盞都端不穩。她將茶盞重重地放在桌上，罵道：「當初老爺還斥責我，說我這做婆婆的不厚道，媳婦懷孕了還讓她來立規矩！可那是我讓她來的嗎？我是千叮嚀萬囑咐了，好生養著、好生養著，偏就她不安生，非要來給我立規矩，裝出那孝順的模樣，又要進宮給賢妃娘娘請安，結果呢？好好的一個孩子就被她這麼給折騰沒了！」

周嬤嬤因是安陽侯夫人的陪房，所以說話自然是向著她的。

當初謝明嵐懷孕了，已經是六個月大的肚子了，結果卻在安陽侯夫人的院子裡頭昏倒了，最後沒能保住孩子。

安陽侯世子，也就是成洙的大哥，先前連生了兩個女兒，原本謝明嵐腹中這個孩子是安陽侯府這一輩裡頭一個嫡哥兒，結果就這麼沒了。

當時不僅謝明嵐哭得死去活來，就連成洙都頗為失望，對安陽侯夫人難免有了怨懟之情。再加上侯爺不知聽了誰的話，一心覺得是安陽侯夫人虐待兒媳婦，這才讓孩子沒了的，很是責罵了她一頓。

所以安陽侯夫人自覺蒙受了不白之冤，將一干怒火全都撒在了謝明嵐身上，這半年來，安陽侯夫人對她是使出了各種手段，可不管怎麼折磨她，她就跟個沒事人兒一般。

到了晚上，成洙回來後先去了安陽侯夫人的院子，見了侯夫人便說道：「今兒個兒子見著景王殿下了，殿下讓娘明兒個帶著明嵐進宮看看娘娘，這是皇上給的恩典。」

原本賢妃那裡謝明嵐是沒資格去的，可成洙自覺日後侯府沒他的分，所以一心希望三皇子上位，那日後自己可就飛黃騰達了，所以即使他娘不喜歡帶謝明嵐進宮，他還是堅持，結果謝明嵐還真就得了賢妃娘娘的心。

侯夫人聽了他的話，臉上立即一喜，高興地問道：「那皇上如今是不惱咱們娘娘了？」

「娘，明日進宮，這樣的話您可不能再說！」成洙一聽他娘這不著調的話，就立即有些微怒。明日是要進宮寬慰賢妃娘娘的，若真照著他娘這樣的說話方式，賢妃沒氣著都是極好的了。

回了自個兒的院子後，謝明嵐沒親自幫成洙更衣，而是讓丫鬟動手。

成洙也沒在意，只囑咐道：「明兒個妳陪著我娘進宮見賢妃娘娘，到時候妳可要好生看著些，多寬慰寬慰娘娘，這後宮一時的輸贏並不算什麼的。」因著下面要說的話有些忌諱，他就沒再說，待丫鬟替他換了身衣裳後，屏退了眾人，他這才坐在炕桌邊，仔細地說道：「賢妃娘娘這些日子來因著林貴妃處處相逼，在宮中的境況並不如意，所以這回妳進宮務必要勸阻娘娘暫且隱忍，林貴妃如今勢盛，萬不可一味地攖其鋒芒。」

謝明嵐一聽便有些吃驚，說道：「娘娘以前便是和文貴妃還有德妃等人鬥了那麼多年，都未曾落過下乘，如今區區一個林氏，只怕娘娘嚥不下這口氣啊！」

成洙何嘗不明白謝明嵐所說的意思？只是如今形勢比人強啊！後宮女人處處都是依仗著皇上，除非真的坐到了太后、太皇太后的位置，或許還能以孝道壓住皇帝。否則，像賢妃這樣的宮妃，即便表面上再榮耀，一旦失去了皇帝的依仗，便也就像那浮萍一般了。

若是在侯府、公府這些勛貴之中，當家的主母生了兒子便不用再懼怕失去丈夫的寵愛，可天家到底和別處不一樣。你瞧瞧，大皇子如今還在府上讀書，閉門思過呢，更別提賢妃她們這些宮妃了。

成洙說的話確實是有理，但人就是這般，有時候明知這樣的做法才是最明智的，可就是嚥不下心中的這口氣，所以成賢妃在聽到謝明嵐的話後，臉色是極其難看。

旁邊坐著的安陽侯夫人這會兒倒是一言不發了。

所以謝明嵐只得硬著頭皮說道：「娘娘何必同她一般見識？她那樣的人是個什麼底子，咱們是清清楚楚的。待以後王爺成了大事，娘娘想收拾她，也不過是抬抬手的事情罷了。」

安陽侯夫人朝謝明嵐看了一眼，雖說心中驚濤駭浪，可面上還是分毫未露，只安靜地坐在一旁。

成賢妃經過這次的事件之後，顯然是遭遇了極大的打擊，不僅鬢角的頭髮染上了銀絲，就連臉上都沒了從前的志得意滿，顯得有些委頓。她掀起眼皮朝謝明嵐看了下，嘴角勾起一抹冷笑，半晌才道：「老三自個兒不好說的話，倒是讓妳來勸我了。妳回去只管和他說，我這個做母妃的不會拖累了他便是。只盼著我這般隱忍，真能換來他的心想事成。」

「王爺也是一心為了娘娘著想，還請娘娘萬不能因此對王爺寒了心，這母子失心才是中了那邊的毒計呢！」謝明嵐低頭，又是恭敬地說道。

賢妃低聲哼了一句，便沒再說話。

回去的路上，安陽侯夫人一直沒說話，到了家時，她先下了車，待謝明嵐下車之後，她才淡淡地轉身說道：「老二媳婦，妳先跟我去趟我的院子。」

謝明嵐跟了上去。

到了院子裡頭，剛走到門口時，安陽侯夫人便對身後的人說道：「妳們都站在門口，老二媳婦妳跟我進來。」就連周嬤嬤這會兒都被留在了門口。

謝明嵐臉上倒是一絲忐忑都沒有，只安靜地跟在她身後進去。

待進了東梢間，安陽侯夫人這才站定。

謝明嵐也在她身後站定，結果她才剛停下，前面的人突然回身抬手，一個乾脆利索的巴掌就落在了她的臉上！

安陽侯夫人看著她，猶如要生吞了她。「我看妳是活膩了是吧？」

「母親這是何意，媳婦並不知曉。」謝明嵐平淡地抬頭，一張粉面上印著清晰的指印，此時看起來異常可怖，但她絲毫沒伸手捂著的意思，只是淡淡地看著安陽侯夫人。

安陽侯夫人見她這般淡淡的模樣，簡直是怒火攻心。她出身勛貴豪門，偏偏嫁人之後處處被壓制，上頭有著厲害的婆婆，還有個在宮裡做寵妃的小姑子，好不容易等她自個兒的丈夫繼承了安陽侯的爵位，她自己成為安陽侯夫人之後，原以為家裡再不會有人為難於她了，偏偏這個二兒媳婦就跟前世的冤家一般！

當初成婚她就是不願意的，偏偏礙於是謝家的姑娘，不得不承擔了這責任，如今呢，這女人竟是連奪嫡的事情都攙和上了！說句氣人的，她這個做婆婆的還什麼都不知道呢！這女人和賢妃娘娘說的，那可都是誅心的話啊！因此一回來，安陽侯夫人就立即找謝明嵐算帳了。

安陽侯夫人冷哼一聲。「不知？咱們成家再怎麼說也是簪纓世家，如今已是烜赫無比，妳居然敢攙和到這樣的事情裡去？難不成大皇子和康王外家的教訓妳是沒瞧見？」

因著德妃是大皇子的養母，因此大皇子被削去王爵之後，連帶著德妃的娘家都徹底失勢了。德妃娘家哥哥本是五軍都督府的掌印都督之一，這個位置並不需要如何賢能的人，需要的是忠心的人。可大皇子大位之爭的背後，未必沒有德妃娘家的慫恿，因此皇帝一氣之下便奪了德妃大哥掌印都督的權力，如今接任的乃是昌海侯聶坤，自他從邊關調任回來之後，便掌了京城大部分的兵力，算是深得皇帝的信任。

至於二皇子康王的外家乃是唐國公府，當初唐國公府是何等的囂張，逢年過節必能得了宮裡頭的賞賜，而且那賞賜在勛貴之家中都是上上等的。可如今唐國公府幾乎是閉門不出，據說唐國公夫人一直臥病在床，連帶著家裡的媳婦、姑娘都不大出來走動了。

「母親又怎知這件事是我的主意呢？」謝明嵐臉上明明白白地露出譏誚的表情。

安陽侯夫人的生母早逝，一直在繼母手中養大，性子素來有些拎不清，當初老安陽侯爺遲遲不讓兒子襲爵，未必就沒有她的原因在，所以謝明嵐對於這個婆母素來就是面上的尊敬罷了，只是安陽侯夫人從不自知，還以為能用婆婆的身分壓制著自己。

只要景王爺真能登得大位，到時候成洙就會被封爵，自己就可以擺脫安陽侯夫人的控制了！一想到這樣美好的未來，就算是拚著命，她都會不顧一切地幫助景王！

此時謝明嵐眼神怨毒地看著安陽侯夫人，冷笑著說道：「母親還是假裝什麼都不知為好，畢竟父親和二爺他們什麼都不告訴妳，也是有原因的。」

「什麼原因？是什麼原因？」安陽侯夫人頭一回見謝明嵐這般不恭敬地同自己說話，一時氣得竟是有些結舌，只能重複著問話。

她這樣失態的表現，反而讓謝明嵐笑得越發鄙夷。都說三歲定一世，可見這古人的話說得是真沒錯，真不敢想像成洙竟是在這等蠢婦手中長大的。她壓低聲音，柔聲道：「我的意思就是，大抵是公公和二爺都覺得妳太蠢了，若是讓妳知曉這些事情，必定會破壞咱們的大計吧？賢妃娘娘可不止一次誇我辦事得力呢！」

安陽侯夫人還是頭一回見著這樣囂張的媳婦，她一怒之下便又舉起手，結果卻被謝明嵐一把捉住，她動了動手臂，卻怎麼都掙脫不得。

謝明嵐看著她這張保養得當的臉，恨不能一巴掌抽在她臉上！可是，一旦自己動手了，不管理由是什麼，這一世就真的完了。所以謝明嵐竭力忍耐著，忍耐著心中想將她剝皮抽筋的衝動。她的孩子，就那樣沒了，可是這個殺人凶手卻依舊好好地站在她的面前，甚至還對她耀武揚威的！

此時安陽侯夫人也注意到了謝明嵐眼中的狠毒，那怨恨的眼神猶如鐵鉤一般，牢牢地纏在她的身上，在她身體上勾出一個又一個的血洞。她突然想起了那個來不及出世的孫兒，可隨後她又立即堅定表情，是那孩子自己無福來到這世上的，並不關她的事情！

就在安陽侯夫人心中猶豫著是否要喚人進來的時候，就見謝明嵐突然鬆開她的手臂，當著她的面便開始對著自己的臉頰狠狠地抽了好幾巴掌！

安陽侯夫人完全被她這一連串的動作給震驚住了，連話都說不出來。

謝明嵐打完之後，還揚起唇瓣衝著安陽侯夫人微微一笑。她面皮很薄很嫩，又因打的時候下了狠手，這會兒一張俏臉已完全腫得跟豬頭一般。

安陽侯夫人雖說腦筋不靈活，可因為以前府裡有老安陽侯夫人這尊大佛在，又因她是正室，所以用不著她鬥爭什麼，這後宅的陰私見識得並不算多，如今乍然瞧見這麼一幕，直驚得她連連往後退了好幾步，猶如看著鬼魅一般地指著謝明嵐，卻是一句話都說不出來。

「是不是覺得我很可怕？告訴妳，我之所以變成這樣，都是妳逼我的！」謝明嵐將右手臂揚起，將袖口往下一拉，露出手腕，只是那手腕上頭纏著好厚的一層白紗。「那粥妳是不是因為沒燙在妳身上，所以一點都不知道痛？」

這會兒安陽侯夫人再也受不了了，「啊——」地驚叫了一聲。

外面的周嬤嬤聽出是夫人的叫聲，立即便推門進來了。

謝明嵐在聽到外面的推門聲時，便撲通一聲跪在地上，接連地開始磕頭，而且是額頭磕在地面的地磚之上。

那「咚咚咚」的悶聲聽得進來的這些丫鬟、奴婢們都是一陣吃驚。

周嬤嬤看了眼跪在地上的二奶奶，只聽她一邊磕頭還一邊哽咽地說道——

「母親恕罪，都是媳婦不懂事，惹惱了母親……母親恕罪、母親恕罪……」到了最後，她聲音都嘶啞了，似乎只能簡單地重複著「母親恕罪」這四個字。

此時的安陽侯夫人跟沒了魂兒一般，就這麼眼睜睜地看著面前的謝明嵐又是磕頭、又是求饒的。

周嬤嬤偷瞄一眼謝明嵐，就瞧見她腫得跟豬頭一般的臉頰！這……這……就連周嬤嬤都不知要說什麼好了。大戶人家後宅陰私多，婆婆折磨兒媳婦的真是比比皆是，但是把兒媳婦折磨成這樣的還真是少見，這要是傳了出去，闔家可都是沒了臉面啊！

因此她立即便走到安陽侯夫人跟前，輕扯了下她的衣袖，低低急道：「夫人還是趕緊讓二奶奶起身吧，二奶奶這一頭撞得可真夠嚴重的！」

安陽侯夫人這會兒終於回過神來了，只覺得面前的謝明嵐就是個怪胎，簡直是太可怕了！她想尖叫著告訴所有人，她就打了謝明嵐一巴掌而已，其他的巴掌都是謝明嵐自己搧的！可是她抬頭看向對面，卻見那些丫鬟就站在門口，各個都瞧著跪在地上的謝明嵐，臉上皆是不忍之情！

好在周嬤嬤不愧是安陽侯夫人身邊得力的人兒，這會兒立刻叫了安陽侯夫人身邊兩個丫鬟的名字，急急吩咐道：「二奶奶大抵是發了魔怔，妳們趕緊將二奶奶扶起來，再讓人派頂轎子過來，先送二奶奶回院子！」

兩個丫鬟連忙過來，一左一右地托扶起謝明嵐。這會兒謝明嵐也是力竭了，只仰著頭靠在左邊丫鬟的身上，而她右手腕的袖子正好就往下滑了些，露出了手腕上包紮著的白色紗布。

待謝明嵐被抬上轎子後，她身邊的丫鬟寧安便立即扶著轎子邊緣，一邊走一邊嚎啕大哭。旁邊的婆子想叫她住嘴，可是這會兒任她們怎麼教訓，寧安依舊哭得傷心。

謝明嵐回院子後，悄悄派出了身邊的陪房回謝家，就算謝家再不肯認她這個出嫁女，可只要她一日姓謝，不管是爹還是蕭氏都得管著她的事。謝明嵐忍耐了這麼久，成敗就在此一舉了。

她陪房之中有個姓劉的娘子，夫家是姓鄭的，當初她夫家是作為謝明嵐的陪房跟著過來的，這幾年，謝明嵐早就收服了這個劉娘子。這會兒劉娘子的相公親自趕著車，劉娘子坐在驢車裡頭，直奔著謝家而去了。

「太太，您要給我們二奶奶做主啊！我們二奶奶馬上就要沒了命啊……」劉娘子被領到蕭氏的院子後，跪在門口就立即開始哭嚎了。

許繹心此時就坐在蕭氏的左下首，而對面則是坐著蕭熙。她們今兒個正好來陪蕭氏用晚膳，誰知就撞上這一幕了。

「妳出去同她說，若真是成二奶奶讓她回來的，有話只管進來說，若是還這般在門口哭嚷嚷的，立刻就打出去！」蕭氏沒說話，如今開始學著管家的許繹心立即出聲道。

她身後的半夏領了命便直接出去，看著劉娘子，將這話說了一遍。

不過劉娘子早得了謝明嵐的命令，一定要在蕭氏的院子裡頭哀嚎，因為蕭氏那人最是要臉面了，只要她這麼嚎，蕭氏肯定不會不管謝明嵐的事情。於是劉娘子不聽半夏的話，繼續哭嚎。

半夏見狀，一揮手，身後幾個強健的婆子便上前，就要一左一右地將劉娘子往外面拖。

劉娘子一見這陣仗，知道今兒個這招是不管用了，立刻就閉嘴，可憐巴巴地又說：「還請姑娘再進去通傳一聲吧？這事實在是緊急萬分，要是再見不著太太，我家二奶奶只怕真的要沒命了！」

等劉娘子進了正堂，就瞧見坐著的三位貌美女人。

坐在上首的女人年紀最大，但是容貌絲毫未因歲月而衰老，反而因她身上雍容溫婉的氣質，讓誰都無法直視她，生怕唐突了這位貴夫人。

至於下首的兩位，左下首的女人額頭圓潤飽滿，下巴纖細尖巧，彷彿是最完美無瑕的鵝蛋臉兒，一雙眸子清潤如水，此時盈盈地看著她，只是眉頭微蹙，似乎很是不喜她方才的無禮。

劉娘子以前是在莊子上伺候的，後來一家人做了謝明嵐的陪房，一時真是雞犬升天。但如今見到這般貴氣端麗的貴夫人們，嚇得竟是連舌頭都伸不直了。

蕭氏是肯定不願再管謝明嵐之事，可又像謝明嵐說的那般，只要她姓謝一日，謝家就沒辦法完全不管她，就算平日裡再淡漠，可如今她在夫家受了委屈，娘家就必須派人出來主持公道。

蕭熙也是極厭惡謝明嵐的，所以同謝明嵐的接觸最少。

因此，在謝家女眷中身分最尊貴的許繹心，此時就成了處理這件事的完美人選。

許繹心原以為是這個劉娘子言過其實了，可當她瞧見謝明嵐腫得跟豬頭一般的臉、一大片青紫的額頭以及包紮著白紗布的手腕後，一時也驚得說不出話來。

安陽侯府也算是簪纓世家了，怎麼敢這般對待媳婦?!

謝明嵐此時歪靠在床上，看著許繹心，自嘲一笑，一副看破紅塵生死的模樣，只淡淡地說道：「這會兒倒是嚇著嫂子了，都是我沒用，把日子過成這樣。」

許繹心也是聽過這位小姑子從前在謝家的事蹟，因此對她沒什麼好印象，可這會兒見她這般淒慘的模樣，還真說不出什麼風涼話了。

「我如今也不敢求父親為我主持公道，只想著請嫂子回去替我和父親說一聲，明嵐不敢奢求再回謝家，和離後我會出家為尼，再不踏入這紅塵一步。」

「妳說什麼?!」成洙是在外應酬的時候，被家中下人找到，這才匆匆趕回來的，他一掀開內室的簾子就聽見謝明嵐這句話。「我不准！我不准妳這麼想，也不准妳這麼做！」成洙大步走到謝明嵐身邊，用力握著她的肩膀搖晃道。

最後還是許繹心看不下去，怒斥道：「你輕點晃她，沒瞧見這滿身傷！」

成洙被許繹心這麼一提醒，登時滿臉的尷尬，雖然搖晃謝明嵐的動作停止了，可掐著她肩膀的雙手卻是越發用力。

許繹心知道今天這事實在是一大醜聞，要是處理得不妥當，只怕連謝家的名聲都要受到拖累，所以她一時也心煩意亂，不知如何是好。

倒是謝明嵐一臉淡然，瞧著成洙便道：「如今單憑二爺給我做主了。」

這話一說，連許繹心都差點笑出來。可真夠諷刺的，要真有這心思，早幹麼去了？

「成二爺，不知我能和四妹妹單獨說幾句嗎？」許繹心知道今兒個這事必須得有個說法，便直接對成洙說道。

「大嫂，有什麼話便是同我說也是一樣的，畢竟明嵐如今身子弱……」成洙尷尬地說道。

許繹心依舊坐在凳子上，抬頭瞧著成洙，臉上掛著略帶譏諷的笑容。「成二爺既然這般說，我也就開門見山了。今日這事，安陽侯府怎麼也得給我們謝家一個說法吧？」

安陽侯爺的書房之中，案桌對面，此時安陽侯世子成光畢恭畢敬地站在安陽侯跟前。

外頭傳來一陣敲門聲，安陽侯抬頭望了一眼，不耐煩地道：「有什麼事？」

「回稟侯爺，二爺在門口求見。」說話的是安陽侯身邊的管事，這會兒成洙就站在門口。

安陽侯沈默了片刻後，問道：「他不是去見了謝家的人嗎？」

成洙立即出聲喊道：「爹，謝家的大嫂如今要把明嵐帶回去，兒子這邊攔不住，你倒是讓娘或是大嫂出來勸勸啊！」

安陽侯一聽這話，一下子便拿起案桌上擺放著的筆洗，用力砸在了門上，哐噹一聲，嚇得門內門外的人都不敢再吱聲了。

「孽障！都是孽障！」安陽侯這會兒氣得是胸口生疼，捂著胸口衝著門口直瞪眼。

長子成光一瞧這架勢，也不得不開口道：「爹，這人是無論如何都不能被謝家帶回去的，要不然咱們家的名聲可就沒了。」

要說婆婆給兒媳婦立規矩，那是天經地義的事情，任誰都挑不出一個錯字。可現在是婆婆把兒媳婦打成了豬頭，還渾身都是傷，這要說出去成家可就徹底沒了臉啊！成光在來之前，他的媳婦管氏便已去過二弟的院子裡見了人，結果回來就跟他唏噓不已，說傷勢實在是嚴重，那臉她幾乎都不敢看了。

所以成家沒敢讓人給謝明嵐請大夫，畢竟這請了大夫就是把家醜宣揚了出去。也因此，許繹心方才一到，見不過就是丫鬟拿了些藥膏給謝明嵐抹臉後，才不由得怒了起來。

成洙見他爹在裡頭不說話，便梗著脖子道：「若是爹不說話，那兒子便回去了，待會兒這人要是攔不住、傳出去了，也頂多就是咱們安陽侯府被人戳著脊梁骨罵而已！」

「把這孽障給我帶進來！」安陽侯立即對成光說道。

成光趕緊出去將人連拖帶拽地拉了進來，生怕他真的一使性子轉身就走了。可是這會兒父子三人湊在一塊兒，也是唉聲嘆氣的。

安陽侯看了成洙，半晌才罵道：「我早便同你說過，好生看著你媳婦，你瞧瞧如今這鬧得！」

成洙瞧著謝明嵐那模樣，就打心底覺得他娘實在是過分了，誰知都這般了，老頭子還說這話呢！合著在這家裡頭，就大哥是老頭子的兒子，他這個二兒子就是別的地方撿回來的不成？倒是謝明嵐處處為了他考慮，如今還深得賢妃娘娘的信任，若不是她在宮裡頭得了娘娘的歡心，成家這些子弟當中，景王殿下憑什麼就和他關係最好、最重用他？

「爹，如今明嵐渾身都是傷，即便娘要教訓媳婦，可也不該動起手啊！」成洙忍不住說道。

安陽侯雖說心裡也覺得自家夫人實在是丟人，可這會兒聽了二兒子的話，卻又是一陣生氣，指著成洙的鼻子便怒斥道：「那到底是你親娘，你便是這般指責她的？」

「兒子如何敢指責娘親？只是前兩日明嵐手腕上便包了白紗布，當時兒子私底下問了她的丫鬟，說是服侍娘用早膳的時候，被滾粥給燙的。這府裡頭丫鬟、婆子一堆，卻獨獨燙了明嵐，這要是說出去的話，外人少不得要說是娘故意在折磨兒媳婦，是以兒子一直隱忍未說。可如今你瞧瞧，明嵐是滿身的傷勢！謝家如今上門討要個說法，父親教教兒子當如何做？」

安陽侯看著成洙，這會兒卻沒再罵出口了。

「明嵐確實是傷得厲害，兩邊的臉頰都腫了，額頭也是青紫一片，我去的時候竟是連個大夫都沒請。」許繹心輕嘆了一口氣，到底沒說出落井下石的話。

謝清溪眨了下眼睛，她和謝明嵐這輩子雖當了姊妹，可在她心中，除了爹娘和三個哥哥之外，其他三個姊姊並不是她真正的家人。就連謝明貞，自己雖和她關係最好，可對她的感情卻更像是別人家的大姊姊，並不是自己真正的姊姊。所以這會兒再聽到謝明嵐的遭遇，那種心底預想的痛快並沒有出現。如今她也嫁人了，和謝明嵐真正地成了兩家人，往常那樣深的怨恨，都在時間中慢慢變得淺淡了。

「那如今是怎麼個說法？」謝清溪問道。今兒個許繹心是來恪王府給謝清溪問診的，雖說王府之中有良醫，而宮中也有太醫，可謝清溪最信任的還是許繹心，雖然許繹心並不是專攻婦科的，但她的醫術幫謝清溪保胎也足夠了。

許繹心將手中的茶盞放下，這才說：「當時明嵐非要跟著我回謝家，而且她口口聲聲要和離，可這等大事並不是我能決定的，所以我只得說我先回府，再請了爹娘過去幫她做主。

但明嵐不僅沒答應，後來甚至還當著成洙的面，信誓旦旦地讓我非要帶著她回謝家。」

謝清溪面色古怪地看了許繹心一眼。

許繹心無奈地說道：「我也就是那會兒才真正見識到了咱們家這位四姑奶奶的厲害。」她這話方說完，謝清溪突然就笑了，只笑得連許繹心都不知如何是好。

好在謝清溪沒多久就捂著肚子，慢慢停了下來，還直搖頭說道：「我先前還想著，我這個四姊姊怎麼就混到了這般田地，可如今一看，謝明嵐依舊還是謝明嵐啊！」對於謝明嵐這種「不管生活怎麼對我，我就是打不死」的精神，謝清溪也不知是該佩服還是同情。「看來我爹又得苦惱了。」不過說著這話的時候，謝清溪對她爹可是一丁點兒都不同情的。在她看來，任何由謝明嵐引起的問題，她爹去處理都是活該的。畢竟當初他要是能及時地約束謝明嵐，只怕也不會有這麼多後續之事了。

「如今妳身子越來越重了，這些事情自有我們來處理，妳最緊要的是好好養著身子。」許繹心提醒她。

謝清溪輕輕一笑，撒嬌道：「我又想我娘了，如今王爺拘著我不讓我出門，所以我也沒法子回去看我娘，嫂子妳回去和我娘說說，讓她到王府來看看我嘛！」

蕭氏這人向來太有規矩了，就算是再心疼謝清溪，也不輕易到王府來，所以謝清溪好一陣子沒見過蕭氏了。可是她肚子越大，心裡頭就越發慌神，自個兒總是不住胡思亂想的。

就算是在現代，還有孕婦因生孩子而出事呢，更別提這等醫療落後的古代了。她在京城住了這些年，可是聽過好幾個勛貴家中的媳婦因難產而沒了的，要真過上什麼保大人還是保孩子的狗血劇情，謝清溪可真是沒地兒去哭了。

「大嫂下回再來時順便把遲哥兒也帶過來嘛！」謝清溪這邊剛想起蕭氏，那邊又要讓許繹心帶著謝連遲過來玩，忍不住笑道：「我們家湯圓和元宵生了三隻狐狸寶寶呢！讓遲哥兒來瞧瞧，他肯定喜歡！」

「要不妳乾脆送一隻給我？」許繹心知道湯圓是陸庭舟的心肝寶貝，這會兒又瞧謝清溪這獻寶一樣的態度，於是便逗她。

果不其然，謝清溪的臉色一下子僵住了，過了半晌才乾笑了兩聲，說道：「遲哥兒還那般小，我怕小狐狸不懂事，萬一抓傷了他，那可不是鬧著玩的。」

「知道那是你們的心肝兒，逗妳玩兒呢！」許繹心笑著衝她說。

謝清溪苦著臉，這才老實說道：「其實王爺也不讓我去瞧牠們，說是不好。我現在就只知道牠們三個小傢伙叫什麼名字，連模樣都沒怎麼仔細瞧過呢！」

「你們給取了什麼名字？」許繹心隨口問道。

「芝麻、花生、紅豆！」謝清溪立即高興地說道，還稍微強調了那麼一下。「我和王爺一塊兒取的名字。」

許繹心沒好意思說「這還真是你們家的風格」，爹娘一隻叫湯圓，一隻叫元宵，如今三個娃兒，分別叫芝麻、花生、紅豆，合著都是湯圓和元宵餡兒啊！

陸庭舟抬頭瞧了眼面前的皇帝。

皇帝溫和地笑道：「自從你回來之後，咱們兄弟二人還沒好好說過話呢！今兒個正好你在，便陪著朕好生說說話吧！」

「皇上日夜為國操勞，與民分憂，自然是繁忙得很。」陸庭舟恭敬地說道。

皇帝搖了搖頭，無奈地說道：「唉，朕到底是老了，如今這身子骨可不比從前了。」

「皇上正值春秋鼎盛之時，說這樣的話真是讓臣惶恐。」陸庭舟淡淡地說了聲，垂下臉，並未露出眸子，所以他眼底的神色未露出來。

皇帝很是欣慰地看著他，說道：「如今你回來了，這朝中之事也能幫著朕。朕的這些兒子裡頭，可是沒一個能趕得上你這個小叔叔的。」

這樣的話實在是太過誅心，偏偏還是出自皇帝之口。陸庭舟與皇帝也算是做了二十幾年的兄弟，知道他的皇兄陛下絕非那等大度之人。

當初大皇子和二皇子之所以接連失利，並不是因為他們相互之間陷害對方的手段有多麼高明，而是因為皇帝相信了，這就是他們得到那般下場的最終原因。皇帝相信了他們相互構陷對方的原因，因為他們將爭奪大位的野心表露出來了，而他們在朝中呼朋喚黨的舉動，讓皇帝不安心了。

如今皇帝說出這樣的話，未必就不是在警告陸庭舟。雖知道為臣者不易，但陸庭舟如何都未想到自己有一日也要這般戰戰兢兢地面對皇帝。明明知道他對母后起了殺心，卻什麼都不能做；明明知道自己已成為他的眼中釘，卻一直下不定決心。

陸庭舟也不知道自己究竟在等待什麼，其實以他這些年來在朝中的經營，只要他振臂一揮，未必就不能改變這朝堂的局勢，可是，在沒有百分之百的把握下，他不會輕易動手的。

「如今三皇子和五皇子已在朝中當差，臣弟打從回來之後，便時常聽朝臣誇讚兩位皇子聰慧，很是有皇兄當年的風範呢！」陸庭舟抬頭看著皇帝，微笑地說道。

他如玉雕般的面容，因嘴角揚起的笑意，顯得越發的溫潤好看，這樣意氣風發的一張臉，看得皇帝打心底豔羨。曾經，他也是這般年輕、健康、英俊……可是如今的皇帝早已經垂垂老矣，即便是這天底下最好的藥石都無法治癒他日漸衰敗的身體，所以當他看見這樣年輕又朝氣蓬勃的六弟時，即便陸庭舟什麼都沒做，他心底都充滿著嫉妒。

陸庭舟離開的時候，就瞧見乾清宮門前站著一個穿著道袍的方士，他單手背於身後，往前走去。

長遠恭敬地跟在陸庭舟身後，方才皇上讓他親自將恪王爺送到宮門口。

「長總管，方才那道士是？」走下乾清宮的丹陛後，陸庭舟這才開口問道。

長遠一聽便立即笑了笑，說道：「那位是李令省李道長，如今皇上很是信奉他的道法，時常會請他到宮中講經論道呢！」

講經論道。陸庭舟輕笑一聲，只怕還是為了煉丹求仙吧？自秦始皇以來，很多皇帝都沈迷於煉丹之中，大抵是因為執掌了這天下，成為了這世上最烜赫的人後，便想著希望自己的生命能長長久久，可是有誰的命真能長久呢？人都逃不了「生老病死」這四個字，即便尊貴如皇帝。

陸庭舟走離很遠之後，才回頭看了眼陽光之下的乾清宮，金黃琉璃瓦沐浴在陽光之下，折射出令人迷醉的光芒，可是那敞開的宮門卻猶如張開嘴的黑洞一般，深幽得讓人看不清裡面的一切。

陸庭舟轉過頭，頭也不回地往前走去。

第五十七章

景王看著面前的成洙，氣不打一處來，怒道：「這節骨眼上，你們還偏偏給本王生出這種是非來？是嫌本王身上蝨子多了不怕癢是吧？」

成洙沒說話。

景王又看著旁邊的安陽侯爺，不過安陽侯到底是他的親舅父，他並不能責罵，只得語重心長地說道：「舅父，如今正是重要時刻，你可不能再讓這些後宅之事擾了咱們的大事。」

「王爺，如今到底還沒到這等危急的時刻，你當真要走這一步？」安陽侯到底還是不願將自己的身家性命都賭上去。

景王面色雖不變，可眼底卻沒了臉上的笑意。早在大皇兄和二皇兄的事情之後，他就明白了，父皇是不會輕易地立定太子了。再加上父皇這般寵幸道士，求的又是長生之道，大概是真的以為自己能壽與天齊吧？

「那什麼時候才算是危急的時刻？等父皇將我們這些成年皇子都封了藩地，讓我們去就藩時才算嗎？」景王盯著安陽侯，沒好氣地說道。

安陽侯登時瞠目，半晌才道：「如今太子人選還未定，皇上不至於將所有王爺都送往藩地吧？」

「可如今父皇並不只有成年的兒子。」景王意味深長地說道，若不是他的謀士向他提及這種可能性，他壓根兒都不敢相信，父皇竟是打得這等主意！

皇帝老了，如果是以前，他會認為自己掌握著這世上最強大的勢力，可如今他看著身邊這些健壯又優秀的兒子，生出的不會是欣慰的心情，而是恐懼，深入心底的恐懼，這種恐懼正支配著他如今的行動。

現在的皇帝對哪個兒子都不相信，可他若真的將所有的兒子都打發到藩地去，只怕朝臣也不會同意。在那之前，朝臣只會要求皇上盡快確定太子的人選，如今十四皇子的出生，就正好給了皇帝這個機會——既可以徹底打發了這些成年的兒子，還可以只留下一個小嬰兒皇子在身邊。這個皇兒還很年幼，相較之下，比留下景王等皇子在身邊，要更讓皇帝安心吧？

雖說這到底只是景王手底下的謀士所推算的一種可能，但是如今世事多變，這推測就未必不會成真。更何況，之前皇帝對成賢妃的態度太過奇怪了，所以景王忍不住猜想，父皇是不是要先對母妃下手，再對付他這個兒子？

「成先生如今可是景王爺的謀士，這般約本王相見，只怕是不好吧？」陸庭舟調頭看著成是非。當初謝清駿親自出面了，因此他最終放了成是非離開，可他沒想到，成是非膽子這麼大，竟還敢秘密潛伏回京，甚至混入了三皇子府中。

成是非哈哈一笑，很是不在意，顯然是早就預料到了他的態度，只淡淡道：「前幾日，我向景王說過，皇帝可能會讓他們這些成年的皇子就藩。」

就藩？陸庭舟略一皺眉。

他的容貌本就出色，此時在這道觀之中，只餘頭頂兩盞燭火搖曳，在明滅昏黃的光影之下，他的相貌越發驚心動魄，竟是生出勾人心魄的耀眼光芒來。這樣精緻的容貌生於男子身上本就罕見，偏偏這樣的樣貌又有著獨特的男性美，讓人一時都看失了神。

成是非不得不讚嘆，只怕皇族陸氏這一代的靈氣都集聚於他一人身上了。只是陸庭舟生性雖冷淡，但卻不狠毒，沒有那種「寧教我負天下人」的狠絕，所以他才會一直在這個位置上，遲遲無法再往前一步。

長明道觀乃是皇帝去年給這座皇家道觀親自賜予的名字，如今這座道觀的道長，便是陸庭舟之前在宮中見過的李令省。他從不相信這世上有什麼長生不老之法，可是偏偏有人要相信這虛無縹緲之事，以至於步步深陷。

「成先生，本王不願殺你是因為你是清溪的師傅，」陸庭舟盯著成是非，眸子猶如幽幽深井，裡面波光瀲灩，卻讓人看不真切情緒。「可你如果一直要和我陸氏作對，那麼本王只能除掉你。」

陸庭舟的最後一句話是娓娓道來的，絲毫沒有威脅和狠戾，但淡淡的語氣卻讓成是非明白，他所說的每一句話都是認真的。真正的強者就算不用威脅和狠毒的話語，依舊有讓人信服的魄力。可成是非今日既然能來見陸庭舟，便是已想好了對策，更何況，他素來便能言善辯。

成是非並不是陸庭舟，他沒有能力在朝中培養大量的勢力，所以他只能周旋於這些皇子之間。之前他在大皇子府一待便是幾年，這才得了大皇子的信任，這一次，他不願再花這樣長久的時間潛伏了，所以他直接取代了景王身邊的一個謀士，依靠著自己的辯才讓景王相信，皇帝就要對他們這些皇子下手了。

「王爺，這天該變了。」成是非轉頭盯著他。

陸庭舟面容森冷，眼神幽深，在這昏暗的大殿之中，讓人看不真切。「成先生，有些事不是你該參與的，如果你再不放手，本王只能對你不客氣了。」

「難道王爺就不想知道，林貴妃最終的作用在何處？」成是非的聲音幽遠得彷彿從深井之中傳上來，冥冥之中就好像有隻手將每個人推到固定的位置上般，讓人看不清這局勢的變幻。

陸庭舟霍然轉頭看著成是非，半晌嘴角才揚起一抹奇異的笑，只是下一刻他又傲然轉頭直視著面前的塑像，並不去接下成是非的話。如今兩人比的是耐性，誰能耐得住性子到最後，誰就能掌握住上風，顯然陸庭舟手上握著更大的底牌。他並不懼怕成是非，因為從成是非所言所語中，可以明白成是非如今並不能真正地影響到時局的變化。

「成先生，如果這麼快就把自己最後的底牌掀開，那君玄只怕要失望了。」

成是非面色一凝，片刻之後才挑了挑眼尾，輕笑一聲。「唐太宗乃是歷史上少有的明君，可卻是因為玄武門之變，他殺了兄弟才能登上皇位的。要是沒有玄武門前的那一箭，只怕也沒有後來的貞觀之治以及大唐盛世。」

唐太宗李世民幾乎是所有皇子都會認識到的人物，可正因為他的兩面性，讓皇帝在教導自己的兒子時，既希望自己的兒子能像李世民那般有能力，又不希望他們像李世民那樣有著一顆不安分的心。

成是非以李世民為例，就是在提醒陸庭舟——你要想登上皇位，就必須殺掉自己的兄弟！

陸庭舟近來才在為這件事做準備，並不是登上皇位對他起了多大的誘惑，而是如今皇兄已經喪心病狂到想要謀害母后，說不定他下一個要下手的對象就是自己。陸庭舟不是心狠手辣之人，但也決計不是什麼打不還手、罵不還口之人。如今他之所以遲遲未有行動，只因為他知道一旦改朝換代，必將血流成河。

「成先生，景王此人疑心太重，你在景王府中並非良策，只盼你能早日醒悟。」陸庭舟傲然而立地直視著他，骨子裡透著的冷淡，讓他與這清幽的大殿顯得有些格格不入。他目露警告，淡淡地說道：「本王會看著先生的一舉一動。」隨後他便步出大殿。

此時整個道觀之中都安靜無比，並無白日之中香火繚繞的場景。

陸庭舟步出大殿，裴方便等在外面，他叮囑裴方道：「一定要看住成是非，一旦有任何風吹草動，就立即通知本王。」他縱身上馬後，目視著前方無盡的黑暗，緩緩又道：「若是來不及回稟，你可自行處置。」

陸庭舟回來的時候，謝清溪正好偷偷地從湯圓的院子裡回來了。雖然陸庭舟三令五申，不許她去看芝麻、花生、紅豆三個小傢伙，可謝清溪還是忍不住偷溜過去。

陸庭舟坐在正廳的椅子上，看著她扶著朱砂的手進來，淡淡地問道：「去哪兒了？」

謝清溪沒敢說是出門看三隻狐狸寶寶去了，只得道：「我去花園那邊走走，如今這肚子日漸大了，我大嫂吩咐我，一定要多走動。」

陸庭舟自然知道孕婦到了後期是該多走動走動，不能整日躺在床上，免得到了生產的時候，身子空虛，沒有氣力生孩子。不過這會兒謝清溪眼珠子滴溜溜地轉著，顯然是去幹壞事，回來時剛好被他撞到了，於是陸庭舟又問。「在花園哪裡逛了？怎麼我方才路過的時候，沒瞧見妳們？」

謝清溪正絞盡腦汁想著怎麼圓話呢，果真爹娘告訴我們不能騙人是對的，因為說了一個謊言，就得用另外一個謊言來圓謊！這會兒她明顯是圓不上這謊了，正想著說什麼好呢，就聽陸庭舟說道——

「我也不是刻意攔著不讓妳去見小狐狸的，只是太醫說過了，妳如今懷著孕，最好離牠們遠著點。為了妳和孩子好，我才不讓妳去的。」

「我就隔著門看了幾眼而已，真的沒過去摸牠們！」謝清溪立即乖乖地說實話。

陸庭舟點點頭道：「這才乖，過來。」

謝清溪趕緊過去。

陸庭舟從椅子上站了起來，扶著她進了內室，待扶著她坐下後，陸庭舟伸出一隻手輕放在她的肚子上。如今她雖才八個多月，但肚子看起來卻像是足月了。

之前她也擔心過自己的肚子比一般的人大，所以特地問了許繹心，不過許繹心和她保證過，她的肚子絕對是沒有問題的，肚子裡的小傢伙也一切平安，只管讓她放心。

謝清溪低頭看著他的手掌，手指纖細修長又骨節分明，手掌很寬厚，可即便又纖細、又勻稱，但一看仍是屬於男人的手掌。她忍不住問道：「你說會不會是兩個小寶寶啊？」

「什麼？」陸庭舟因有些出神，沒聽到她的話，結果一轉頭就瞧見她很是嚴肅的臉色。

她一本正經地說道：「我聽說但凡家裡有生過雙胎的家族，再生雙胎的可能性會比其他人都高。你瞧，我娘就生了六哥哥和我這對龍鳳胎，你說我會不會也有可能是懷雙胎？」

陸庭舟有些詫異，問道：「妳怎麼會這般想？難不成是長寧郡主同妳說什麼了？」

「當然沒有了，只是我昨晚作夢了。」謝清溪之前老是聽別人說胎夢，她見別人說得一本正經的，當時還覺得很是好笑，可這會兒輪到自個兒了，就忍不住了。因今日陸庭舟走得太早，所以她醒來的時候，連個傾訴的對象都沒有，如今他回來了，謝清溪自然是想同他說說。她忍不住笑著，雙手在面前畫了一個圈，比劃著說道：「我昨晚作夢了，夢見自個兒在田裡摘了兩個金瓜，是渾身金光燦燦的瓜，別提多好看了！我自己搬不動，想找你幫忙，結果卻怎麼都找不到你。」說到這裡，謝清溪撇了撇嘴，顯然是不高興陸庭舟居然沒來幫自己。

她這話一說，倒讓陸庭舟哭笑不得了，立即便說道：「對不起，是我不好，我應該幫妳的。」

「唉，算了，只是一個夢而已。」謝清溪一撇嘴，又可憐兮兮地道：「反正你又不能幫我生孩子，左右還是我自己折騰著吧。」

「對不起，媳婦。」陸庭舟摸了摸她的臉頰，深感歉意地說道。其實謝清溪的擔憂，他都看在眼中，他聽人說過，女人生產就是一道生死關，他曾經發誓再不讓謝清溪受一丁點兒磨難，可如今她最大的磨難，他卻是一點都不能幫她分擔。

謝清溪很大度地說道：「傻瓜，說什麼對不起？頂多下次搬金瓜的時候，你一定要來幫我就是了！」

陸庭舟點點頭，想了半晌，又淡淡地說道：「其實我一直沒讓妳大嫂還有李良醫告訴妳……」

謝清溪見陸庭舟這副欲言又止的模樣，立即便猜測道：「不會真的是兩個小傢伙吧？」

陸庭舟點了點頭。

謝清溪恨不能往後躺倒在羅漢床上，她都不知該怎麼形容現在的心情了，是晴天霹靂還是意外的驚喜？不過接著她便立即開啟「十萬個為什麼」模式，一直問道：「是雙胞胎女孩，還是雙胞胎男孩呢？或者像我和我六哥哥這樣是龍鳳胎？其實我更想要龍鳳胎，不過雙胞胎男孩也可以，哎呀，雙胞胎女孩好像也不錯……」

「好了，媳婦，咱們別著急。」陸庭舟見她一下子活動了起來，又是擔憂、又是驚訝地壓著她，生怕她衝撞了自己的肚子。

謝清溪挺驚喜地一低頭，摸了兩下，感慨道：「原來我昨晚夢到的兩個金瓜就是你們啊！」

都說豪門小孩是含著金湯匙出生的，像謝清溪肚子裡這兩個是出身皇族的，可不就是兩個金瓜？

其實陸庭舟之前一直沒告訴她，就是怕她太興奮、太激動，想找個適切的機會再說，很顯然這回他選擇了一個最不恰當的時機。一直到兩人洗漱完畢，躺在床上的時候，謝清溪都還一直興奮地說個不停。

陸庭舟勉強哄著她睡著了，看著她側臥著的身體，伸手摸了摸，結果竟感覺到了肚子裡面清晰的胎動。還記得第一次，他摸著她的肚子，感受到裡面的動靜時，整個人一下子都說不出話了。

雖然他的孩子們還沒能開口，甚至他都瞧不見孩子們的模樣，可陸庭舟心中就是滿滿的感動與感慨。這是屬於他的孩子，是他在這個世界上血脈的延續。這種生命的重量所帶給他的感動，是言語無法形容的。

重華宮中。紅綾在宮門口守夜，這宮裡守夜和勛貴家裡頭的可不一樣，這些宮女、太監可沒個什麼床榻可鋪著，就蹲在牆角，勉強給自個兒搭個被子。

今日之所以是紅綾守夜，那是因為皇上今晚留宿重華宮了。一旦皇上留宿重華宮，林雪柔便只會安排紅綾或孫方守夜，左右他們兩人，一個是面容普通的宮女，一個是沒了勢的太監，就算戳到皇上的眼珠子裡頭，皇上都瞧不上一眼。

林雪柔知道，自己是靠著這張臉蛋上位的，所以對自己宮中的宮女看管得很嚴，只要求平頭正臉即可，但凡有些姿色的，都會被她打發到別處去。所以說句不恰當的，就算她只有七分的容貌和風姿，在這些素淡的宮女們襯托之下，也變成了十分的美貌。更別說林雪柔的相貌本就是絕色，所以在宮裡這些打扮樸素、樣貌普通的宮女映襯之下，這絕色的女子更成了傾國傾城之容貌。

夜半的時候，林雪柔是被生生疼醒的，她的手掌被人緊緊握住，疼得她臉上直冒冷汗。旁邊的皇帝好像是夢魘了一般，她伸手去摸了下他的額頭，一摸竟是滿頭的虛汗。此時皇帝嘴裡唸叨了兩句什麼，就在林雪柔忍不住推了推他的時候，只聽他暴喝一聲——

「朕是皇帝，不怕你！」

林雪柔心中一驚，再不敢去碰他，可是皇帝捏著她的手掌越來越緊，讓林雪柔不得不咬著牙齒隱忍下來。最後，林雪柔又大著膽子推了皇帝一下，這會兒皇帝彷彿要醒了一般。

皇帝睜開眸子，雙眼無意識地轉過來盯著林雪柔。

因床頭掛著夜明珠照亮，所以他那空洞無神的眼珠子直勾勾地盯著她時，讓林雪柔嚇得不敢說話。

待皇帝的意識終於恢復過來時，才啞著聲音問。「朕怎麼了？」

「方才皇上好像是夢魘了，柔兒給皇上倒杯水吧。」林雪柔溫柔地說道。

皇帝突然坐起了身子，直直地盯著她，問道：「朕說夢話了嗎？」

林雪柔這會兒真是害怕了，並不敢露出絲毫馬腳，只輕聲道：「柔兒也只比皇上早醒一會兒而已，皇上捏著我的手，所以我才會醒過來的。」

皇帝低頭看了眼，此時自己的手裡確實還捏著林雪柔的手掌，他這才勉強放心地笑道：「倒是朕捏痛了柔兒。」

林雪柔趕緊下床去給皇帝倒水。

此時外面的紅綾聽見內殿的動靜，便輕聲問道：「娘娘，要奴婢進來伺候嗎？」

林雪柔回頭朝皇帝瞧了一眼，便轉頭淡淡道：「不必了，本宮伺候皇上便是。」她端了一杯水給皇帝，撫了撫他的背，柔聲道：「皇上是不是為著朝中之事焦慮？皇上的身子才是最重要的，萬不能為了朝務傷了身子才是。」

此時藉著床頭的夜明珠，皇帝抬頭看了眼林雪柔，在這溫和清冷的明珠光輝之下，她略有些蒼白的臉頰越發的透明，本就溫柔嬌麗的容貌越發的嬌弱柔美，真真是讓人憐惜。

「柔兒放心，朕不會有事的。」皇帝摸了摸她的手掌，安慰道。

不過林雪柔還是有些不放心，便說道：「方才皇上好像是夢魇了，明兒個還是招了太醫瞧瞧為好，若是一直安睡不得，少不得要吃些安神靜氣的方子才好。」

「朕的身子骨，朕自個兒瞭解。」皇帝有些抗拒地說道。

林雪柔一下子想到了皇帝寵愛的那個李令省，便又獻策道：「要不然皇上便召了李道長進宮，做做法事吧？」

做法事？皇帝驀地轉頭死死盯著她。

林雪柔被看得口乾舌燥，不敢言語。

待許久之後，皇帝才淡淡地問道：「柔兒是覺得有人衝撞了朕？」

「皇上是真龍天子，這世上有誰能魘住皇上？只是臣妾聽聞有些髒東西或是懷孕的女子身上會帶著些不好的東西，會對人有礙，所以少不得要小心些。」其實林雪柔本只想說髒東西而已，可卻不知為何，竟鬼使神差地提了孕婦……

太后瞧了皇帝一眼，有些驚訝地問道：「皇上眼底一片青黑，可是這幾日未歇息好？」

此時太監和宮女們都在，懷濟站在皇帝身後，垂著頭，瞧不分明臉上的表情。

倒是皇帝苦笑了一聲，有些疲倦地道：「這幾日倒是沒怎麼安睡。」

「這又是怎麼了？怎的不宣了太醫瞧瞧？皇上這可是萬金之軀，如何能不謹慎些？」太后立即心疼地說道。

皇帝看著太后，一副欲言又止的模樣。

太后看了眼身邊的金嬤嬤。

金嬤嬤立即道：「太后娘娘先前讓人在爐子上煨了湯，老奴去瞧瞧好了沒。」金嬤嬤走的時候，將梢間的宮女都帶了出去。

至於懷濟則是更直接，跟著金嬤嬤就出去了。

殿內頓時就留了太后和皇帝兩人。

太后依舊坐在大葉紫檀羅漢床上，面前的小几上擺著鎏金香盒。對面的皇帝本是筆挺坐在床上的，結果這會兒見人都離了，乾脆就脫了鞋子，盤腿坐在了羅漢床上，伸手揉了揉鼻梁。

太后這會兒仔細看他，他不僅眼底帶著青黑，就連臉色都比先前要倦怠，還帶著一種不健康的蒼白，此時他手掌搭在小几上，太后垂眼竟能瞧見他手背上的青筋。

「實話跟母后說吧，兒子這些日子確實是沒歇息好，時時會夢中驚魘。」皇帝蹙眉說道，眉頭已成了深深的川字，顯然是心中煩悶至極。

可不知為何，他這般說，太后心中卻沒有絲毫的擔憂。她對皇帝的這點母子之情，早就在他將那套有毒瓷器送到自己宮中時就灰飛煙滅了。這世間就算是母子之間，也是講究緣法的，如今她和皇帝是真的沒有什麼母子情分了。

但太后這會兒也不會直白地說出來，只淡淡蹙眉，關心地說道：「皇上早該宣了太醫才是，你身邊這些伺候的人，如今真是越發的不懂事了，連這等大事都敢瞞著，真是膽大妄為。」

皇帝立即說道：「兒臣是心中有事，並非身子不舒服。」他頓了一會兒，似乎是在斟字酌句。「所以兒臣想著宣了李令省到宮中替朕做場法事，好驅除妖邪。」

太后一聽，頓時連話都不知如何說了，心裡頭只覺得荒唐。堂堂的一國之君，歇息不好不去宣太醫，反而要宣道士進宮做法事?!不過太后還是要誇讚皇帝一聲，好歹這會兒他還知曉要通知自己，若直接將人宣進宮做法，指不定前朝的那些大臣要怎麼上摺子勸誡呢！

不過太后也知道皇帝如今這性子，你要是不讓他做這事，他就偏生要和你對著幹，一定得把這事做了，所以太后只得順著他的脾氣慢慢說道：「皇上既是身子不適，就該先宣了太醫，要是吃了安神靜氣的方子還不管用，再宣道士進宮也不遲。況且皇上可是天子，身上自有龍氣護佑，豈有讓道士隨意做法的道理？」

古往今來，皇帝都很是自命不凡，即便知道自個兒是肉身凡胎，也會生老病死，可是旁人奉承得多了，難免就真覺得自己是什麼上天之子，有真龍之氣護體。

所以這會兒皇帝被這麼一說，也是有些猶豫，只說道：「兒子只是心中有些不安，這才想請了李令省進宮做法，左右他也時常進宮……」

「皇上！」太后叫了他一聲，這一聲叫得有些嚴厲。

皇帝抬起頭來，顯然是有些茫然了。

好在太后還是壓住了性子，這會子都說到這兒了，到底不能和皇帝真的翻了臉，於是她輕聲規勸道：「這宮裡到底不比別的地方，皇上的一舉一動都有臣子們瞧著呢！若是單單為了這點事兒就宣了道士進來做法，沒得讓人笑話了。」

皇帝最後還是勉強點頭應承了下來。

太后又叫了金嬤嬤進來，笑著問。「哀家讓妳燉的湯可好了？盛一盅上來讓皇上嚐嚐。」

待金嬤嬤領著宮女進來之後，就見那小宮女手上端著紅漆描金海棠花托盤，上頭放著一個精緻食盅，端到皇帝面前的小几上，掀開蓋子後，便是一陣撲鼻的香味。

此時懷濟也站在皇帝身後了，身後一個小太監正要上前替皇帝先試湯，誰知皇帝卻是一揮手拒絕了。

懷濟正要說話呢，皇帝自個兒就拿了銀湯匙在食盅裡攪了攪。

皇帝讚道：「母后宮中的廚子手藝一向就好，朕小時候在上書房讀書時，一到了飯點，就想著母后宮中的小廚房呢！」

一提到從前，就連太后臉上都露出笑意。從前可真是無限美好，那會兒皇帝年紀還小，也沒這麼多心思，一心就依賴著自己這個母親。如果孩子能一直不長大該有多好？就這麼躲在母親的臂彎之下，那麼這母子反目成仇的事情，就不會發生在他們身上了吧？

皇帝回了乾清宮之後，沒多久，就聽外面人通傳林貴妃來了。

林雪柔扶著紅綾的手臂進了內殿，就瞧見皇帝正拿著一本書坐在榻上，見她到了門口，便抬手招她過去。

「臣妾給皇上請安。」林雪柔的身子如蒲柳一般，柔柔地蹲下給皇帝請安。

皇帝依舊坐在榻上，只是林雪柔站著的地方離他只有一個手臂的距離，皇帝只稍稍抬了胳膊，就將她拽了過去，直接將她拉著坐在了榻上，兩人挨得極近，皇帝的一手已經落到了她的腰側。

林雪柔低低笑了一聲，卻並不推拒。

周圍的宮女、太監皆是垂目，並不敢朝著那邊瞧。

皇帝的手掌摸到她腰身下頭的時候，林雪柔一把抓住他的手，嗔怪道：「皇上。」

「小十四今兒個可有鬧著妳？」皇帝隨口問了一句小兒子。說實話，如今十四皇子正是玉雪可愛的時候，最緊要的是，他是皇帝的么兒。雖然有句話叫「皇帝愛長子，百姓喜么兒」，可如今這會兒，皇帝倒是很喜歡這個十四皇子，畢竟比起這些一天到晚想著如何得到他這把龍椅的成年兒子們，只知道吃和睡而且見誰都能吐兩口奶泡泡的十四皇子，顯然是更惹人喜愛。如今皇帝甚至都能理解他父皇當年為何獨獨偏愛陸庭舟了，大概是因為比起他們這些一心想爭奪皇位的兒子，當時年歲還小又聰慧可愛的陸庭舟確實要更討人喜歡。

林雪柔自然歡喜皇帝提起自己的兒子，便柔聲說起十四皇子的事情，不過就是又尿了奶娘一身這等小事罷了，但從她嘴裡說出來，就成了十四皇子如何的聰明伶俐。

如今林雪柔漸漸才發現，自個兒的兒子比起上頭那些皇子來，實在是相差太遠了。就連三皇子的兒子都比她的兒子年歲要大，如今若真要讓十四皇子同這些哥哥們爭奪這把龍椅，她的兒子簡直是沒有絲毫勝算。

以前林雪柔只一心想著皇帝的寵愛，可是當她發現皇帝對自己很是寬容，就連在她和成賢妃兩人的爭鬥之中都是護著她時，她的膽子便越來越大了。可是她在皇宮待得越久就越發現，這宮裡頭不管是她也好，還是成賢妃也好，她們所有的權勢都來自於皇上。

所以只有皇帝好生活著，她的兒子才能有一線機會。

她輕聲問道：「皇上這幾日歇息得可好？做法一事何時進行？」

皇帝聽她提到做法的事情，便有些煩悶，顯然並不想提及。

林雪柔很是意外，之前她提及的時候，皇上還很是贊同的，怎麼如今都不願再提了？不過她也聰明地沒有追問下去，而是又將話題扯到了別處。

待回了重華宮之後，林雪柔便有些氣急敗壞地問孫方。「這幾日皇上可有見過什麼人？」

孫方立即回憶著，可是半晌都沒想起什麼特別的。其實皇上無非就是見見大臣，以及去給太后請安罷了。

林雪柔一聽皇上給太后請安的事情，便立即沒好氣地道：「肯定是她阻了皇上！」

待孫方出去之後，林雪柔身邊就只剩下一個紅綾，只聽她笑著安慰林雪柔道：「娘娘何必生氣？不過是做法而已，便是下回也可行的。」

「蠢貨！妳懂什麼？」林雪柔立即罵她，不過言語間又有些得意地說道：「妳以為本宮只是想讓那道士進宮做法嗎？本宮是要趁著這次機會，除掉那些礙眼的人。」

「不知娘娘想怎麼除掉？」紅綾的聲音壓得更低。

林雪柔早就把紅綾當成心腹，再加上她如今有很多見不得光的事情都是紅綾在辦，所以這會兒她自然是將自個兒的想法說出來。只不過她有些煩悶，她的想法雖是不錯，但她在宮裡的人手太少了些，這會兒正是缺少可用之人的時候。

紅綾聽到髒東西還能理解，不過她也咋舌，只嘆林貴妃著實是太狠毒了些。這巫蠱素來就是皇家大忌，一旦牽扯到巫蠱案中，那是殺敵一千，自損八百的事情。況且成賢妃在宮中這麼多年，要是貴妃娘娘一個不慎，只怕就會把自己填了進去。接著她又有些好奇地問道：「那這孕婦又是指的何人？宮中如今可沒有懷孕的宮妃啊！」

「宮裡沒有，可宮外不是有？本宮聽說恪王妃如今懷孕都快八個月了，她這又是金尊玉貴的身子，估計也只有她肚子裡的孩子才能衝撞到咱們皇上吧！」

紅綾心中一怔，沒想到林雪柔這一箭雙雕的計謀，居然還打到了恪王妃身上！她忍不住道：「可是恪王妃到底和咱們無冤無仇……」

「無冤無仇？妳是沒瞧見她看本宮那模樣！不說本宮是她表姑，單憑本宮是貴妃娘娘，她見著本宮就該磕頭下跪！」林雪柔咬牙，到底是顧慮著自己心中隱藏著最深的秘密，沒有將實話說出來。其實她是瞧見謝清溪就想起從前那個落魄窮酸的林雪柔，而這個謝家的天之嬌女，卻從小就金尊玉貴地養著，長大便賜婚給當朝的王爺，還因著丈夫立了軍功，身分是更加水漲船高。

當初她懷十四皇子的時候，太后連問都沒問一聲，就連後來她生子，太后給十四皇子的賞賜都極少，別說她是貴妃的身分，就算是這宮中最低賤的宮嬪懷孕，得到的賞賜只怕都不止這麼一點吧？

如今謝清溪連孩子都沒有生呢，太后卻隔三差五地賞賜，那流水般的東西直往恪王府裡頭搬去！

太后這般明顯的對待，林雪柔自然是不忿。若她還只是從前的林雪柔，倒也沒什麼好說的，可如今她是林貴妃，謝清溪不過只是個王妃罷了，居然就敢騎在自己的頭上，當真是活得不耐煩了！

不過林雪柔也沒想真的對謝清溪肚子中的孩子如何，只是到時候讓大家都知道，她的孩子天生就帶煞，衝撞了皇上，看她還如何在自己跟前擺出天之嬌女的姿態來！

紅綾在一旁說道：「貴妃娘娘，咱們如今最緊要的是對付成賢妃和三皇子才對，倒是不好再節外生枝了。」

林雪柔立即不悅了。「什麼叫節外生枝？難不成本宮就不能一箭雙雕？」

紅綾心中一苦，立即輕聲道：「娘娘，奴婢聽說這巫蠱之事在宮中最是忌諱，要真是一個不好，只怕牽連太深了，所以娘娘可要三思啊！」

林雪柔咬唇，顯然也是拿不定主意，可是她又不願放棄這樣好的機會，畢竟如今連皇上自個兒都覺得心神不寧，若不是她那日同皇上共寢，只怕還發現不了呢！這可是老天爺送到自己手上的機會啊……

紅綾眼珠子一轉，便計上心頭，輕聲道：「娘娘，奴婢瞧著這樣好的機會，若單單用在成賢妃身上豈不是浪費？」

林雪柔有些不明白了，便支著耳朵聽紅綾說。

「咱們大齊封了王位的王爺，可都是要去就藩的，如今康王去就藩了，您說景王他們是不是也該去就藩呢？」

此話一聽完，林雪柔整個眼珠子登時都亮了。這可真真是極好的，怎麼她之前就沒想到這個法子呢？她總是想著和賢妃鬥，可如今只要將賢妃最大的靠山弄走，還怕賢妃能翻了天不成？

況且只要三皇子他們真的去就藩了，那日後繼承皇位的可能性就小了。只要皇上能好生活著，就算日後她的兒子歲數還小，但因著待在皇上身邊，就比誰都有可能繼承皇位啊！如此一想，林雪柔只覺得自己的兒子年齡比前頭的哥哥們小這樣多，好像也並不是劣勢了，或者這將成為十四的優勢！

林雪柔興奮得都坐不住了，站了起來便開始四處走動著，這念頭在腦海之中翻飛，她整個人簡直是控制不住地顫抖著。

她要好生謀劃，她真的要好生謀劃……

陸庭舟看著對面的人，眸子中閃動著灼灼之色，嘴唇緊抿，顯然是怒到了極點。「她當真是這樣說的？」

「回王爺，那邊傳來消息，林貴妃確實是向皇上進言，說有人魘住了皇上。不過如今太后已規勸了皇上不要在宮中做法，所以如今此事——」裴方站在內室之中說道。

陸庭舟沒等他說完，便立即打斷。「所以哪天皇上要是再覺得身子不適或者睡不著覺了，那我和清溪的項上人頭是不是隨時會不保？」

裴方沈默不語。

陸庭舟臉色一冷，緩緩握緊拳頭。

陸庭舟回到後院的時候，謝清溪正坐在榻上，旁邊擺了好些小衣裳。

她一見到陸庭舟，便立即招手示意他過來。

陸庭舟瞧見這些做工精細的小衣裳，有些吃驚。

謝清溪很是得意地跟他獻寶。「這些衣裳好看吧？都是我娘送來給我的，是我和我六哥當年穿過的衣裳呢！」

自從得知她懷的是雙生子之後，連蕭氏都親自過來了一趟，不過該說的蕭氏都說過了，如今也只能讓她好生養著。要是能讓蕭氏選的話，寧願她第一胎生的是個女兒，也不願一開始就生雙胞胎，因為她的身子到底還是有些弱，這腹中的孩子可是以母親的精血在養著的，蕭氏不願自己的女兒冒這樣大的危險。可是如今都成定局了，蕭氏也只能日日為她向菩薩祈求。

今兒個蕭氏就讓人將她和謝清湛小時候穿過的衣裳送來，嬰兒的肌膚最是嬌嫩了，所以穿舊衣裳才不容易磨破皮膚。不過別人家的舊衣裳，謝清溪肯定是不要的，但這可是她和謝清湛小時候的衣裳，多有紀念價值啊！

謝清溪已在這兒擺弄了半天，這會兒見陸庭舟過來了，自然是高興不已，拉著他一起瞧著。不過她和謝清湛的衣裳還是有些不同的，上頭繡的東西不一樣，繡花紋的是她的衣裳，而繡著松竹紋的則是謝清湛的。

「我小時候經常和六哥哥穿一樣料子的衣裳，就連顏色都是一樣的，那時候我娘把我和六哥哥領出去，別提多威風了！」

陸庭舟嗤笑道：「這妳又記得？」

謝清溪撇嘴，卻又堅定地說道：「我自然是記得了！」

陸庭舟笑了笑，兩人又埋頭說起衣裳的事情。在說話間，陸庭舟看著謝清溪，只見她一向清瘦的臉頰總算是長了些肉，此刻臉上帶著滿足的笑容。

這樣的笑，他便是再看一輩子都是不夠的。

謝清駿坐在對面，陸庭舟起身為他斟了一杯酒。

謝清駿輕笑一聲。「如今京中都在傳言，要同王爺喝一杯酒，只怕要排隊到明年才行。」

這話是在說陸庭舟如今在京城炙手可熱，只是這話別人說倒也罷了，偏偏是謝清駿，所以陸庭舟揚唇一笑道：「若是恒雅有請，即便是刀山火海，我也必會赴宴。」

謝清駿怔了下，許是沒想到陸庭舟會這樣回話。

誰知接下來，陸庭舟就盯著他的眼睛，認真地問道：「倘若是為了清溪，刀山火海，恒雅也會赴宴嗎？」

謝清駿神色一凜，似是未明白他的意思，可又似乎聽懂了。

陸庭舟並不想同他打謎語，便將宮中之事告訴謝清駿。

聽到懷孕女子那裡的時候，謝清駿的臉色就白了一半。如果皇上真的做了法事，屆時若道士真的說出有懷孕女子衝撞了皇上，那麼清溪腹中的孩子還未出生，就會被冠上沖剋皇上的罪名！這個想法實在太過惡毒！雖然謝清駿也曾經聽過升米恩斗米仇的故事，可是他沒想到他們謝家居然真的能招來白眼狼。

「其實我也並不需恒雅上刀山下火海，我只希望謝家能站在我這邊。」

謝清駿看著陸庭舟，一向幽黑如深淵的眸子，此時眼中的神采越發的堅定，就像是撥開重重迷霧，再次找到前行的道路般。

「我們謝家不是早就上了王爺這條船嗎？」

「滾開！」當一聲暴喝聲在幽靜的宮殿之中響起的時候，只見躺在床榻外面的人一下子便起身，很是擔心地看著依舊躺著的人。

此時皇帝已睜開眼睛，眼中皆是驚懼，顯然是被方才的夢中之景嚇住了。

林雪柔替他撫著胸口，口中擔憂地問道：「皇上可是又作噩夢了？」

就算此時皇帝依舊心有餘悸，可是在聽到這句話的時候，還是忍不住點頭。是的，朕又作噩夢了……

因著皇帝近幾日一直歇息得不好，所以懷濟近來一直親自守夜，如今他聽見裡面的動靜，雖不敢直接闖進來，卻還是忍不住在門口輕聲問道：「皇上，老奴可否進來伺候？」

「臣妾給皇上倒杯水吧。」林雪柔沒有理會懷濟在門口請求的聲音，掀開被子就要下床。

皇帝此時突然坐起身，這幾晚他一直在作噩夢，心中驚悸不已。此刻他不想留在重華宮，他要回乾清宮去。

林雪柔見他要離開，有些著急，一把抓住他的手臂，柔聲勸道：「皇上，宮門口都下鑰了，您這是要去哪兒呢？」

「懷濟！懷濟！」皇帝連叫了兩聲。

接著就聽見內殿門「咿呀」地響起，顯然是有人推門而進了。

此時林雪柔已經起身，就著床頭懸掛著的夜明珠，拿起琉璃燈罩，點燃裡面的蠟燭。

但整個內殿在幽幽燭火的照射之下，卻顯得更加的幽暗，燭光只能照射到極其狹小的範圍，而宮殿四角猶如黑洞一般，只消看一眼就彷彿能將人吸進去。

懷濟到了床榻前面，就見皇帝正坐在床上，赤著雙腳踩在腳踏之上。

皇帝沒抬頭，只虛弱地說道：「把燈都點亮。」

一聽此話，懷濟立即應了一聲，重新走到圓桌旁，將玻璃燈罩裡頭的蠟燭拿了出來，走到宮殿的各個角落，一一將各處的蠟燭點燃。

待整個宮殿內亮如白晝的時候，皇上這才緩緩抬起頭。

原本如同黑洞一般的四周，如今一眼就能看見了。

林雪柔一回頭就看見皇帝額頭上亮晶晶的虛汗，她趕緊喚了外面守夜的宮女，讓倒熱茶進來。

皇帝雙手撐在床邊，在聽見她吩咐宮女倒茶水的時候，便要起身站起來。

林雪柔回身準備去扶他，可只差一步她的手就能搆到皇帝的時候，就見他腳步一晃，竟是沒踩住腳踏，整個人摔了出去！

「皇上！」林雪柔沒拉住皇帝，眼睜睜地看著他摔倒在地上。

懷濟回頭時，只看見林雪柔虛抬著手臂，而皇上卻已躺在地上！

孫方親自跑到太醫院去請了值班太醫過來，太醫一聽是皇上病了，連忙帶著藥徒和藥箱就趕了過來。

這會兒懷濟已讓幾個小太監合力將皇上抬到床上去。

一旁的林雪柔早已經哭得上氣不接下氣，不知是害怕皇帝在她宮中昏倒會牽累到自己，還是真的擔心皇帝的身體。

當太醫過來的時候，她急急讓了位置。此時她長髮披散在肩膀之上，身上是方才宮女伺候她穿上的宮裝。

太醫給皇帝把脈之後，眉頭就一直緊皺，顯然是皇帝的脈象並不平和，是以他一時也拿不定主意。這位太醫姓錢，原以為只是一個尋常的當值夜晚，誰承想居然會撞上皇上昏倒這樣的大事！

他哭喪著臉看著旁邊的林貴妃，道：「娘娘，皇上的脈象有些凶險，微臣一人只怕是力有未逮，還請娘娘下旨，宣院使大人入宮，共同問診才好。」

林雪柔這會兒正揉著帕子哭得痛快呢，誰知就聽見他在這邊說這樣的話，當即便有些嚇到，腳都險些站不住了，好在有身邊的紅綾扶著。

幸好旁邊的懷濟是見過大世面的，這會兒聽見他這般說，知道這個錢太醫是怕自個兒獨自擔了這責任，畢竟皇上的龍體有沒有礙，可不是一個太醫就能判定的，所以他也點頭，立即便道：「乾清宮御藥房還有兩位當值太醫，我這就派人去請。只是錢太醫，萬歲爺的龍體可是有關江山社稷，若是沒有大礙，你又這般興師動眾，到時候這責任你可承擔得起？」其實懷濟是在側面提醒他，不要因為害怕擔責任，就胡亂誇大皇上的病症，畢竟這會兒出宮請院使當然可以，但是勢必會在京中傳開，到時候會引起什麼樣的後果，可不是他能承受的。

誰知這位錢太醫卻是低聲道：「懷總管，還請你趕緊派人去請吧！」

懷濟瞪圓雙目，顯然是不敢相信自己聽到的。可是當他看見錢太醫滿目的慌亂和焦急的神情時，才陡然發現，只怕這回皇上的病勢是真的不簡單。

懷濟跟在皇帝身邊三十多年了，在皇帝還只是大皇子的時候，他就是皇帝身邊貼身的太監。這些年下來，不管這皇宮之中來來往往多少人，他始終都站在皇帝的身邊。

此時聽到皇上的病勢真的嚴重之時，他突然從心中升起一陣悲愴……

皇宮側門，當有人往太醫院院使龔良芳家中而去時，京城之中一直隱藏在暗處的各方探子都在第一時間得知了這個消息。

太后年紀大了，雖然身子骨一直都好，但是睡得卻越來越少。只是，今日壽康宮的總管太監閻良卻是早早便在外面等著了，他著急地來回踱步，不時地朝著內殿瞧著。

待到了丑時末，帳簾裡面有了動靜，守夜的宮女立即豎起耳朵，直到聽見太后咳了一聲，守夜宮女這才過去，掀開簾帳將她扶了起來。

「阿玉，現在什麼時候了？」太后穿著白色交領中衣，抬頭朝著外頭瞧了一眼。

「回太后，這會兒才丑時末刻。」阿玉回道，不過她隨即想到閻良一直等在外面呢，便趕緊回稟道：「太后，閻總管一直在外面候著呢！」

太后一聽閻良要求見，原本渾濁的雙眸霍然閃過久已不見的銳利。

閻良進來之後，便立即跪下，急急說道：「太后，皇上昨兒個晚上在重華宮昏倒了！」

太后恍神了一下，可對於這個消息卻表現出一種意料之中的冷靜，待過了片刻之後，她才道：「阿玉，伺候哀家更衣，擺駕重華宮。」

閻良退了出去。

外面的宮女此時魚貫而入，手上端著各式洗漱用品，一切都寂靜而有序地進行著。

待太后梳洗好之後，金嬤嬤親自扶著太后到外頭，坐上輦駕後便直奔著重華宮而去。

各位太醫早就商定了方子，藥童煎好藥也讓皇帝喝了下去，可是皇帝卻久久都未醒來。

太后到的時候，還在外頭梢間商議著脈案的太醫們紛紛跪下請安。

太后沒讓他們起身，徑直穿過他們，進了內殿。

此時懷濟站在床榻側，而林雪柔則是坐在一旁，眼睛一眨也不眨地盯著躺著的皇帝。

皇帝面色蒼白，眼眸緊閉，若不是微微起伏著的胸膛，只怕太后都看不出他身上有一點活氣。

林雪柔從太后進來時，便起身給她請安，只是太后瞧都沒瞧她一眼。

太后看著站在床頭邊的懷濟，問道：「皇上如今身子如何？」

「幾位太醫商議了方子，藥也餵了下去，只是皇上一直沒有醒來。」懷濟如實答道。

太后點頭，立即又吩咐道：「今兒個是小朝會，你派人到宮門口通知大臣，說皇上偶感風寒，身子不適，今日朝會免了。」

「是，奴才這便去辦。」懷濟恭敬地回道。

這會兒林雪柔還彎著膝蓋給太后請安呢。

太后由著金嬤嬤扶著，往前走了幾步，抬腳上了腳踏，坐在皇帝的床畔。皇帝身材早已日漸消瘦，如今一瞧就連臉頰都瘦削得凹陷進去了。

「跪下！」太后突然喝斥了一聲。

林雪柔正要抬頭，誰知前面便掃過一隻腳來，金嬤嬤一腳踢在她的膝蓋上，林雪柔撲通一聲跪在了金磚之上，那鑽心的疼差點讓她整個人都趴倒在地上。

「太后……」林雪柔慌亂地叫了一聲，剛想給自己求饒，可太后似乎猜中她要說的話般，喝止了她。

太后怒道：「閉嘴！」

林雪柔雖然還想辯白，可是此時金嬤嬤就站在她面前，一雙手已經握了起來，她一想到方才那一腳，便再不敢開口了。

「哀家本就覺得妳是禍害，如今皇上身子本就欠安，妳竟還一味地癡纏！」太后轉頭盯著林雪柔，渾濁的眸子發出懾人的光芒。

林雪柔不敢直視，只得垂頭避開。

太后冷冷地說道：「若是皇上有什麼事，哀家定不會放過妳！」

林雪柔身子一抖，卻是什麼話都不敢說。

第五十八章

宮門處的眾大臣聽聞皇上病了，雖嘴上不說，可臉上卻是各自精彩。幾位內閣大臣不放心，打算再次進宮候著，而幾位皇子更是面面相覷。

五皇子轉頭看著不遠處的三皇子，有些擔憂地說道：「三哥，如今你是咱們哥兒幾個中的老大了，父皇這會兒病了，咱們做兒子的理應進宮侍疾，可父皇卻沒個旨意，你可得給我們出個主意啊！」

如今十一皇子以上的眾多皇子都開始參與朝政了，所以此時皇子們都穿著朝服，各個抬眼看著三皇子。

三皇子在心中冷哼一聲，平日裡頭和他作對的時候，怎麼就沒把他這個三哥看在眼中？這會兒才認他這個三哥，要讓他出主意了？這世上哪裡來這樣的好事！

不過他心裡頭再有意見，面上倒是依舊露出十足的擔憂，緩緩說道：「五弟，方才那小公公也說了，父皇只是偶感風寒罷了，想來稍作歇息就會好了，如今咱們還是謹遵皇命便好。」

五皇子只在心中罵了一聲「狐狸」，卻沒有說話。他可不相信老三昨晚沒收到風聲，宮裡頭半夜有人將龔良芳召進宮了，這要真只是風寒，召太醫院院使做什麼？

此時三皇子抬頭看著宮門，卻正瞧見站在前面和昌海侯聶坤說話的恪王，直到九皇子陸允珩叫了他好幾聲，他才回過神。

待眾大臣準備各自回衙門的時候，就見裡面又匆匆出來一個小太監，徑直朝著恪王爺走過去。

「王爺，太后娘娘宣您入宮呢！」小太監瞧見陸庭舟便立即行禮，待起身之後才慢慢說道。這邊陸庭舟方點了點頭，就見小太監又匆匆走到幾位閣老面前，同樣說道：「太后娘娘請幾位大人進宮。」

幾位皇子還未離開呢，三皇子沒開口，卻是五皇子率先忍不住說道：「你過來！」

小太監匆匆過來，恭敬道：「不知王爺有何吩咐？」

「皇祖母可有宣我們進宮？」五皇子睨了他一眼。

小太監立即面露苦澀，只道：「太后娘娘只讓奴才前來宣幾位內閣大臣還有恪王爺入宮，想來宣幾位王爺的差事，太后娘娘應是吩咐了旁人。」

那就是沒宣他們。

這話一出，不僅五皇子臉色難看，就連旁邊的三皇子都忍不住皺眉了，不過他瞧了眼臉色更難看的其他皇子，卻突然坦然了。看來，大家都在擔心父皇身子的問題。

他淡淡一笑，衝著其餘幾位皇子道：「既然皇祖母未宣咱們，那我便先走一步了，想來父皇身子大安了，定會宣召咱們的。」三皇子的母妃乃是掌管後宮宮務的成賢妃，所以就算這會兒他進不了宮，那也不是滿眼抓瞎。

內閣首輔許寅走在前頭，旁邊便是陸庭舟，只是許寅到底是年紀大了，走路也是極為緩慢。先前在宮門口的時候，陸庭舟便詢問他和謝舫二人是否需要乘轎？如今他們倆都年過六十了，之前皇帝也是給了恩寵，讓二人在宮中行走可乘轎。

不過這榮寵雖是賞了，以這二人的謹慎，至今卻是誰都沒有坐過轎子。遑論如今皇上都病著了，自然就更不允許了。

皇帝是在重華宮昏倒的，太后問了太醫是否可以將皇上送回乾清宮休養，經過幾個太醫的討論，這會兒皇帝已經被送回了乾清宮。

林雪柔倒是想讓皇帝在她宮中養病，畢竟皇帝要是回了乾清宮，依著太后的性子，肯定是不會讓她再去見皇上的，所以她只能抱著十四皇子哭。

不料太后見狀卻撂下一句話——妳若是養不好孩子，哀家倒是可以幫妳找人養！

這句話嚇得林雪柔連哭都不敢哭了。

等幾位大臣到的時候，就見太后正坐在東梢間中，手上一直轉著佛珠，而內殿之中隱隱有好些人影。

「太后娘娘，不知皇上如今身子可大安？」眾人請安之後，許寅率先開口問道。

太后環視了眾人一眼，淡淡道：「眾位愛卿乃是我大齊的股肱之臣，各個都深得皇上信任。如今哀家宣大家進來，便是要和你們說實話，皇上從昨晚昏倒後，至今未醒。」
即便知道皇上的病情或許並不樂觀，可是眾人都沒想到居然已惡化到這般地步了。如今太子的人選尚未確定，皇上這要是一直不醒，只怕朝中或許會大亂啊……
此時眾人心中都是翻江倒海，若不是還要在此商討，各個都恨不能立即回家，好生想想這家族日後的出路啊！他們都是閣臣，並不比那些勛貴逍遙，說句不中聽的，不管皇上的這些兒子中，哪個皇子日後當了皇帝，對那些勛貴之家的影響都不大，但是這些由皇帝指定的內閣大臣可就不一定了，皇帝用誰或者不用誰，可都是憑著他的喜好啊！
「太醫可說了皇上何時能醒？」一直沈默不語的陸庭舟，此時抬頭問道。
他穿著一身藏青色朝服，本就挺拔如松的身形，此時也是脊背挺直地坐著，玉色臉龐越發溫潤，像是久被溫養著的最上等的羊脂白玉。此時他輕抬眼瞼，在濃密飛睫之下的一雙墨色眼眸如同深淵，讓人一眼望不見底。
太后看著面前俊朗挺拔的兒子，原本就已下定的決心，此時更加決然。成王敗寇，太后在宮中太久，看透了皇位之爭所帶來的血腥，以皇帝這些兒子的心性，不管日後誰當了皇帝，只怕都會疑心庭舟，倒不如早下手為強……皇帝如何對她，她也只能如何對皇帝了。
「太醫並未說皇上何時能醒，只是先前皇上曾和哀家提及想請道士進宮替他做法祈福，當時哀家覺得讓道士在宮廷內闈做法，難免會引起軒然大波，便勸阻了他。如今看來，倒是哀家耽誤了皇上……」

「太后何須自責。」謝舫立即說道。

太后點了點頭，便道：「所以哀家決意，宣李令省入宮，讓他做法為皇上祈福。」

眾人倒是沒反對，不過這會兒心裡卻是更加擔憂，只覺得太后這都開始病急亂投醫了，但這會兒誰都不敢觸她這個霉頭。

李令省很快就被宣進宮中，他設壇做法沒多久之後，皇帝居然真的醒來了！

太后瞧著醒來的皇帝，立即便自責道：「都是哀家太過眼窄，險些誤了皇上的身子。果真這李道長的法術很是靈驗，不過才過去半個時辰，皇上便醒來了！」太后將皇帝醒來全歸功於李令省的法術，卻是絕口不提太醫的藥石之力。

皇帝本就通道，如今見連一向厭惡這些道士的太后都對李令省的法術信服不已，便更加高興，當即就宣李令省進來見駕。

等李令省進來之後，太后便去了外間，裡面只留下懷濟同李令省隨侍在皇帝跟前。

皇帝的面色依舊虛弱，不過他方才服用了幾顆丹藥，只覺得冰冷的身體開始變得暖洋洋的，從胸口散發著暖意。李令省給皇帝請安後，皇帝高興地讓他立即起身，還賜了座位。

「貧道雖能暫時施法讓皇上醒來，但是若想要真正治理根本，還需別的法子。」待皇帝要賞賜他的時候，李令省立即回道。

皇帝大驚，有些驚懼地問道：「難道如今朕的身子還有事不成？」

「皇上的身子並沒有大礙，只是……」李令省稍微頓了頓，顯得很是為難的模樣。

皇帝知曉他的心思，急急說道：「你只管說便是，朕定恕你無罪！」

李令省這才輕聲說道：「貧道近日日觀星相，發現紫微星大變，只怕不日就會有大劫降臨。貧道本想再仔細驗算的，誰知皇上就病倒了，看來貧道的猜測恐怕是對的。」

「大劫？什麼大劫？」皇帝自然知道這紫微星便是代表帝星，既是帝星有變，那就是有變化在他的身上！

「生死劫。」李令省緩緩道。

皇帝面色大驚。

旁邊的懷濟也是面露驚訝。

此時李令省瞧了懷濟一眼。

皇上見狀，便淡淡道：「懷濟，你先出去替朕瞧瞧藥可熬好了？」

懷濟當即應聲出去，守在門口。

皇帝有些無力地問。「可有解法？」

若是往常，皇帝或許是不相信的，可是這世上最知曉自己身體的，只怕就是他自己。不管那些太醫說得如何天花亂墜，皇帝心底卻有一種深深的恐懼，因為他能清楚地感覺到自己的生命正在流逝。他不想死，他是上承天命的帝王，是這世間的君主，他不能死！

「有。」李令省回答完後，就見皇帝整張臉一亮，突然充滿了生機一般。

皇帝看著李令省，急急問道：「你快說！」

「皇上乃是天子，此生死劫本是不可解的，但是貧道在一本上古天書之中尋到一解法，只要以七星鎮守七方，便可壓制此生死劫。」

「七星是哪七星？」

「自然是血脈最高貴、有龍氣護體者。」李令省淡淡地道。

皇帝正納悶，就聽李令省又說——

「這七人還要是和皇上有血脈關係之人。」

此時皇帝突然明白了，李令省指的便是皇子們。雖說皇子排序有十四，但是因有幾位皇子早夭、病死，所以餘下的皇子只有十人，而大皇子和二皇子早已被皇帝厭棄，至於十四皇子年歲還小，只怕不夠格。

剩下的三皇子、五皇子、七皇子、八皇子、九皇子、十皇子、十一皇子，剛好便是七人。

皇帝死死地盯著李令省。

李令省絲毫不慌張，只淡淡地說道：「皇上不用擔心，貧道這解法並不會傷害任何一位皇子，只是需要他們鎮守七方，這不僅可以改變皇上的生死劫，還可護佑大齊的國運。」

此時皇帝眉頭緊鎖，直勾勾盯著面前的李令省，顯然是在認真思考此法的可行性。

而李令省則垂著頭，內心極為緊張，背後早已經濕透。如果他沒法子說服皇上將諸皇子分封到藩地，只怕他這條小命就難保了！

待過了許久之後，皇帝死氣沈沈的聲音終於響起。「那他們鎮守哪七處才最適合？」

李令省只覺得整個人都鬆泛開來，看來他的小命是暫時保住了。可是他給皇上出了這麼一個主意，要是讓那些皇子們知曉了，只怕是殺了他的心都有吧？所以李令省這會兒心裡是既慶幸、又憂懼，可如今箭在弦上，也由不得他停下來了。他垂目低聲回道：「貧道還需要回去好生推演一番。」

「必須快。」皇帝幽幽地看著他。

雖然皇帝說話的聲音依舊有些有氣無力，但是整個人卻散發著戾氣，讓李令省不敢直視。

待李令省離開之後，太后便又進來，看著皇帝，有些欣慰地說道：「皇上的氣色果真是好了許多，看來這道士的術法倒是真有些用，從前都是母后一意孤行。」

太后雖然說了這樣的話，可皇帝反倒是安慰起她。「母后何必這般自責？倒是朕的身體實在是不爭氣，讓母后擔憂了。」

兩人又說了一會兒話，太后見皇帝臉上有些疲倦之色，便讓他好生歇息。

李令省剛走出乾清宮不久，就巧遇正過來的林貴妃。前頭是領路的兩個太監，而林雪柔則坐在輦駕之上。

李令省站在路邊，垂目靜候著林雪柔離開。

偏偏林雪柔突然叫停，太監只得將輦駕停下，穩穩放在地上。

林雪柔微啟唇瓣，喊道：「李道長？」

李令省只得上前行禮。

林雪柔看著這位身材高大，頗有些仙風道骨模樣的道長，輕輕一笑。「本宮聽聞正是因為道長的仙術，這才讓皇上清醒。本宮先前一直聽聞道長術法了得，如今看來真是名不虛傳。」

「得娘娘誇讚，貧道實乃三生有幸。」李令省客氣地說道，不過他說話雖客氣，卻並不卑微，頗有些世外高人的清高。

林雪柔很是感興趣地說道：「本宮近日也有些身子不適，不知何時能請道長到本宮的重華宮中做一場法事？」

「只要娘娘吩咐，貧道定當竭力。」李令省輕聲說道。

林雪柔攔下他自然不是為了這點小事，可如今這裡人多口雜，她自然不好問出口，只得讓李令省離開。

等林雪柔的輦駕離開時，李令省回頭看了一眼，這才跟著領路的小太監一起離開。

林雪柔到乾清宮的時候，太后已經離開，而太醫正在給皇上問診，檢查皇上昨日昏倒的詳細原因。

長遠一出來就看見林貴妃站在宮門口，他立即弓著身過來，咧嘴便笑道：「娘娘這會兒來得真是不巧，太醫正在給皇上問診呢，只怕皇上一時不得空見娘娘。」

林雪柔自從入宮以來，在乾清宮還沒吃過閉門羹呢，因此她眼尾一抬，有些鄙夷地看著長遠，斥責道：「你可有進去通傳過？皇上知道是本宮來了嗎？」最後她輕描淡寫地追加了一句。「若皇上知道是本宮來了的話，定不會拒絕的。」

長遠微微垂著頭，不著痕跡地輕蔑一笑，這才回道：「便是皇上讓奴才回了娘娘的。」

林雪柔面色一僵，竟是說不出話。

恪王府花園之中，因正值盛夏繁花盛開，奼紫嫣紅、爭奇鬥豔，就連謝清溪都沒見過這樣多珍稀的花朵。此時謝清湛就站在她面前，正用手拉扯著線，而天空之中原本斗大的美人紙鳶，這會兒卻變成小小的，只美人腰間的兩條飄帶在空中迎風飄揚。

謝清溪抬頭仰望著天空，而謝清湛則一邊拉著手中的線，一邊往後退。

就在此時，有幾團雪白突然衝著他腳底下而去，嚇得謝清溪險些要窒息，只驚慌地叫了一聲。「六哥哥，不要動！」

謝清湛立刻不敢再亂動了，只站在原地，不停地牽引著手中的絲線。

謝清溪站在他身後，看著英俊的少年拉扯著長長的絲線，牽扯著天空中已變成黑線般的紙鳶，而他腳邊則圍著好幾隻通體雪白粉嫩的小狐狸。

周圍的風輕輕吹拂在他們身上，謝清溪的衣襟被吹起，隨風而動。

謝清湛垂目就看見那幾隻小狐狸不知何時已跑到自己腳下，若不是清溪及時提醒，只怕他就要踩傷牠們了。謝清湛手中還拉著線，只得衝著謝清溪喊道：「能管管你們家的這幾隻狐狸嗎？」說完，沒等清溪回答，他便自個兒搖頭，有些怒其不爭地說道：「我就沒見過哪家寵物比牠們還要囂張的！」

謝清溪對於他的話反駁不能，因為謝清湛說的每句話都是對的，他們家養狐狸那就跟養祖宗一樣。謝清溪很是狗腿地立即回道：「這可是我們家湯圓大人的孩子，我自然要好生照看著呀！」

謝清湛撇嘴，顯然是覺得她這個主人做到如今這個地步，實在是失敗得很吶！

陸庭舟過來後，就站在花園的石板路上，旁邊繁茂的大樹在地上遮成一片綠蔭，他就站在那片綠蔭之下，看著謝清溪穿著鵝黃薄衫，用團扇擋在眼前，抬頭仰望著天空，而旁邊的湯圓和元宵趴在草地上懶洋洋地揮動著尾巴，三隻小傢伙則是圍在她的腳邊。

這樣的畫面恬靜溫馨，幾乎一下子就融開了他冷硬的心。

謝清溪此時正好回頭，就看見穿著一身藏青色的陸庭舟，她歪著頭、皺著眉，不知從什麼時候開始，他似乎喜歡上這樣深沈的顏色，這讓謝清溪很不喜歡。

以前的陸庭舟雖然清冷，可卻是那麼光風霽月，讓人無法忽視的高貴和驕矜。她站在原地一直盯著他看，一直到陸庭舟走到她身邊，她的眼神還是很不豫的樣子，似乎很是不高興。

陸庭舟伸手摸了摸她的臉頰，原本嬌嫩的皮膚這會兒有些燙了，他有點心疼地說道：「妳不是一向怕熱的？怎麼這會兒到園子裡來曬太陽？」

此時謝清湛還在放紙鳶，謝清溪突然彎唇一笑，似是開心極了的模樣。「六哥哥帶我來放紙鳶！」

「你們倆都多大了？」陸庭舟搖頭，顯然是對於他們倆在這麼熱的天，還有心情出來曬太陽很是不理解。

謝清湛這時也注意到了陸庭舟，但他首先是盯著陸庭舟的手掌看，那隻如玉雕般的修長手掌此時依舊輕貼在謝清溪的臉頰上。他嘿嘿一笑，只說道：「王爺，你回來了。」這理所當然的態度，簡直是讓人嘆為觀止，看得謝清溪都要給他拍手稱好了。

陸庭舟倒是沒說什麼，只笑看著他手中牽著的紙鳶。「如今清溪只能在府裡待著，難得你們過來，她才會開心些。」

「那你就讓娘親還有嫂子們經常過來吧！」謝清溪素來就是個會順杆子往上爬的人，這會兒聽了他的話，立即可憐兮兮地說道。

陸庭舟看著她的肚子，如今八個月了，卻像是足月的孩子。雖然李良醫一直同他保證，說王妃娘娘雖然身子骨消瘦，但是身體很是健康，生產應該不會有問題，可陸庭舟不要聽「應該」這兩個字，他需要的是絕對的安全，絕不允許出任何問題。

一想到這裡，他看著謝清溪的目光便柔軟了下來。

謝清溪見這會兒快到了用午膳的時候，便讓人在水榭處擺膳。

謝清湛往回收紙鳶，結果美人剛落在草地上時，早對這飄在天上的東西覬覦已久的三隻小狐狸，立刻就爭先恐後地往上撲。

謝清湛還沒來得及收好自己的美人，就見著花生一口咬住了美人頭，而芝麻則撲在美人胸前，最小的紅豆只撲到了美人手臂上的飄帶。別問謝清湛為什麼能這麼快分清這三隻小傢伙，而是謝清溪在牠們三隻脖子上都繫了東西。

老大花生脖子上繫著黃色絲線，中間垂著一顆空心花生；老二芝麻脖子上繫著的是黑色絲線，中間也黏著一顆豆大的芝麻；至於最小的紅豆則是繫著紅色絲線，中間掛著的是一顆貨真價實的紅豆。所以要分清這三隻小傢伙，只需要看看牠們脖子上的絲線就行。

當初謝清溪想出這個辦法的時候，還很得意地對陸庭舟說「到時候咱們倆的兒子或者閨女出生，也這麼區分他們，多方便省時」。

不過她又挺高興地說道，要是龍鳳胎的話，那就更加省事了。

「唉，你們！」謝清湛想喝斥這三隻小傢伙，可是牠們三隻從小就長在人堆裡面，壓根兒就不怕人，況且伺候牠們的奴才都是誠惶誠恐的模樣，所以反倒是人怕牠們。

這會兒他開口喝斥，老么紅豆是最先有反應的，對著他就是一陣齜牙咧嘴。

「王爺，今兒個叫我過來府上，可是有吩咐？」謝清湛坐在水榭裡的時候，就笑呵呵地問道。他爹如今看管他就差沒跟看管犯人一樣了，所以讓他出門一趟簡直是難上加難。要不是陸庭舟請他過來，只怕他還沒這出府的機會呢！

陸庭舟笑了笑，只說道：「沒什麼，吃完飯再同你說。」

謝清溪見著謝清湛也是開心，不過她還是有些惋惜地問道：「六哥，你真的要去講武堂嗎？那可是學如何打仗的地方呢！」

「是啊，這次韃靼人入侵，我才發現光會讀書根本沒用。」謝清湛理所當然地說道。

謝清溪倒是對他的想法沒什麼異議，只是有些可惜地說道：「你讀書那麼厲害，要是參加會試的話，狀元之位肯定非你莫屬了。」

倒是謝清湛頗為看得開，笑著說道：「那多沒意思？咱們家都出了兩個文狀元了，我這回去考個武狀元回來，讓爹高興高興！」

陸庭舟和謝清溪登時笑開，依著謝樹元的性子，只怕是氣死的多吧？

待用了午膳，陸庭舟便領著謝清湛去了前院書房。

這世上的秘密，本就不容易包得住，更何況，是這等的大事。不過兩日，幾乎整個京城都傳遍了，皇上要給成年的皇子們冊封藩地了！之前皇上遲遲不給皇子們冊封藩地，是為了留他們在京城，可如今將這些皇子都冊封出去，那麼這些皇子繼承皇位的機會大概就是微乎其微了。

雖然景王之前也有聽到過消息，但是他沒想到這次居然是真的，聽說父皇都已經著人劃定他們的藩地了。要是真的被冊封了藩地，那他們就要離開京城，那他就什麼都沒了！

所以他急急進宮求見，可是在乾清宮門口候著的時候，正好遇見出來的陸庭舟。

陸庭舟的臉色並不算好看，瞧見他只是淡淡點頭便離開。

「景王爺，皇上方才剛接見了恪王爺，這會兒精神不濟，已歇下了，您請回吧。」懷濟出來回道。

景王一聽這話，雖然心中早已經興起驚滔駭浪，可是面上還是淡淡一笑。「謝謝懷總管了。」

他轉身離開，就瞧見前面的恪王爺並沒有走遠。他知道父皇一向信任這位恪王叔，便急急追了上去。

「父皇身子可是大好了？近日一直沒能見著父皇，我這做兒子的心中很是不安。」景王同他寒暄說道。

陸庭舟轉頭打量了他一番，往前走了幾步，而他身後的齊心則是落後了幾步。

景王一見便立即回頭，他身後跟著的人也是落後了幾步。

「允齊，你要早做打算啊！」

景王雖然心中有準備，可聽到這話，卻還是忍不住絕望，看來所有的傳聞都是真的。他忍不住氣惱道：「難不成父皇還真看上了那個乳臭未乾的奶娃娃？」

陸庭舟霍地轉頭瞪他一眼，卻不再說話，反而是明顯加快了步伐，顯然是不願再同他說話了。

景王見狀，立即賠笑道：「六叔別生氣，都是我一時失言。」

「這天下自然是皇上說的算，皇上說他行，他就一定行。」陸庭舟揚起唇，冷酷地說道。

京城之中的誰都沒有想到，諸多皇子爭奪大位的最後結局，居然是所有成年皇子都被打包出京城，前往藩地。

成賢妃也早已經聽說了這樣的傳聞，原以為自己的隱忍會帶來兒子最後的勝利，可如今皇上卻要冊封諸位皇子的藩地，讓他們徹底離京！

她朝著外面瞧了好幾眼，身邊的貼身宮女只得低聲勸慰道：「娘娘，千萬別著急，待景王爺來了，定會和您說清楚的。」

「本宮能不著急嗎？如今皇上就在乾清宮裡面，後宮裡誰都沒見著人！」成賢妃冷哼了一聲，只鄙視地笑道：「就算是重華宮的那個都吃了閉門羹，本宮看這事實在是蹊蹺。」

所以她便讓人去找景王過來，可是這會兒人都還沒來呢！

等又過了一會兒，外面進來一個小宮女，笑著說道：「娘娘，楚王在外頭候著呢！」

成賢妃趕緊讓小兒子進來，見著他便是有些嗔怪，只說道：「怎麼如今到了母妃的宮中都這般客氣？倒是不像你了。」不過她也有些奇怪，接著問。「我不是讓人去找你三哥嗎？怎麼這會兒倒是你過來了？可是你三哥不得空過來？」

「三哥讓兒臣過來瞧瞧母妃。」陸允珩看了成賢妃一眼，她坐在羅漢榻上，手中卻是罕見地拿著一串佛珠。雖說宮中的女子大多喜歡唸佛，但成賢妃平日卻一點都不喜歡，可今兒個偏偏將佛珠攢在手上一直轉個不停。

成賢妃深吸了一口氣，往左右瞧了一眼，站著的宮女便魚貫而出，最後整個殿內只留下母子兩人。待成賢妃沈默了半晌之後，才緩緩問道：「你這兩日可有見過你父皇？」

「先前我和諸位皇兄一起面見過父皇，不過並未瞧見，只是隔著一扇門和父皇說了幾句話而已。」陸允珩如實說道。如今除了太醫為皇上問診，以及太后和李令省可以出入乾清宮之外，就連內閣大臣求見皇上，都是三回被拒了兩回。

成賢妃立即便露出焦急之色，壓低聲音問道：「如今這就藩之事，到底如何說的？這世上可沒什麼空穴來風之事，若是沒有一定的根據，這等謠言如何能傳得滿城風雨的？況且你父皇如今除了太后和那個道士之外，竟是誰都不願見，母妃便是想替你們想辦法，也無處使力。」成賢妃緩緩說出來。

陸允珩半晌沒回話，只是沈默不語，急得成賢妃直推他的手臂。

片刻之後，他才抬頭無奈地道：「母妃，並非我不想回答妳，而是如今我也什麼都不知。」陸允珩今年不過十九歲，也只是剛接觸朝務罷了，連滿朝文武都還沒認全呢，何來自己的勢力之說？倒是景王比他有消息來源，可就是他問了，三哥也只是開口隨意地敷衍他罷了。今兒個母妃特意讓人找三哥，誰知三哥居然讓他過來。陸允珩苦笑道：「母妃，如今三哥做什麼都不同我們說，我看妳倒不如從舅母那邊問問，說不定還能問出些名堂來。」

成賢妃一顆心咯噔地直往下墜，可面上卻不敢顯露出來，只瞧著陸允珩笑了笑，反倒是轉過頭來安慰他。「如今也只是宮裡宮外的風言風語罷了。這萬里江山可不是小事，即便皇上想讓你們都去就藩，也要看看這些大臣們的意思。」

如今皇上大部分的時間都花在了求仙問道和女色之上，於朝事上所放的精力太少，又沒有雷霆萬鈞的手段，只怕此事要成行是真的難了。

「兒臣倒是不怕，左右都是要去就藩的。」陸允珩反倒是坦蕩蕩的。

成賢妃面色一冷，接著便輕笑。「那也未可知。」

九月二十六日，皇帝著禮部分封了以三皇子為首的七位皇子，而且地方多是偏僻之處，一時之間朝野震驚。

如今皇帝身體虛弱至此，卻不冊立太子，反而令幾個成年的兒子都前往各自的封地就藩，這簡直是聞所未聞之事，朝中更是反對聲連連。

可是不管朝中如何爭論，皇帝卻表現出了前所未有的強硬。反正皇帝在乾清宮裡歇息著，就是不出來見人，但是聖旨卻照常頒發。
內閣幾位老臣想見皇帝，可跪在乾清宮門口，人家就是不搭理。最後內閣幾位老臣實在是沒辦法了，只得求見太后，畢竟如今只有太后和那道士李令省才能見著皇帝。
不過太后也沒有接見內閣，只讓人傳話給這幾位大臣，說自古後宮不得干政，如今皇上身子已大好，諸位大臣一切只需看皇上旨意行事便是。
一聽此話，內閣的大臣各個都明白了，這回太后只怕是站在皇帝這邊了。
此時恪王爺再次被皇上宣進宮中，一時讓不少人都側目。如今皇帝連兒子都不願見，卻願意宣這個親弟弟進乾清宮，可見對恪王爺的器重。
所以京城眾人也忍不住想著，如今皇帝寵愛的十四皇子年紀尚幼，難不成皇帝是打著讓十四皇子繼位，讓恪王爺做顧命大臣的打算？可是王叔正值壯年，而繼位者還只是個孩童，這可是皇位繼承的大忌啊！
誰都不知皇帝如今打的是什麼主意，更不知他為何會突然厭棄這七個兒子，寧願冒險將七個成年兒子都封到各自的藩地，也不願選這七個成年皇子中的一個成為太子。
京城之中的沸沸揚揚，李令省自然也是知道的。他擔心受怕，生怕自己給皇帝出的這個餿主意被洩漏出來，要是真被洩漏了，只怕這滿朝文武生吃了他的可能都有！不過他到底也算是個人物，就算是這會兒，依舊還能維持著表面上的仙風道骨，只是每每進宮給皇帝講經論道的時候，都要適當地提醒他，趕緊將這七個兒子分封到各處。

於是，更跌破眾人眼鏡的事情出現了，在皇帝冊封了兒子的藩地之後，又定下了藩王就藩的時間——在太后千秋節之後。

成賢妃在宮裡頭摔了一架子的寶貝，若不是周圍宮人勸阻，只怕就要衝到乾清宮去了。

「娘娘，您可千萬要保重，要不然景王爺和楚王爺兩人只怕也不安心啊！」旁邊的宮女帶著哭腔喊道。

成賢妃臉色扭曲，整張臉脹成絳紫色，身上那風華絕代的雍容華貴再不見絲毫，此時她只是一個護不住自己兒子的母親。她握緊拳頭，精心保養的長指甲斷裂開了都沒有在意分毫。

「本宮心心念念只盼著他們兩人能陪伴左右，如今竟是連這點小事都不得實現……」她的眼神漸漸從絕望變成了堅定。一旦人下定了決心，就算是再可怕之事都會不顧一切去做。

此時容妃正在太后宮中，只見她捏著帕子不停地抹眼淚。

而太后則是歪靠在羅漢榻上的絳紫錦緞大迎枕上頭，摸著手上的佛珠，一言不發。

容妃自個兒哭夠了，就可憐巴巴地瞧著太后，哭訴道：「倒不是臣妾捨不得自個兒的兒子，可如今這突然就冊封了藩地，又突然就要去就藩，哪有這般快的？臣妾便是連為他做件衣裳，只怕都來不及啊……」

如果說之前她哭訴的話還帶著三分假，這會兒卻是八分的真了。她真是越想越是悲從中來，畢竟兒子這一走，只怕此生就再難相見了。

「太后，您好歹也勸勸皇上，他身子如今還不好，皇子們本該在身邊侍疾的，哪有這會兒就出去的道理？」容妃這會兒又想起了林雪柔的十四皇子，只覺得更加委屈了。「若是皇子們都走了，皇上膝下可就只有十四皇子一個人了，他這會兒可是連話都說不清楚呢……」容妃覷了眼太后，沒敢將話再往下說。

太后沈默了半天，這才有些疲倦地說道：「皇上行事自然有他的章法，你們只管聽著便是了。」

「太后……」容妃忍不住叫了一句。

這會兒太后抬眸了，眼中的警告之意讓容妃沈默，再不敢言。

「你怎麼這時候要去寺廟中祈福？」謝清溪忍不住驚詫道。

陸庭舟含笑點頭，將手掌貼在她的腹部，認真解釋道：「只不過是去一日罷了，妳也不要擔心。」

謝清溪以為他是要去給皇帝祈福的，也就沒怎麼在意，只抓著他的手掌仔細地叮囑道：

「那你可別跪太久喔！」不過她隨後又嘀咕了一聲。「皇上病了這般久還沒好嗎？怎麼還要你去寺中祈福啊？」

陸庭舟登時瞠目，他沒想到這姑娘是這般想的。不過他也只是低頭一笑，摸著她的額頭，輕聲道：「都說一孕傻三年，如今我瞧著這話倒是真切。」

「我傻嗎？」謝清溪用手指著自己，眨巴眨巴了眼睛，顯然覺得不是很相信。

陸庭舟低頭，便是一口咬在她的唇瓣上。

次日，陸庭舟前往京城香火最鼎盛的法華寺，在佛前長跪九個時辰，求得一只平安符。

當謝清溪拿著平安符，看著他青紫的膝蓋時，頓時哭得像個小孩一般。

「小船哥哥，我下輩子、下下輩子還給你當媳婦好不好？」

「那妳過奈何橋的時候，可一定不要喝孟婆湯。」

上一世都忘記喝孟婆湯的人，一下子就笑了出來，拚命點頭。這事她拿手啊！

十一月初適逢太后千秋節，今年又是太后七十歲的整壽，因此整個皇宮從九月開始就在翻修。一開始眾人還沒在意，可是等後面連著太子所住的東宮都在翻修的時候，眾人皆詫異了。

這會兒皇帝已將七王分封到各地了，如今宮裡又翻修東宮，難不成皇上還真要冊封寵愛的十四皇子那個奶娃娃當太子不成？顯然有這想法的可不是一、兩個人。

此時六部尚書中的工部和戶部尚書正好都在，還有幾位內閣大臣也在。

去年朝廷對韃靼人用兵，雖大獲全勝，可差點將國庫的底都掏空了，今年皇帝要孝敬太后，給太后辦千秋節，就差點沒銀子。

雖說這天下都是皇帝的，可皇上真的想要動用國庫的銀子，別人還沒說話，戶部尚書就要先跳出來了。皇上在內宮是有私庫的，一般皇上的花銷都是從私庫裡頭出，可這私庫到底沒國庫銀子多，所以皇帝時常打著國庫的主意。如今太后的千秋節，說到底是皇上的家事，皇帝要是想給太后大辦，可以，但是請走自己的私庫拿銀子！所以皇帝很是生氣，這幾日逮著戶部和工部兩個尚書就罵。

皇帝先是罵工部尚書拖延工程，不過是修葺皇宮罷了，竟拖拖拉拉地弄到現在！結果工部尚書很是委屈，直說道——巧婦還難為無米之炊呢，我就算是想趕緊完工，可也得有銀子啊！

於是皇帝就宣了戶部尚書開始罵——不是說今年江南稅銀創了歷年最高嗎？還有，這茶商、鹽商等商戶的稅銀不是都收上來了，如今怎麼國庫又叫喚著沒銀子？

這能掌握著一國財政的，那必定是算盤珠子打得噼哩啪啦響的。戶部尚書一聽這話，都不用算盤珠子，直接就說了去年用兵花費了多少，雖說後來韃靼人也有割地賠償，可相較於用兵所花費的，那真真是九牛一毛！原本皇帝還不相信呢，可人家每一項銀子的去處都能說得清清楚楚的，聽到最後，就連皇帝自個兒都忍不住誇了一句「愛卿真可謂是朝廷之股肱」。

雖說皇帝誇讚了人家，可到了要錢的時候，他還是一丁點兒都不手軟，直逼得戶部尚書恨不能一頭撞死在乾清宮的金柱上。好在他也不是孤立無援的，內閣眾臣本就是統管朝中大事的，這要動用國庫的銀子不僅要通過戶部，還得問過內閣大臣們的意思。

內閣大學士唐友明素有辯才，又因為為人處事頗為圓滑，所以如今很得聖心，這會兒自然是由他出面勸阻皇帝。只見他穿著紫色官袍，雖是四、五十歲的人了，可身材修長瘦削，身上帶著一股儒雅浩然之氣，看著便是德才兼備之人。

「皇上對太后娘娘的孝心實是感動天地，只是皇上乃是萬民之主，如今國庫空虛，並不是大興土木的良機，所以還請皇上三思。」唐友明說起話自然生出一股翩翩風采，很是讓人心生愉悅。

不過，就算是皇帝再喜歡他，這會兒瞧見他阻止自己，還是冷哼一聲。

皇帝自從身子漸好之後，便開始著手準備對付自己的大劫。他給七個兒子分派好了去處，只等著他們用身上龍子龍孫的王霸之氣鎮壓住呢，所以這回他也不僅僅是要給太后過生辰，也算是給各個兒子餞行吧，其實他這心裡也有些難受啊！

如今要說這後宮，真真是滿目愴然，這些皇子們的親娘各個是哭天抹淚的，就差沒去乾清宮抱著皇帝的大腿哭了。其實要是她們能進入乾清宮，她們未必就不願去哭。

估計這闔宮上下，最開心也最春風得意的就數林貴妃了。這林雪柔之前還沈浸在自己快要失寵的不安中呢，結果皇帝居然一口氣把七個成年兒子都封到了各自的藩地去。

林雪柔抱著兒子，這麼白白嫩嫩的一團，還什麼都不懂，可能就要成為這世間最尊貴的人了！她都忍不住要顫抖了，簡直不敢相信這一切是真的。當初在蘇州城中，那個無依無靠的小孤女，居然能一步步地走到如今。

她現在是林貴妃，若是她的兒子真的得登大寶，那她就是林太后了！

御花園依舊是鬱鬱蔥蔥的一片繁華之景，假山之上的泉水嘩啦嘩啦地往下流，在假山前面的一汪水池之中，或大紅、或黃色、或紅白相間、或紅黑相間的錦鯉，正在水中暢游。

十四皇子本就是活潑的性子，這會兒見著裡面游得歡快的錦鯉，便伸出一手往下搆。他本就是個胖乎乎的小娃娃，再加上長大了些，林雪柔抱在懷中，險些被他墜得鬆手。

林雪柔嚇得趕緊將他重新抱緊，緊緊摟著懷中的孩子。

旁邊的紅綾則是拿出魚食扔進水池之中，原本還四散著游動的錦鯉，被魚食引得一下子就往中間聚攏。

成賢妃和莊嬪過來的時候，正巧看到這溫馨的一幕。莊嬪是十皇子的母妃，因著十皇子和九皇子交好，雖然莊嬪在宮中是無寵妃嬪，可成賢妃卻對她頗為照顧，這些日子莊嬪和成賢妃更是惺惺相惜，因為兩人的兒子都要被派到各自的封地中，日後要是再想看一眼，真的是難上加難了。

莊嬪看見林雪柔抱著十四皇子，忍不住酸澀道：「這闔宮上下，如今只怕就數她是頂頂有福氣的了，能時時瞧見自己的兒子。」

成賢妃忍著沒說話。

這會兒林雪柔身邊的太監總管孫方低聲提醒林貴妃，成賢妃和莊嬪過來了。

林雪柔站在原地，依舊還抱著十四皇子，只是轉頭衝著那邊不冷不熱地瞧了一眼。

莊嬪見她轉頭看向自己這邊，便低聲道：「賢妃娘娘，咱們過去給貴妃請安吧。」待她走出去好幾步的時候，才發現賢妃還落在身後。她轉頭朝著身後的賢妃看了一眼，這才發現賢妃的眼眶居然紅了！她吃驚得險些合不攏嘴，賢妃素來就瞧不上貴妃，怎的如今居然在貴妃跟前示弱？可是等她順著賢妃的視線往回看的時候，就瞧見她看的並不是貴妃，而是貴妃手中抱著的孩子。都說以己度人，莊嬪本就心疼十皇子，如今瞧見連一向高貴端方的賢妃都露出這般慈母神態，這心中的難受也是忍不住，險些就要落下淚來。

林雪柔瞧她們兩人站在原地半晌都沒動彈，覺得懷中孩子真是太重了，正要將孩子交給身後的奶娘時，就聽見紅綾壓低聲音說道——

「娘娘，奴婢怎麼瞧著賢妃娘娘……好像哭了？」

因著紅綾站得有些遠，瞧得並不分明，可這會兒又看見莊嬪往回走了兩步，正低頭同賢妃說話，似乎是在寬慰她。

林雪柔一點都不在意，反倒是趾高氣揚地看著賢妃，閒閒地道：「她可不就是該哭一場，畢竟這兒子日後可是見不著了。」

紅綾覷了她一眼，嘴邊的話轉了幾圈，還是含在了舌下，沒說出來。

若是以前林雪柔瞧見成賢妃的時候還有什麼隱隱的自卑，那麼如今的她再見成賢妃，那都是滿滿的優越感。

「見過貴妃娘娘。」成賢妃只和氣地叫了一聲，就連膝蓋都沒彎一彎。

倒是旁邊的莊嬪端端正正地行了大禮。

林雪柔看了她們一眼，心中只覺得好笑，都這會兒了還死鴨子嘴硬呢！她含笑點了點頭，道：「都起來吧。」

顯然她這刻意的「都」字，讓成賢妃登時火冒三丈，什麼悲春傷秋都徹底煙消雲散了。她冷冷地看著林雪柔，又朝著她懷中的十四皇子瞧了一眼。

林雪柔見她居然對自己的兒子露出這等不屑的表情，登時便不客氣地哼了一聲，道：「聽說三王爺和九王爺的封地離京城可都不近，日後賢妃要是再想見兒子，只怕是不易吧？我看妳還是趁著如今這最後的機會，好生和兩位王爺敘敘母子情才是。」

成賢妃這會兒已鎮定下來了，對於林雪柔的話很是不屑一顧。她之所以紅了眼眶，是因為自己的兩個兒子居然都比不上林雪柔懷中的這個奶娃娃，她是替兩個兒子感到不值而已。

「貴妃娘娘，與其替臣妾擔心，倒不如多關心關心十四皇子才是。」成賢妃又朝著十四皇子似笑非笑地看了一眼，這才不緊不慢地說道：「這宮裡頭養孩子也並不容易呢！」

林雪柔登時便急了眼，怒斥道：「賢妃，妳真是大膽！十四皇子乃是皇上的孩子，妳這話是何意？」

「我不過是說養孩子難罷了，貴妃娘娘想到何處去了？」成賢妃輕笑一聲，登時將林貴妃的憤怒襯托得猶如跳樑小丑般，而後便領著莊嬪高視闊步地離開。

待走出去許久之後，莊嬪才輕聲說道：「娘娘何必同她置氣？她不過是小人得志罷了。」

「本宮倒要看看，她能得志多久！」成賢妃冷哼一聲。

第五十九章

轉眼間，就進入了十一月分，京城今年的冬天顯然比去年要更冷。不過謝清溪經過了幾年的洗禮之後，面對京城的寒冬已經是怡然自得了。

如今她本就是一個球，還偏偏要把自己裹成一個球，不誇張地說，她出門一趟的話，低頭是瞧不見自己腳尖的。

齊心將擬定好的單子遞給謝清溪看，謝清溪瞧著上面的禮物，整個羊脂白玉雕的牡丹、整塊翡翠所雕刻的佛頭、武夷山大紅袍、各種天南地北的珍稀藥材，反正只要能想到的，這上頭都有，不單單有各種珍稀寶物，幾乎是太后吃喝用的東西都包含齊全了，讓謝清溪看了都得豎起大拇指誇一聲好，就算是她自己擬定的禮單，只怕都沒齊心考慮得周到。

按理說，太后的生辰，這禮單應該由謝清溪親自擬定，只是如今她身子實在是重了，真的沒有精力做這等繁重的事情，所以這次便由齊心負責。

「齊總管著實是厲害，難怪王爺將如此重要的事情交給你！」謝清溪忍不住讚道。

齊心垂目一笑，恭敬道：「奴才謝娘娘誇讚，不過也虧得娘娘提醒奴才，太后娘娘雖是在宮裡住著，可咱們王爺也有贍養太后娘娘的責任。」

這回是太后七十歲的整壽，不論是陸庭舟還是謝清溪都重視得很，可若單單是挑了最貴重的禮物送給太后，未免有些敷衍，需得用心準備，所以謝清溪便出主意，說是陸庭舟也是太后的親兒子，這以前都是皇上在養著太后，陸庭舟作為小兒子也該做些表示，因此這次禮單裡準備的東西，小到筷子，大到桌椅都有。

到了太后壽辰當日，陸庭舟看著謝清溪皺眉，輕聲道：「太醫說妳生產就在這幾日，我看不如今日就不要去了。母后前兩日還特地宣我進宮，說是讓妳今兒個不要去。」

「我到底還沒生，也不在意這一晚上，到時候我略小心些就行了。」謝清溪低頭看了一眼肚子，到底是懷有雙胎，比一般孕婦的肚子要大些。之前謝清溪一直擔心肚子上長紋，但後來蕭氏看她肚子的時候，還笑著說這肚子像她，懷孕也不長紋。

午膳過後沒多久，朱砂將一碗黑乎乎的藥端了過來。

謝清溪見著，詫異地問道：「這是什麼東西，怎麼黑乎乎的？而且味道好重。」

「這是安胎藥，是李良醫吩咐奴婢熬的，說是怕娘娘今兒個受不住，便給妳熬製了這藥汁。」朱砂解釋道。

陸庭舟此時已換了親王禮服，因太后的千秋宴在晚上舉行，所以他們不用一大清早進宮，下午再進宮便是了。

陸庭舟看著她面前這碗藥，目光驀地一沈，那黑如深淵的眸子暗沈得如同要將人吸進眼中。他輕聲道：「這是我讓李良醫替妳熬製的，趁熱喝了，這能幫妳熬過今晚。」

謝清溪素來討厭這樣苦的藥汁，可陸庭舟正盯著她，她也不好意思一哭二鬧地不要喝，只得一口氣嚥了下去。

旁邊的月白趕緊拿了裝蜜餞的盒子，打開盒蓋便哄道：「娘娘，趕緊吃兩顆蜜棗甜甜嘴吧！」

謝清溪捏著蜜棗就開始吃，吃完就讓月白去將她的禮服找出來。她的親王妃禮服早就小了，所以送回內務府改了，前幾日剛送回來。

陸庭舟卻按住她的肩膀，輕聲哄勸。「乖，咱們先不著急，妳先歇會兒再換衣裳。」

謝清溪便躺靠在羅漢榻上歇息，結果這一歇息就不得了了，她居然是活生生被疼醒的！雖然她從來沒生過孩子，可是這會兒卻深刻地感覺到，她這是要生了吧？

「庭舟、庭舟！」謝清溪慌張地叫了兩聲。

陸庭舟慌忙從外面進來，瞧見她有些發白的臉色，便伸手替她抹汗，握著她的手掌，問道：「清溪，妳怎麼了？」

「我好像是要生了……」

產房早就準備好了，她這邊剛說完，陸庭舟便立即將她送到產房去。

此時謝家的人正準備出門，恪王府卻突然來人了。

謝老太太因身子不好，這次宴會本就不用去，而蕭氏乃是正二品的誥命，許繹心則是郡主之尊，所以太后的千秋宴她們自然有資格參加。

「什麼，清溪馬上要生了？」此時蕭氏身著誥命夫人的禮服，許繹心則是一身郡主禮服，只有旁邊的蕭熙依舊穿著家常衣服。

蕭熙立即便說道：「娘，妳們進宮去吧，我去陪清溪。」

齊力有些為難地說道：「王妃這會兒突然要生產了，咱們王爺是希望謝夫人能過去陪著王妃。」

相較於太后的千秋宴，蕭氏自然是更願意陪著寶貝女兒，可是如今這進宮就迫在眉睫了……

齊力又說道：「夫人只管放心，王爺待會兒便進宮幫您跟太后娘娘說一聲。我們王爺這會兒是實在沒法子告假了，所以只能請夫人幫忙了。」

蕭氏一聽就更心疼謝清溪了，本來生孩子就該有丈夫陪伴在身邊的，可是適逢太后千秋宴，陸庭舟作為親兒子必須出席。倒是蕭氏不過是個正二品的夫人罷了，就算缺她一個也無關緊要。

許繹心順勢說道：「我也去陪清溪吧，我好歹是個大夫，也可在產房裡頭照應著。」

「王爺，您先請出去吧？」內務府派過來的接生嬤嬤看著還一直待在產房之中的陸庭舟，忍不住著急地說道。

謝清溪知道古代的規矩，產房是血腥之地，男子不應該待著。雖然她對這個迷信很是不屑，可是她也不願陸庭舟為難，便撐著精神說：「你出去吧，不是還要進宮嗎？」

陸庭舟聽了她的話，久久未開口。

最後反倒是謝清溪認真地說：「我會等你平安回來的。」

明明這句話應該是由他來說的，可這會兒卻是謝清溪說出來。陸庭舟看著她含水的明眸，這才明白，他的清溪什麼都知道。

蕭氏帶著兩個兒媳婦，坐著黑漆平頭馬車而來，前前後後好幾輛馬車停在恪王府。

幾個丫鬟先下了馬車，站在馬車下面準備扶著車廂內的人下來。

蕭氏下車後，就聽見馬蹄的噠噠聲。

許繹心朝後面微微轉頭看去，就看見一匹純白的高頭大馬踏夜而來，她有些詫異地看著騎馬而來的謝清駿。

蕭氏此時也轉頭看著長子，就見謝清駿掀起袍角便從馬上飛躍而下。蕭氏轉身時，他已兩、三步跨到跟前。

此時天際還留下一片清明，整個天地間沈浸在黑與灰之中。

恪王府門廊下所懸掛的宮燈已經點燃，謝清駿看著蕭氏，沈聲道：「父親讓我來告訴您，一定要好生照看清溪。」

蕭氏只覺得心中詫異。

謝清駿親自扶著蕭氏的手臂，朝著身後的許繹心看了一眼，便朝裡面走去。

此時丹墨已親自等在門口，看見蕭氏以及謝清駿都來了，登時鬆了一口氣。

就在丹墨迎上來之時，謝清駿略走快了兩步，拉開蕭氏和身後僕婦的距離，只有許繹心不著痕跡地跟住了。

「娘，今夜小心。」謝清駿只說了這一句，便再沒開口。

原本只是奇怪他怎麼會過來的蕭氏，此時霍地轉頭盯著他，片刻之後才有些失神地道：「你妹妹這邊自有我看顧著，你好生進宮去，今兒個可是太后娘娘的大日子。」

此時丹墨等人正好到了跟前，便給蕭氏還有謝清駿等人請安，道：「王妃娘娘已經被移到產房了，王爺派奴婢在此處等著夫人。」

「清溪是什麼時候開始發動的？」蕭氏有些詫異，這比預想的日子提前了三、四日，也不知對清溪會不會有影響？清溪這孩子自個兒都還沒長大呢，如今就要生孩子了，蕭氏不禁有一種又欣慰、又心酸的感覺。

謝清溪的產房離正院並不遠，可她們一路走過來的時候，竟然遇到了兩次正在巡邏的侍衛。等走到院子的時候，剛踏進門口就看見此時正在走廊徘徊的陸庭舟。

「岳母來了。」陸庭舟看見蕭氏等人來了，臉上的神情是明顯地鬆了一口氣。此時他身穿親王禮服，頭上戴著禮冠，石青色禮服將他襯托得越發玉樹臨風，只是原本白潤如玉的臉頰，此時卻是帶著些許蒼白，看著讓人心疼不已。

蕭氏本就對這個女婿滿意到不行，這樣尊貴的身分、這樣好的樣貌，還能守著她的清溪兒一個人，這簡直是提著燈籠都找不到的好女婿。這會兒再瞧見他這臉色難看成這樣，就知道他這是嚇的，所以她趕緊安慰道：「你放心，有我和郡主在，你只管進宮便是。」她還輕笑著說了句玩笑話。「我估摸著說不定等你回來，她這還沒生下來呢！這生孩子可不是一時半會兒的事情。」

誰知蕭氏這句話不僅沒安慰到陸庭舟，反而讓他臉上露出更加不知所措的表情，連那濃墨般的眸子此時看起來都無辜極了。

倒是有過一次經驗的謝清駿，此時也說不出安慰他的話。當初自己媳婦生孩子的時候，他就站在門廊下，聽著裡面不時傳來的淒厲叫聲。就連許繹心這等含蓄內斂的人，生孩子都能叫得那般慘絕人寰，像清溪這樣的嬌姑娘，平日裡捧在手心裡、含在嘴裡的，只怕會疼得更厲害吧？謝清駿突然覺得，陸庭舟不在這裡，說不定還不會添亂呢！

蕭氏瞧了一眼已漸漸降臨的夜幕，知道這宮中的千秋宴快要開始了，便說道：「王爺還是趕緊進宮吧，這裡有我們看顧著，定然不會有事的。」

陸庭舟又回頭看了一眼身後亮著燈光的產房，此時裡面人影重重，他卻是鼓不起勇氣進去。

謝清駿看著陸庭舟，卻並不催促他。

陸庭舟盯著產房的窗戶看了好一會兒後，才別過頭對蕭氏說了一聲。「那便麻煩岳母了。」

待他們走後，蕭氏看著門口，又問身邊的丹墨。「這院子裡頭有燒熱水的地方嗎？」

丹墨趕緊回道：「這院子裡本就有個小廚房，這會兒已經開始燒開水了。」

蕭氏點頭，又轉頭問許繹心。「妳藥箱裡頭的東西都齊全嗎？」

站在許繹心身後的半夏，此時正揹著她的藥箱。許繹心之前便將孕婦可能用到的藥材都準備妥當了，所以之前說要來恪王府的時候，便直接讓半夏揹上了她的藥箱。

許繹心點頭。「東西都齊全著。」

「那好，從現在開始，將院門關上，沒我的命令，不許輕易開門。」蕭氏沈著吩咐道。雖然她不知謝清駿指的「小心」究竟是什麼意思，但是她知道，清駿絕不是那等隨口說說之人，想來今晚真的會有事發生。蕭氏朝著皇宮的方向看了一眼，這才抬腳進了屋內。

這間院子從未住過人，但是因著離正院很近，裡面有地龍，所以謝清溪特別讓人收拾了出來。這會兒已十一月了，這處的暖炕是早就燒了起來的，而地龍也在幾天前燒好了。雖說這裡沒人住還一直燒著地龍實在是浪費，可如今她突然發動起來，卻真是有一種說不出的慶幸。

蕭氏進去的時候，就看見謝清溪已經躺在床上，身上只穿著一套白色交領繡木槿花中衣，身上還蓋著一層被子。

「娘……」謝清溪兩輩子都沒經歷過這樣的事情，之前屋子裡除了接生嬤嬤，就是朱砂她們了。接生嬤嬤她一點都不熟悉，而朱砂她們都沒嫁人呢，哪懂得生孩子這等事情？所以她心裡頭的忐忑真是無處去說。這會兒看見蕭氏進來，登時眼眸就霧濛濛的，再眨眨眼，只怕就要哭出來了。

好在蕭氏是經過事的，這會兒雖說也心疼她，但還是有些嚴肅地說道：「別哭，要不然待會兒生孩子可沒力氣了。」

「可是我好疼……」謝清溪還是忍不住撒嬌。說實話，她現在的感受是真的特別奇怪，明明是她自己的肚子，可是就像是不受她控制一般，她只能束手無策地等待。

蕭氏坐在她身邊，伸手握住她的手，輕聲哄道：「娘拉著妳的手好不好？」

謝清溪想點頭，可是肚子上又傳來一陣疼痛，蕭氏抓她的時候，她忍不住用力握緊，可蕭氏臉上卻絲毫不變，依舊恬靜溫婉地笑。

蕭氏還伸手摸了摸謝清溪額角已汗濕的鬢髮，柔聲說道：「沒關係的，有娘陪著妳，妳有什麼話只管跟娘說就是。」

雖說謝清溪之前考慮過無數次生孩子的可能，可是當她真的面臨著這一切的時候，才發現她真的很無助，這種從來沒有過的感覺讓她害怕，讓她想要抗拒。

但此時當蕭氏這樣溫柔地說會陪在自己身邊的時候，謝清溪覺得整顆心就像是被溫水環繞著，溫暖、安心。

此時恪王府外，陸庭舟正準備上馬車，而謝清駿則是站在臺階之下，正等著人將自己的馬牽過來。誰知陸庭舟踩著腳凳上車的時候，卻是腳下一滑，整個人險些要摔倒。

「王爺！」

「王爺！」

不僅是站在馬車旁的齊心和馬車夫，就連身後的侍衛都嚇得險些把眼珠子瞪出來了。

謝清駿是個眼疾手快的，立刻往前走了兩步要扶他，不過陸庭舟自個兒卻是一把撐住了馬車壁。

這一刻，幾乎將門口所有人都嚇了一跳，好在只是虛驚一場。

謝清駿忍不住提醒道：「王爺小心。」

陸庭舟回頭看他，原本蒼白的臉色已然恢復了以往的清冷淡雅，只是他嘴角帶著自嘲的笑意，說道：「倒是嚇著恒雅了。」

「我知王爺憂心清溪，所以請王爺一定要保重自己。」謝清駿忍不住說道。

陸庭舟朗然一笑，語氣中盡是傲然。「恒雅只管放心，清溪還在等著我呢！」

謝清駿點頭，後退兩步，陸庭舟便進了馬車之中。

待齊心上來的時候，有些擔憂地看著陸庭舟，說道：「府中有衛戍看守，王爺只管放心便是。」

陸庭舟微微閉著眼睛，此時馬車緩緩往前走，馬蹄噠噠踏在青石板路上的聲音，從車窗縫隙之中傳到他的耳畔。

待到了宮門口的時候，只見神武門前已然是匯集了不少馬車，馬車顯眼之處繪製著各家的標誌，即便沒瞧見馬車中所坐是誰，也可以認出這是誰家的馬車。

因此次乃是太后七十歲的整壽，皇帝命三品以上的朝臣及家眷都要入宮領宴，所以這會兒宮門口有這麼多人也是在所難免的。不過恪王府的馬車卻是不需要等太久，沒一會兒馬車便進了宮門，在下馬碑前停了下來。

陸庭舟下車之後，就聽見身後有人叫自己，待回頭一看，竟是謝樹元。他趕緊往回走了幾步，到了謝樹元跟前便恭敬地一垂手，笑道：「岳丈。」

謝樹元自然也知道謝清溪今兒個要生的消息，可是自家媳婦和兒媳婦都去陪閨女了，他倒是不好再告假，所以只得伺候著親爹一塊兒進宮來了。這會兒謝舫已經前往開設宴會的地方候著了，他則是在這裡等著陸庭舟，等真瞧見人的時候，他心裡這叫一個不舒服的，按理說，這時陸庭舟應該陪在謝清溪身邊的，可他是太后的親兒子，所以必須得參加宴會。

「清溪還好嗎？」謝樹元想了半天，就問出這麼一句話來。

陸庭舟對謝樹元素來就是敬重有加，正要回話的時候，就又聽見身後響起匆匆的腳步聲，以及隨之而來的問候——

「恪王爺、樹元，竟是在這裡遇見你們！」
謝樹元看了一眼，竟是永安侯，趕緊拱手道：「舅兄也來了。」
「見過舅父。」
陸庭舟這一聲「舅父」叫的，可真是讓蕭川打心裡頭暢快，原本帶著的七分客氣，這會兒也變成了十分親切！蕭川拱手說道：「見過王爺，王爺實在是客氣了。」
陸庭舟含笑，並不再說話。
謝樹元瞧了這個女婿，很是滿意，這才開始和蕭川說話。
於是三人便一路往此番設宴的宮殿而去。

女眷是從西華門到壽康宮去領宴的，此時皇室的公主們大多都到了，這輩分高的如德惠大長公主和汝寧大長公主，都是和太后一個輩分的，這會兒就坐在離太后最近的地方。
而永嘉長公主及福清長公主乃是皇帝的妹妹，也就是太后的庶女，此時也坐得離太后極近；這些長公主之後，就是後宮的宮妃了，雖說太后素來厭惡林雪柔，可她乃是貴妃之尊，所以這後宮妃嬪中，她的位置是最靠前的；至於勛貴夫人們，則是依次坐著，這正殿之中最次的只怕都是國公夫人呢！而皇室的王妃們雖然輩分低，可人家身分尊貴，也得排在前面坐著，所以這數來數去，勉強在這正殿還有個席位的，都是國公夫人和正一品的誥命夫人了。
太后瞧了外頭一眼，正好被汝寧大長公主瞧見了，便笑著問。「太后可是在尋恪王妃呢？」

雖然皇帝這些宮妃都在，可這些妃子就算是最尊貴的林雪柔，也不過是個貴妃而已，說到底就是皇帝的妾室，算不得太后真正的兒媳婦，所以算來算去，如今太后唯一的兒媳婦就是謝清溪了。結果這會兒兩位大長公主和兩位長公主都已經到了，她卻還沒來。不過她到底懷有身孕，月分又大了，眾人也不好說什麼。

沒一會兒，閻良進來了，他跪在前頭一臉喜色地道：「太后娘娘，方才恪王爺派人來傳話，說王妃來赴宴前這肚子發動了，今兒個就要生了，怕是沒法子來給您老人家祝壽了！」

太后一聽，先是愣了一下，接著就喜笑顏開的。她今日本就是盛裝打扮，這會兒更是容光煥發了，只笑道：「好好好，可有派了太醫過去了？」

「王爺已請了太醫。另外，王爺還說了，因著今日他要進宮給您祝壽，便請了謝府的大夫人，也就是王妃娘娘的母親，去恪王府看顧著娘娘，連著長寧郡主也一塊兒去了。」

太后這時哪還會介意這點小事，只滿臉笑意地說道：「無妨、無妨，這本就是應該的，女子生產可不是件小事。」

「恪王妃這肚子裡的兩個孩子可真是會選日子呢，偏偏就選了今兒個，這不是和太后您同一日的生辰了？」德惠大長公主是頭一回開口說話，不過人家到底是大長公主，即便是奉承太后的話，都說得這般漂亮。

太后這一聽，也是才反應過來，這會兒也不講究什麼喜怒不形於色了，笑得別提多開心了！

旁邊的汝寧大長公主一聽，先是神色一愣，隨即才訕訕地笑道：「我還說恪王妃怎麼一直沒來呢，原來是要生了呀！」

「到底是咱們六弟有福氣，便是有了孩子，也選了和母后同一日的生辰呢！」永嘉長公主乃是這輩公主裡頭的老大，所以她先開口說笑了。

接著，福清長公主也趕緊同太后說笑。

她們是陸庭舟的姊姊，自然也知道太后有多寵愛這個小兒子，甚至愛屋及烏地寵愛這個小兒媳婦。光是謝清溪懷孕之後太后給她的賞賜，那真真叫如流水一般呢！

成賢妃只淡淡看著這些人，並沒插話。

倒是對面的林雪柔面色有些難看，顯然是被這些公主們的好聽話給刺激的。她不免又想起十四皇子滿月宴那時，這些公主各個跟鋸嘴葫蘆一般，裝得別提有多端莊大方了，這會兒一個個倒是轉了性子一樣，好聽話一句接著一句，就跟不要錢似的！

結果沒一會兒，就見從內殿裡面晃晃悠悠地走出來一個小人兒，穿著大紅的袍子，玉雪可愛得很。原本照看著這孩子的宮女慌慌張張地跟在他身後，正要將他抱起來帶回去的時候，小孩子突然哇地一聲大哭起來，那哭聲可真是夠響亮的，頗有石破天驚之勢。

林雪柔一下子便聽見了兒子的哭聲，而看管十四皇子的奶娘此時已抱著他，卻是怎麼都哄不好他。

太后也聽見這孩子的哭聲了，原本滿帶喜色的臉龐驀地有些陰沈。

成賢妃適時地說了一句話。「貴妃娘娘，妳還是親自去哄哄十四皇子吧，畢竟這大喜的日子，可是不好這樣哭的。」

林雪柔本就尷尬，經成賢妃這般說之後，幾個公主都不約而同地朝她看，就連坐在後面的幾個王妃也在竊竊私語。林雪柔的臉色有些難看了，而十四皇子彷彿不知道母妃的難堪一般哭得越來越大聲，最後林雪柔瞧了太后的臉色，這才硬著頭皮說道：「還請太后恕罪。」

「好了，妳去哄哄他吧，小孩嗓子嬌嫩，可別哭壞了。」好在太后就算厭惡她，但到底還是維護十四皇子的，給了她一個臺階下。

林雪柔有些感激地福身，便匆匆去哄兒子了。

前朝中，來參加宴會的大臣都候著準備領宴呢。此時內侍將眾位大臣都領到了太極宮的偏殿中，讓他們在屋子裡面等著，也免了站在外面寒冷。

陸庭舟跟著謝樹元進了偏殿的一間屋子，不過這裡面站著的是都察院還有翰林院的大人們，都是些清貴文臣，突然有了陸庭舟這個親王在，感覺氣氛都變得不對了。

好在陸庭舟並不是熱絡的人，他只安靜地坐在角落，並不多話。

原本眾人還因為他而噤聲，待謝樹元同人打了招呼後，這氣氛才又慢慢地變得熱絡起來。

長遠過來的時候，就看見陸庭舟一身親王禮服，處在一群文臣之中，居然瞧著還挺和諧的！不過他一進來，眾人突然又沒了聲音。長遠也不管他們，直接走到陸庭舟身邊，有些焦急地道：「哎喲，我的王爺，您怎麼還在這兒呢？皇上到處讓人找您呢！」長遠見他什麼話都不說，只得又低聲道：「您還是跟著奴才一起去吧，要不然皇上該著急了。」

陸庭舟點頭，起身後又和身邊的謝樹元恭敬道：「岳父大人，小婿先過去了，您在這邊同各位大人慢聊。」

等陸庭舟走後，坐在謝樹元旁邊的一位大人立即感慨道：「謝兄這岳丈當的，那才叫風光啊！」超一品親王、太后的親兒子，這麼恭敬的說話態度，就算是這幫清高的文臣，這會兒都不得不羨慕一番了。

皇帝正在內殿之中歇息，旁邊坐著的是幾位皇子，五皇子正在說話的時候，長遠便弓著身子領著陸庭舟進來了。

「來了？」皇帝見陸庭舟進來了，便說道：「朕讓人去找你，你倒是跑去偷清閒了。」

「還請皇兄恕罪。」陸庭舟立即拱手道。

皇帝盯著他看了一會兒，只搖頭笑了笑，便對內侍吩咐道：「給恪王爺賜座。」

陸庭舟因來得有些遲，位子便稍稍靠後面，正對面就是陸允珩。

此時陸允珩也是一身石青色親王服飾，他原本在同十皇子說話，這會兒只沈默不語。

皇帝環視了眾皇子一眼後，頗有些感慨地說道：「今日是你們皇祖母的七十大壽，看著你們各個都長大成人，朕才明白自個兒終是老了。」

眾人一聽這話，便立即出聲，都是安慰皇帝的。

沒一會兒，良辰便到了，懷濟過來請皇帝到前面去開宴。

待皇帝起身之後，眾皇子紛紛起身跟上。

除了陸庭舟坐在皇帝的左後方之外，離皇帝最近的便是景王了。

這宴會的時辰是早就定下的，這邊太極宮在開宴，那邊壽康宮中的宴會也正好開始了，此時整個皇宮之中一派歌舞昇平。

遠在宮外的恪王府中，又有馬蹄之聲漸行漸近，待馬上之人下馬之後，便在門上拍了幾下。

但裡面並未來人開門，只有一人在門內喊道：「外面是何人？」

「我是謝清湛！」謝清湛高聲回道。

此時裡面的人緩緩打開一道門縫，就著外面門廊下的八角宮燈，仔細地看了一眼站在門口的人，果真是謝清湛。

「六少爺，怎麼這會兒過來了？」門房的人迅速轉頭朝裡面使了個眼色後，這才又笑咪咪地問道，卻是不開門。

謝清湛有些不耐煩了，只說道：「你趕緊將門打開，我過來看看清溪和我娘。」

謝清湛本來是待在謝府的，可是他突然發現家中的護院被派到了各處，而且守衛也森嚴了不少。他跑去問了留守家中的謝清懋，可他這個二哥從來就是個嘴嚴的，任他怎麼問就是不說。但奇怪的是，他提出要來恪王府看看娘親和清溪的時候，二哥反倒沒拒絕，這可讓謝清湛心覺不好，便急急騎了馬過來。

直到他等得不耐煩了，門房的人才將門打開了，不過也只開了夠他一人走的門縫。等他進去後，這才發現門口並不是只有這個門房的人在，還有一隊侍衛，為首的便是衛戌。

「我派人領六少爺過去吧。」還沒等謝清湛問話呢，衛戌便搶先說道。

謝清湛瞧了他一眼，也沒說別的，只跟著衛戌點到的那個侍衛往後院去。

等到了謝清溪所在的院子時，那侍衛敲門後，就聽裡面的小丫鬟問道：「外面是誰？」

「是我，謝清湛！」謝清湛沒想到恪王府居然戒備也這麼森嚴，不過他此時也沒多想，只以為是為了讓謝清溪安心生產。

等丫鬟進去請示了蕭氏之後，蕭氏才讓人去開門。

謝清湛進了院子後，就聽見裡面不時傳來的喊叫聲。

謝清溪這會兒疼痛感越來越劇烈，也越來越頻繁了。

蕭熙正好出來，瞧見謝清湛便奇道：「這裡可不是你該來的地方，我讓丫鬟帶你去前院坐坐。」

謝清湛立即搖頭，只盯著亮如白晝的那間屋子，擔憂地問道：「清溪這都叫了多久了？我怎麼聽著她聲音都嘶啞了？」

「女人生孩子就如同進鬼門關，現下會這般叫還不是疼的。」蕭熙自個兒也生過孩子，當然知道這樣的疼痛，只怕是刮骨療傷也抵不過。

此時又是一陣叫聲，直聽得謝清湛頭皮都麻了。

蕭熙見他眼珠子都直了，知道他是沒見識過這樣的陣仗，便輕聲勸道：「你還是先出去吧，免得在這邊嚇著你。」

「說什麼笑話呢？我可是男人——」結果他剛說完，裡面又傳來一陣叫喊聲，直嚇得他連後半句話都說不出來了。

謝清溪此時滿頭大汗，真的是活生生被疼出來的。都說生孩子是十級痛，她以前雖知道，卻從來沒親身體會過，如今輪到她自己了，她除了痛之外，腦子裡真的是什麼感覺都沒有了。

旁邊的接生嬤嬤看著她滿頭大汗的樣子，有些擔憂地對蕭氏說道：「夫人，這會兒還沒開始呢，我瞧著離生還有一段時間，您勸勸王妃，讓她收著點力氣，可別到了要生時脫了力。」

雖說蕭氏自個兒也知道這道理，可是聽到這嬤嬤說話時，她卻是橫眉怒對。我閨女都疼成這樣了，還連喊都不讓她喊了啊？

「清溪，妳想不想吃點東西？」幸好許繹心這會兒還有些理智，上前問她。

謝清溪茫然地看著她，壓根兒不知她在說些什麼。

反倒是蕭氏經許繹心這麼一提醒，忙立即吩咐道：「是了，快把先前熬的燕窩粥端過來！」

等燕窩粥端過來後，許繹心將謝清溪扶著坐起來，而蕭氏則是親自餵她吃，可謝清溪怎麼都吃不下。

最後蕭氏怒道：「為了這兩個孩子，妳便是吃不下也得給我吃！」

經蕭氏這麼一罵，謝清溪混沌的思緒反倒是生出一絲清明，她撐著身子，勉強喝了大半碗的燕窩粥。

內務府早在半年前就召集了一批能工巧匠，製作了很多的煙花，就是為了在今夜燃放。

當太后被人扶著到了外面的時候，煙火便在整個紫禁城的上空爆炸開來。

因這次煙火是在紫禁城的最高處燃放的，所以此時別說是皇宮，便是整個京城都能看見這漫天的奼紫嫣紅。

之前一直被母親拘束著的小娃娃們，這會兒瞧見這等璀璨至極的煙火，都忍不住歡呼了起來。

而在太極宮中，皇帝也領著大臣在門口看煙火，這樣漫天的奼紫嫣紅，真是染亮了在場每一個人的眸子。

可在這震天動地的煙火聲中，西華門外原本井然有序的侍衛隊伍，卻突然出現一陣騷動。

禁衛軍指揮使楊玄看著前面正在爭吵的兩個侍衛，不由得有些生氣，走近兩人，指著便怒斥道：「也不看看今兒個是什麼日子！若是真想找死，只管跟我說一聲！」

其中一個侍衛立即低頭便要請罪，可旁邊那個侍衛卻還是不依不饒，一把便將請罪的那個推開，結果正好撞在了楊玄身上！

那請罪的侍衛立即便道：「大人饒命！」

楊玄剛要推開他，可說時遲那時快，撞在他身上的侍衛袖子口突然落下一把匕首，直接便對著楊玄的胸口刺了進去！

楊玄先是一愣，待低頭看著自己的胸前時，發現那傷口竟是連血跡都沒噴濺出來，這一刀正好插中了他的心臟，他連呼救聲都沒能發出來……

與此同時，今晚最亮麗的煙火在頭頂燃放，這炮仗據說有七十響之多，正是切合了太后今年七十壽辰之意。

可就在此時，只見一片沖天的火光自壽康宮的方向亮起。

景王是最先看到的，他指著那邊，立即著急地喊道：「壽康宮著火了！」

皇帝一抬頭，就看見那邊火光沖天，似乎是不小的火勢。皇帝有些著急，正要吩咐身邊的人時，就聽見景王立即請示道——

「父皇，皇祖母和各位姑祖母們都在壽康宮，兒臣請命前去救人！」

皇帝有些皺眉，卻還是說道：「既是壽康宮起火，朕便親自去一趟吧，太后鳳體重要，萬不能有失。」

一聽這話，眾多朝臣就炸開了，最先反對的就是站在皇帝身邊的幾位內閣老臣。

謝舫立即便不贊同地道：「皇上乃是萬尊之軀，如何能涉險？還請皇上三思。」

此時陸庭舟也適時地開口道：「皇上，臣願意前往壽康宮營救母后，還請皇上恩准。」

謝舫有些為難地看了陸庭舟一眼，他雖不願皇上涉險，可也不想自己這個孫女婿有事，所以陸庭舟說完之後，他反倒是不說話了。

倒是景王此時又說：「想來是方才的煙火引起的火勢，估計壽康宮那邊已得信了。」

皇帝對身邊的懷濟說道：「懷濟，你去找禁衛軍楊玄，讓他派人過去滅火。」說完，皇帝便領頭下了臺階。

後面的大臣雖還想勸阻，可皇帝卻走出去好遠了。

皇帝一直朝著起火的方向而去，可真到了的時候，才發現起火的並非壽康宮，甚至距離壽康宮還很遠。

眾人瞧著這結果，很是面面相覷。就在此時，只聽見沈沈的腳步聲傳來，這樣整齊的腳步聲，此時聽在眾人的耳中卻不是安心，而是莫名的心慌。

待皇帝看見來人的時候，便立即怒道：「楊玄呢？他這個禁衛軍指揮使是如何當的，這等時候居然擅離職守？」

領著禁衛軍前來的並不是指揮使楊玄，而是副指揮使陳政，他乃是兵部尚書陳江的兒子。只見他微微一笑，恭敬地回道：「回皇上，楊指揮使並不是擅離職守。」

「那他去哪兒了？」皇上又是怒斥。

就在此時，陳政突然拔出腰間的佩劍，衝著皇帝便直刺過去！站在皇帝身後的景王立即高喊：「父皇！」並上前拉著皇帝。

就在旁人以為他要替皇帝擋劍的時候，卻見他手腕突然一轉，竟是掐住了皇帝的手，一個反手將皇帝抓在了手中！

這一切來得都太突然了，以至於皇帝都落在了三皇子手中，五皇子還傻乎乎地喝斥道：「三哥，你怎可對父皇如此無禮！」

可是五皇子話音剛落，就見對面凌空飛射出一支箭，對著他的喉嚨而來。這箭勢實在太過凌厲，居然穿透了他的脖子！五皇子口中不停地流血，可是他連抬手的動作都做不了，便如樹倒般地往後仰倒。

如果說方才三皇子抓住皇帝時，眾人還沒反應過來，那麼如今只一句話間居然就射殺了五皇子，只怕誰都明白，三皇子這是要反了！

皇帝雖說對幾個兒子都不上心，可如今好不容易養大的兒子，就在自己面前、就因為為自己說了一句話被人射殺在當場，頓時他連眼眶都紅了，怒喊道：「老五！」

其他幾個皇子幾乎都懵了，就連景王的同胞兄弟陸允珩這會兒也都傻了眼，此時也就他敢開口了。「三哥，你是瘋了嗎？」

九皇子雖開口質問，卻沒有箭從黑暗之中飛去，可見景王對這個親弟弟還是心慈手軟了。

三皇子聽到他的質問便是仰頭大笑，待笑罷之後，他突然靠近皇帝，貼著皇帝的耳邊，衝著陸允珩笑道：「我瘋了？你才應該問問咱們的父皇，他是不是瘋了？來人，把人給我帶上來！」景王一聲令下，便有侍衛將一個被五花大綁的人從後面帶了上來。

居然是李令省！

陸庭舟看著李令省，眼眸突然深了深。

景王衝著對面的朝臣和王室宗親掃視了一眼後，鄙夷地看著李令省道：「說吧，你跟這些人說說，看看咱們的皇上究竟為什麼突然要將他的七個兒子都分封到各地！」

李令省早被打成了豬頭，這會兒聽了景王的話，便忙不迭地把之前他和皇帝說的話都說了一遍。

朝臣們聽到皇帝居然是為了破什麼命中大劫，而要把自己的兒子分封到各處，簡直是從裡到外被震驚了一把，一時之間，居然誰都不知道該說什麼了。

「父皇，難不成您還真打算把咱們大齊的江山交給十四那個奶娃娃不成？」

此時皇帝沒敢問，倒是陸允玠開口問道：「三哥，你把十四怎麼了？」

正當三皇子將皇帝擒住的時候，壽康宮這邊也發生了巨變。太極宮都能看見那漫天火光了，壽康宮自然也能看見。太后瞧著那沖天的火光，大驚失色，急問道：「是何處失火了？皇上呢？」

旁邊的閻良趕緊過來，瞧著那大火的方向，說道：「好像並不是太極宮的方向。」

「趕緊去看看，可別傷著皇上了。」太后忍不住說道。

旁邊的德惠大長公主連忙安慰道：「太后也不要太過擔心，皇上身邊有那樣多的侍衛，定是不會有事的。」

不過站在身後的汝寧大長公主卻很是驚慌，有些失神地說道：「這火勢這麼大，怎麼看著不像是意外著火……不會是有人故意縱火吧？」

「胡說！」德惠大長公主顧不得她的顏面，直接便怒斥道。

德惠大長公主的喝斥讓汝寧大長公主顏面丟盡，不過她冷哼一聲之後，便也不說話了。

這會兒站在後面的王妃以及一眾命婦們皆紛紛議論，不過都是在擔心著太極宮那邊，畢竟那裡可有她們的丈夫和兒子啊！

永嘉長公主是個性子俐落的，看見如今的局勢便立即上前幾步，對太后說道：「母后，不如讓兒臣前往太極宮一探？」

「這怎麼能行！」太后立即否決，顯然不同意她的想法。

永嘉長公主行事素來果決，並不是那種遇事就慌亂的人，雖說方才德惠姑母斥責了汝寧姑母，可是永嘉長公主看了看那邊沖天的火光，即便是方才燃放煙火不慎所引起的，可不過是一會兒的工夫罷了，又怎麼會引起這般大的火勢呢？所以永嘉長公主心中其實是同意汝寧姑母的說法，只怕這會兒宮中真是生變了！況且，從大火至今，都不見皇上派人過來關心一番，她一想到這裡，心中便咯噔一聲。永嘉長公主的丈夫和兒子都在太極宮中，所以她就算知道那兒危險，還是忍不住想過去。

「母后，兒臣還是帶人前去看看吧？」

就在永嘉長公主說話的時候，外面突然傳來悶悶的聲音，再仔細一聽，竟是整齊的腳步聲。

「你們是何人?!」

剛聽見外面的小太監們在喝斥，不一會兒就見一群人衝進了壽康宮。

因太后等人就在宮殿前，因此這幫人闖進來的時候，所有人都嚇得往後躲。

太后看著闖進壽康宮中的人，站在臺階之上，高聲斥責道：「來者何人？可知這是什麼地方？」

「回太后娘娘，微臣乃是禁衛軍成洙，奉皇上之命，特來保護太后娘娘。」成洙恭敬地說道。

太后看了一眼這個成洙，便又斥責道：「即便是皇上讓你來保護哀家的，可這壽康宮中都是命婦女眷，誰給你膽子讓你直接闖進來的？」

誰知成洙不僅沒有害怕，反倒是笑了出來。

此時煙花表演還沒有結束，又是一道紅光直衝天際而上，到達最頂峰時，在天空中炸出一朵金色煙花，瞬間照亮了整個皇宮。

太后冷冷地看著對面的人。

成洙揮了揮手，身後的侍衛霍地一下將腰間的佩刀抽了出來，鋒利的刀鋒在月光之下閃出銀色光亮，而臺階之上終於有人忍不住驚叫出聲。

這一聲尖叫彷彿拉開了序幕，不少人都開始往身後的宮殿跑去。

林雪柔也想抱著十四皇子往後面跑，可是早就盯著她的成賢妃突然大步往前跨，擋在她面前。

成賢妃輕笑著問道：「林妹妹，這是想往哪裡去啊？」

「賢妃姊姊……」林雪柔看著面前的成賢妃，雖然成賢妃臉上依舊掛著淺淺的笑，可是在林雪柔看來，卻如同地獄之中索命的惡鬼般，她只能死死地抱著十四皇子。

此時的十四皇子正趴在林雪柔的懷中，眨著眼睛朝成賢妃看，直看得成賢妃冒火。皇帝不是很寵愛你們嗎？我倒要看看，如今他都自身難保了，還能來救你們不成？

「拿來！」成賢妃親自上前去抓十四皇子的手臂。

林雪柔自然是萬般不從的，結果兩人爭奪十四皇子的時候，成賢妃突然就鬆了手，林雪柔一時沒收住力，抱著十四皇子往後連退了幾步，摔到了地上。

旁邊的宮妃和命婦們早就注意到這邊的動靜了，可是誰都不敢上前，生怕殃及池魚，畢竟外頭提著刀的可是成賢妃的親姪子啊！此時只要是個人都明白，三皇子這是反了！

林雪柔摔在地上的時候，還是死死地抱著十四皇子，不過之前一直沒反應的十四皇子，這會兒突然嚎啕大哭了起來，他的哭聲引得太后往後看去。

太后皺著眉頭看著成賢妃，只吩咐身邊的閻良。「去將十四皇子抱過來。」

閻良正要過去的時候，一直沒有動作的成洙突然順著臺階衝了上來，只見他掠過永嘉長公主，一抬手揮刀，便將閻良刺了一個對穿！

若說方才眾人還能克制住，可如今看見皇太后身邊的總管太監都被人一刀殺了，整個宮殿登時響起了此起彼伏的哭喊求救聲。

而在人群之中的安陽侯夫人則跟傻了一般，看著自家兒子將太后的奴才乾淨俐落地殺了。

這時候，在人群中的威海侯夫人立即拉著她的袖子，哭喊道：「親家母，妳可要救救我啊！」威海侯夫人的嫡長女管氏嫁給了安陽侯夫人的嫡長子，也就是成洙的大哥，這兩人可是嫡親的親家，所以威海侯夫人一看見成洙殺人了，便趕緊過來求著安陽侯夫人。

可這會兒安陽侯夫人也滿腦子發懵啊！這到底是怎麼回事？自家兒子怎麼就這樣了？

此時成洙已將十四皇子提在了手中。

太后雖不喜歡林雪柔，可十四皇子到底是她的親孫子，因此她忍不住喊道：「放下十四皇子！」

德惠大長公主扶著太后，兩人都是有年紀的人了，這會兒見著這樣打打殺殺的場景，沒嚇昏過去已是難得，何況太后此時還出聲喝止成洙。

不過成洙也沒想著把十四皇子如何，他只笑著對周圍的命婦們說道：「還請各位夫人不要驚慌，這個閹良與人勾結，意圖謀害十四皇子，想來大家方才都是看見的，我只是迫於無奈，才將他殺了的。」成洙頗為冷靜地說道：「還請太后娘娘和兩位大長公主先到殿內休息會兒，待前面騷亂平定之後，微臣自會向太后和兩位大長公主請罪。」

太后指著成洙手中的十四皇子，說：「你先把十四皇子送到哀家身邊！老三這是想弒父殺弟繼位，難道就不怕這天下悠悠之口？」

結果她一說完，成洙就不屑地笑了。還天下悠悠之口呢，景王既然舉起了反旗，那就是早已打定了謀朝篡位的主意！

第六十章

此時五皇子早已經躺在地上不動了，皇帝喘著粗氣看著對面的三皇子，半晌才狠狠地罵道：「孽障！你這是打算弒父篡位不成？」

「若不是父皇你如此逼迫我，我又怎麼會這麼做？」三皇子凶狠地看著皇帝，再沒了從前的恭敬和謙和，隨後又是一笑。「說到底，兒臣之所以這麼做，全是被父皇你逼的！」

皇帝面色一白，立即怒道：「你這孽子！就算朕死了，你也休想登上大位！這滿朝文武都在看著呢，你以為你就算一時得逞了，還真能翻了天不成？」

皇帝說的話，顯然是戳中了景王心底最心虛的地方。他選擇在太后的千秋宴上發難，雖然這會兒將滿朝文武都包圍了，可是他也不可能將這些人全都殺了啊！他最終的目的還是為了登上皇位，所以這會兒他直接便道：「父皇，你還是別和兒臣對著幹了，趁早將這退位的詔書寫了，到時候兒臣依舊好生地侍奉著你。」

皇帝又不是三歲的小孩，豈會被他這麼幾句話給說服？既然此時三皇子已經選擇謀反，那皇帝與他便是你死我活的關係了。更何況，三皇子的人一開始就將五皇子射殺了，雖說有震懾的作用，可是看在眾人心中，未必就沒有人覺得他太過冷酷絕情了。

「父皇，你也別指望如今會有人救你了，現在整個皇宮都在我的掌控之下，你若是不想讓皇祖母她老人家受罪，便趁早將退位詔書寫了，趁早讓賢吧！」三皇子看著對面的皇帝，冷笑著說道。

此時皇帝臉色大變，立即怒道：「你把太后怎麼了？」

「我不過是派人去保護太后罷了，父皇無須太過擔心。只要父皇你傳位給兒子，到時候我自然會派人帶你去和太后團聚的。」

景王如今都不自稱「兒臣」了，不過皇帝這會兒也顧不得這點稱呼上的問題。站在皇帝身後的大臣們，這時各個心中跟翻了巨浪一般！既然三皇子挾制住了太后，只怕壽康宮中的女眷也都被控制住了。他們不少人的妻女可都在那兒，有些人甚至連老娘都在呢，這不是一家子都讓人一窩端了？

皇帝梗著脖子就是不願低頭。

可是景王顯然已經不想再等下去了，畢竟越拖下去就越是有危險，他自然也懂得這個道理。如今他也只是控制住了整個皇宮而已，若被宮外的人發現皇宮裡頭不對勁，只要京郊大營反撲回來，他手裡的這幾千兵馬定然是不管用的，所以現在他首要目的就是讓皇帝退位，還要頒發讓位詔書。「陳政！」景王見皇帝遲遲不願低頭，便叫了一聲。

陳政提劍上前，身後的侍衛也跟著上去。

皇帝身邊雖說也有不少人護著，可是如今景王那邊到底占著優勢，就算皇帝這邊的侍衛拚死護衛著，可是地上還是很快就躺下了不少屍體。

侍衛護著皇帝一直往後退，有些大臣一時沒被護住，居然就被叛軍一刀殺了！今晚能來參加太后千秋宴的，都是三品以上的大臣，所以這會兒躺在地上的人，可都是大齊的棟樑！

就在眾人以為陳政要大開殺戒的時候，突然，他帶著人朝著幾位皇子衝了過去！

陸庭舟在混亂之間不慌不忙地退到了皇上的身邊，而此時陳政則帶人將幾個皇子都攔住了。

皇帝退到後面的時候才發現，侍衛光顧著保護自己，兒子卻都被人抓了！一想到方才五皇子被殺的一幕，皇帝忍不住開始擔憂，不敢想像景王會怎麼對待這些皇子。

此時，除了九皇子之外的幾個皇子，都被陳政帶著侍衛圍住了，而九皇子則是孤零零地站在一處。

「父皇，若是你堅持不寫退位詔書，那我就不得不採取些手段了。」景王打量了一圈被圍住的幾個皇子，又看了看皇帝，忍不住笑了出來。

此時皇帝嘴唇顫抖，不過表情卻還是勉強維持住了帝王的尊嚴。

被困住的皇子中，和九皇子陸允珩關係最好的十皇子忍不住衝著景王喊道：「三哥，我一直對你敬重有加，你難道真要殺了弟弟們不成？」

「就是！老三，你到底是皇上的兒子，即便父子之間有問題，只要坐下來好好談談，有什麼解決不了的？」陸庭舟也衝著景王大喊。

景王先是看了十皇子一眼，又抬眸看了對面不遠處的陸庭舟，輕笑了幾聲，說道：「六叔，只要你勸父皇趕緊寫下退位詔書，咱們自然有的談。」
陸庭舟沈默不語，這要求可不是他能答應的。
「三哥，你醒醒吧！你已經讓人殺了五哥，你要是再殺了其他人，這皇位你真能坐得安心嗎？」陸允珩也忍不住勸道。
景王沒搭理陸允珩，又上下打量了十皇子一眼，露出感慨的笑容，說道：「老十，你說得對，你向來都對我敬重有加，看在老九的分上，我給你一個選擇，你若是願站在我這邊，我就留你一命。」
在這樣的寒冬之中，幾乎沒有人感覺到寒冷，每個人只覺得背後冒汗，就連手心都汗涔涔的，生怕下一刻自己的小命就丟在了這錦繡宮殿之中。
「老十，識時務者為俊傑，你可要考慮清楚了。」景王淡笑著逼迫道。
就在陸允珩又忍不住地叫了一聲「三哥」的時候，突然，一支利箭破空而至，直扎在他的腳邊，驚得陸允珩忙往後退了幾步。
「小九，你要是還認我這個親哥哥就閉嘴！」景王衝著陸允珩怒吼道。
陸允珩盯著他，卻是繼續開口說道：「三哥，我是不想看你一直走錯路。」
「什麼叫走錯路？」景王嘲笑他的天真，質問道：「難道任由他因為那莫須有的大劫，就將我們打發了？母妃一世榮華，難道你忍心看著她到老了在宮中無依無靠？那個姓林的，不過是個二嫁的賤婦罷了，一個不守婦道、人人唾棄的東西，居然也能成為貴妃，她何德何能？難道這就不可笑嗎？你再看看咱們的父皇，他登基之後究竟為國為民做出過什麼貢獻？」

景王的話讓在場所有人都沈默了，顯然這樣的大實話真是讓人無法反駁啊！

「就算父皇有千錯萬錯，可他還是咱們的父皇啊！」陸允珩忍不住說道。

此時陸庭舟看著旁邊的皇帝，只見他渾身顫抖，顯然是有些支撐不住的模樣，便朗聲高喊道：「允齊，這皇位傳承不是小事，你以為單單靠著你手中的精兵就能堵住這天下之口嗎？自古可沒人能靠著弒父殺君來坐穩皇位的！你以這等手段謀劃，當真以為今日在場的朝臣會有人信服於你嗎？」

「閉嘴！」在景王怒吼之後，就見身後一支利箭再次射出。

此時站在陸庭舟身後不遠處的謝樹元忍不住大喊：「王爺小心！」

就見陸庭舟整個人往旁邊跨過一步，竟是伸手將箭生生接了下來！

他徒手接箭的一幕，看得景王都大吃一驚。這射箭之人乃是他的心腹，一把長弓在手，簡直有天下無敵之勢。可是陸庭舟不僅沒有絲毫狼狽，反而是讓所有人都生出一種「他實在是深不可測」的感覺。

陸庭舟將手中的箭取下，看著寒光凜凜的箭頭。「箭頭有毒。」

「好，老十，既然你不願選，三哥便幫你一把。」景王看著對面的皇帝，冷漠地說道：「父皇，你若是不答應傳位給兒臣，從現在開始，我就先從老七殺起。」

就算景王這般說了，對面的皇帝依舊沒有說話。

下一刻，陳政的刀便舉了起來，寒光閃過，七皇子連求饒的話都沒能說出來就斃命了。

可皇帝依舊還是不吭聲。

就在景王又問了皇帝願不願意傳位時，一直雙腿打顫的十一皇子突然跪在地上，大喊道：「三哥，別殺我、別殺我！」

「老十一你！」皇帝有些痛心疾首地看著他。

可此時十一皇子的求生慾望顯然超過了尊嚴，如果連命都沒了，要骨氣有什麼用？況且他本就沒有登頂大位的希望，何不乾脆求饒？就算日後景王的叛亂失敗了，他此時的舉動也不過是迫於無奈，最多他趕緊就藩就是了，左右他也不想在京城待著了，所以他跪下的時候，還拉了拉十皇子的衣角，示意十皇子也趕緊求饒，千萬別在這時候冒傻氣啊！

下一個就輪到的八皇子，在看見十一皇子求饒之後，再顧不得什麼骨氣了，也趕緊跪下來求饒。

皇帝看著他的這些兒子，突然才發現，自己的兒子居然不是狠毒決絕之輩，就是慫包軟蛋，簡直是丟盡了陸氏皇族的臉面！

十一皇子雖一直拽著十皇子的衣角，可十皇子卻一直沒跪下。

十皇子抬頭看著三皇子，只冷笑道：「當年在上書房的時候，先生便曾教導過允乾，大丈夫在世，當頂天立地，允乾身為陸氏皇族之人，死也要死得其所！」

景王還沒說話呢，結果後面又是一支長箭破空射來，眾人看著那箭頭穿過十皇子的喉嚨，沒入脖子。

一直顫抖著的皇帝，此時終於承受不住地大叫了一聲。「允乾！」

此時皇帝滿眼含淚，若不是侍衛拚死攔住，只怕他就要衝了過去。

十皇子脖子上的血噴濺而出，灑在了身邊的八皇子和十一皇子身上。

十一皇子摸了一把臉上的黏膩，當他看見手中的猩紅時，不禁從喉嚨中發出一聲驚喊。

陸允珩衝過侍衛的包圍圈，一把抱住十皇子，看著他依舊睜得滾圓的眼睛，登時紅著眼眶，衝著三皇子大吼：「三哥，你殺了我吧！」

景王朝身後怒吼了一句。「誰他媽讓你動手的?!」

倒是對面的陳政有些不以為然，這人殺都殺了，景王爺還在這裡做什麼樣子？他立即提醒道：「王爺，再這樣下去，這千秋宴可就要結束了。」千秋宴到戌時末就要結束，要是真到了戌時還沒結束的話，只怕會引起宮外人的注意，所以陳政是在提醒景王，要當機立斷。

此時一直沒開口的謝舫，突然朗聲朝著對面喊道：「三皇子以此等手段逼迫皇父，實在是讓我等寒心！如今三皇子為刀俎，我為魚肉，三皇子若是一味地逼迫，他日就算登上皇位，我謝舫就是第一個不服！謝某沐浴皇恩，雖說不上股肱，但是這身上還是有二兩硬骨頭的，若三皇子想要殺了皇上，就先從老夫身上踏過吧！」說著，謝舫就擋在了皇帝的身前。

許寅看了謝舫一眼後，也是踏步上前，與謝舫同站在一處。

內閣的幾位大臣互看了幾眼後，也擋在了皇帝的跟前，接著有更多的大臣開始往前走，眾人圍成一圈又一圈，保護著最中心的皇帝。

陸庭舟從侍衛手中拿出長刀，單手握住。

站在他身前的唐友明看著他笑道：「看不出王爺身手竟是如此了得，還請王爺務必要護皇上周全啊！」

陸庭舟看著這位素來愛和皇帝對著幹、讓皇帝又愛又恨的內閣大學士，若不是謝舫力保他在內閣之中，只怕他早就因為頂撞皇帝被換出內閣了。可是如今他卻擋在皇帝的面前，毫無畏懼。

此時壽康宮中，太后眼睜睜地看著成賢妃讓人將林雪柔帶走，那些侍衛毫不憐惜地拖著她離開的時候，幾乎在場所有人都想到了她會有的下場。

成洙將十四皇子放下，與成賢妃到旁邊低語道：「姑母，您何必在這時橫生枝節呢？」

「哼，她不是素來自得自己樣貌好嗎？本宮就是要讓她嚐嚐千人騎的滋味！」

成洙看著成賢妃扭曲的臉龐，不由得有些無語，這女人的嫉妒心可真夠可怕的。

成賢妃露出得意的笑。「皇上不是喜歡給人戴綠帽子嗎？本宮也要讓他嚐嚐被人戴綠帽子的滋味！」

成洙沒有再說話。

就在此時，殿內響起一聲驚呼！

眾人紛紛看過去，就見十四皇子不知何時走到了臺階旁邊，在那聲驚呼之後，所有人便看著十四皇子小小的身體消失在臺階之上！

太后扶著桌角站了起來，痛心疾首地大吼了一聲。「十四！」一直強撐著的身體似乎再也支撐不住了，整個人便往後面倒去。

此時的恪王府之中，謝清湛守在院門口，裡面已經許久沒聽見痛呼聲了。

謝清溪被蕭氏叮囑過要省著點力氣之後，便不敢任性地叫，但雙手仍緊抓著身底下的褥子，連指關節都泛著白。

「娘，他到底什麼時候回來？」

這一夜，注定是不平靜的一夜。

這一夜，注定是血與火鋪就的一夜，也是生與死輾轉的一夜……

此時整個京城都被籠罩在夜幕之中，謝清駿看著皇宮的方向，久久都沒說話。他站在昌海侯的院子中，聶坤從後面匆匆而來，在看見他後，很是大吃一驚。

「不知謝大人深夜到訪，有何貴幹？」謝清駿在翰林院供職，乃是文官，自古文武不交融，說句不好聽的，如今本朝也依舊是文官瞧不上武官粗俗，而武官看不上文官酸儒。

謝清駿立即正色道：「不知聶將軍可有看見皇宮的大火？」

京城不少人家都注意到了皇宮之中漫天的大火，這會兒不管是勛貴人家還是朝臣，都差不多是亂了套，因為今晚但凡正三品以上的官員都進宮領宴了，這宮裡頭要真出了什麼事兒，只怕誰家都承受不住。

自古天家骨肉相殘的事情，幾乎是在每個朝代的史書上都能看見，所以皇宮這一失火，還燒亮了半邊天，實在是讓人害怕。

聶坤看了謝清駿一眼，這才說道：「還請謝大人進內室再詳談。」

太后眼睜睜地看著十四皇子從臺階之上摔了下去，待成洙下去將人撿上來的時候，半邊腦袋都是血，看著實在是嚇人。

太后親自抱著十四皇子，看著成洙說道：「哀家知你定是不會同意去請太醫的，那就讓金嬷嬷去內殿將止血的傷藥拿過來吧？」

成賢妃雖厭惡林雪柔，可這會兒林雪柔都被人拖走了，她再看還只是個孩子的十四皇子，也有些不忍心了。

成洙一瞧他姑母的樣子，便知道姑母怕是心軟了。

太后又看了成賢妃一眼。

成賢妃本就懼怕太后，這會兒便趕緊點頭，對成洙道：「你讓人陪著金嬷嬷一起進去拿吧！」

待金嬤嬤將止血傷藥拿出來之後，太后身邊的宮女便趕緊將十四皇子接了過去。好在這大廳之中便有清水，有夫人將清水遞了過來，待宮女為十四皇子清洗了傷口之後，這才發現他摔到的是後腦勺，這會兒頭髮上都黏著血，實在是有些駭人。

這一夜太過漫長，漫長到幾乎所有人都以為黎明永遠不會到來的時候，突然，在皇宮的一角竄起一道紅色信號彈。

眾大臣以血肉之軀阻擋在皇帝面前，就在景王下令衝破大臣的包圍圈，活捉皇帝的時候，恪親王陸庭舟突然提刀衝出，以一己之力殺出一條血路；而景王原本的三千精兵，也突然有數百人倒戈，奮勇殺敵。

隨後恪王帶著這數百忠義之士，保護皇帝殺出重圍，後與勤王軍正面會合。

昌海侯聶坤帶領著五千兵馬趕到的時候，整個皇宮全是震天動地的喊殺聲，原本最莊重的深宮大院，此時已是血流成河。

整個京城都風聲鶴唳，家家戶戶將門窗緊閉，一直到黎明時分，整個皇宮的戰場才結束。

陸庭舟身上透著濃濃的血腥之味，滿地都是屍體，到處都是斷肢殘身，血已將灰白色的地磚染成一片紅。

此時皇帝和一眾大臣都被保護在宮殿之中，所有人的臉上都帶著沈重之色。這一夜，不知死了多少人。

「那孽障呢？」皇帝看著陸庭舟，抬頭問道。

陸庭舟的神色森冷，一雙眸子依舊如浸在黑幕中，原本英俊的面容上沾著不少血跡，彷彿是從地獄之中重新活過來的人般。他沈聲回道：「景王已畏罪自殺。」

景王在兵敗之時，沒等昌海侯下令活捉他，他就先殺了其他幾個皇子，然後揮刀自盡了。他在自殺之前，卻是哈哈大笑，說要讓皇帝斷子絕孫。

就算皇帝再恨這個兒子，可是聽到他畏罪自殺的時候，還是忍不住滿目愴然，竟是不知說什麼了。罵也好、怒也好，可是人死了就是青煙飛過，這前塵往事就再也不關他的事了。

陸庭舟此時都不忍再說下去了，可他還是看著面前的皇帝，忍痛開口道：「不僅他畏罪自殺了，在他自殺前……八皇子和十一皇子也沒能保住。」

皇帝聞訊一下子捂住了胸口，身子晃了晃，站在他旁邊的兩位內閣大學士趕緊一把托住他。

後面眾人見狀，就要圍上來，吵吵嚷嚷的，一時間全然沒了往日的威儀。

「來人，宣太醫，將皇上送回乾清宮！」陸庭舟一揮手，身後就上來幾個士兵，其中一人將皇帝揹在身上，其餘幾人則是在左右護衛著。

當皇帝出去的時候，外面的戰場已經結束，只是有些叛軍逃竄到了皇宮各處。

所以侍皇帝走後，陸庭舟看著眾多朝臣，說道：「如今還有殘餘叛軍逃到皇宮各處，因此暫時還不能讓各位大人回去，還請各位在此暫候，本王已命昌海侯率軍在宮中四處搜捕。」

「不知太后娘娘可還安好？」內閣大學士唐友明開口問道，而此時他身後的眾人都是目露期待地看著陸庭舟。

陸庭舟在之前已是得到了壽康宮那邊的情況——有一小隊侍衛將太后和十四皇子搶走，因當時一陣混亂，死傷了不少宗親女眷和命婦。

「諸位大人，本王會盡快著人搜索皇宮各處，待找出叛軍之後，便會讓你們回去與家人團聚。」陸庭舟不忍說出壽康宮那邊的情況，只得如是說道。

就在此時，又有侍衛從外面進來，對他稟告道：「王爺，找到楚王殿下了！」

等陸庭舟帶人匆匆趕到的時候，才發現陸允珩離出宮只有一步之遙，只是如今他身上的狀況並不算好。陸庭舟看著他的左肩，那處已沒了手臂，只剩下模糊的一團血肉。

他們找到此處的時候，陸允珩已經醒來，當他看見自己的左肩時，整個人都瘋狂了。

「殺了我、殺了我！」陸允珩怒吼著就要去拔侍衛的刀。

侍衛並不敢和他對著幹，但是也不敢讓他真的摸到刀。

在兩方開戰的時候，陸允珩就失去了蹤影，之前陸庭舟也只是找到了八皇子和十一皇子的屍首而已，他本以為景王喪心病狂到連自己的親弟弟都殺了，沒想到，他到最後還是給陸允珩留了一條生路，但這條生路顯然並不被陸允珩接受。

陸允珩這樣驕傲的人，在看見自己的左肩時，便是一心求死。

「夠了，允珩！」在陸允珩一頭就要撞上朱紅色的牆壁時，陸庭舟上前抱住他，怒斥道：「你父皇今晚已經死了夠多的兒子了，難不成你還要再讓他沒了一個兒子？」

陸允珩被他的話震得立在那裡，可是當他的餘光瞄到自己的左肩時，終究是忍不住嚎啕大哭起來。昨晚之前，他還是這個皇朝最尊貴的王爺，可是不過一個晚上，就什麼都變了。他的親哥哥成了反賊，是人人得而誅之的篡位者，他的母妃生死不明，而他自己則失去了一條左臂！

「六叔，你就再心疼我最後一回吧！」陸允珩蜷縮地靠著牆壁，他的頭狠狠地頂著朱紅宮牆，嘴裡哭咽道：「你就再心疼我最後一回吧……」

陸庭舟也是鼻頭一酸，他微微抬頭，此時整個天空已從一片漆黑變成了青灰色，東方天空的盡頭，已被冉冉升起的初陽染上一片橘。

「來人，帶楚王殿下去安置，立即宣太醫！」陸庭舟的眼眸變得清明之後，便沈聲吩咐身邊的侍衛。

侍衛伸手想要揹陸允珩的時候，卻被他一腳踹翻在地上。

此刻不管誰想要靠近他，他都像是瀕臨絕境的野獸一般，瘋狂地攻擊著每一個人。

侍衛根本不敢還手，最後陸允珩拖著殘缺的身體，居然把四、五個侍衛打翻在地上，直到陸庭舟狠狠地將他敲暈之後，侍衛們這才能上前揹起他。

侍這處結束之後，陸庭舟又是馬不停蹄地趕到了壽康宮去。

此時裴方已將太后安置在壽康宮中，十四皇子依舊和太后在一處，但是他從臺階摔下去之後，卻是一直沒醒來，先前已讓人宣了太醫來，但太醫瞧了許久，就是沒敢開口說實話。

「小六，讓母后看看你……」太后一生之中都沒遭此大難，此時驚慌之下，再看見兒子，真是說不出的親切和感動。

陸庭舟沒坐下，太后看見他手臂上的傷口，連忙又讓太醫替他包紮傷口。

太后拿著帕子，此時就算想哭也哭不出來了。這一夜就跟在地獄走了一圈般，她沒想到自己居然沒被閻王收了去。

「母后，我會派人在此保護您，您不用再擔心了。」陸庭舟安慰她道。

太后一直被困在後面，即便後來被救了，也一直不知前面的情況，此時她顫顫巍巍地問著前頭怎麼樣？有沒有傷亡？

陸庭舟實在不忍告訴她真相。

太后仔細看著他的臉色，顫抖地問道：「是誰……出事了？」

一夜之間，皇帝七個成年兒子居然只剩下一個斷了手臂的陸允珩。

至於十四皇子，方才太醫偷偷同陸庭舟說了，只怕十四皇子醒來之後，還會有後遺症。

陸庭舟微垂著眼眸，太后用帕子拚命地捂住口鼻，但是低啞的哭聲還是漏了出來……

在史書之中，這個夜晚被記載為「千秋政變」，正德帝的第三子因不服正德帝將其冊封到偏遠之地，在太后的千秋宴上發起兵變。

這一夜，誰都沒有贏。

「王爺，此時正是需要您主持大局的時候啊！」聶坤看著面前的陸庭舟，明白自己這一次是真的賭贏了。他一向穩紮穩打，就算行軍打仗的時候，都從不喜劍走偏鋒，可這回他將寶押在恪王爺的身上，而經此一役後，恪王爺的權勢必將滔天，就是坐上那個位置都是有可能的，所以這會兒聶坤便忠言勸諫陸庭舟，畢竟此時留在宮中剿滅亂黨才是重中之重啊！

誰知陸庭舟只沈聲道：「本王知聶公忠義，只是本王心有所繫，必須現在就回府去。」這時，他讓侍衛去找的謝清駿也來了，之前謝清駿已經帶人將前朝宮殿裡裡外外都搜查了一遍。陸庭舟一見著他便立即說道：「恒雅，我現在要回去陪清溪，這亂黨之事我便全權交給你和聶大人了！」

先前聶坤還不知道他為何堅持回去，待這會陸庭舟將緣由說出來後，他心中真是大吃一驚。

謝清駿也擔心不已，這一夜都沒有消息，也不知清溪如今怎樣了。「你回去也好，宮中有我在，你就放心吧！」謝清駿並不勸他留下，反而是讓他放心回府。

待陸庭舟匆匆離去後，聶坤看著謝清駿，悶聲道：「謝大人，你該勸王爺留下的，這兒女情長……」

「聶公，對於王爺來說，有些人同他自己的性命一樣重要。」謝清駿看著聶坤，傲然道：「我妹妹的性命在王爺眼中，便和他自己的一樣重要。」

聶坤結舌，再無他言。

當陸庭舟一路快馬加鞭趕回府的時候，在恪王府的小院之中，謝清溪正經歷著一輪鬼門關卡。

整整一夜，謝清溪疼得死去活來，終於等到要生的時候，孩子卻怎麼都不出來。

「王妃娘娘，再加把勁啊！」接生嬤嬤除了這句話，似乎就再說不出別的話了。

可是此時謝清溪腦子裡頭已經空了，她無神地抬頭看著頭頂，彷彿看見一個虛無的影子在頭頂上飄浮著，當她仔細地盯著那影子的臉看時，卻發現那竟是她自己！

難道我已經靈魂出竅了？

謝清溪無力地扯了扯嘴角，她還真是瘋了，可見生孩子是真的會讓人瘋狂吧？她這到底是怎麼了？難道是真的要死了嗎？

「謝清溪，妳給我振作點！」一直在一旁握著她手掌的蕭氏，終是忍不住怒罵道。

謝清溪轉頭盯著蕭氏，有些無力地看著她。

蕭氏滿臉怒氣，有些恨鐵不成鋼地說道：「我生了妳三個哥哥還有妳，都能闖過來，妳如今難道要放棄嗎？清溪啊，妳不是不孝的孩子，妳不會丟下爹娘不管的，是不是？」蕭氏說著，眼眶就濕潤了。整整一夜了，蕭氏眼睜睜地看著自己的女兒在受苦，可是自己除了罵她外，卻什麼都幫不了她。

此時接生嬤嬤也著急不已，這都整整一夜了，要是再不生下來，只怕不僅兩個孩子有危險，就連大人都要挺不住了啊！

謝清湛竟是在謝清溪的叫喊聲中，聽到了蕭氏怒斥她的聲音，他忍不住巴住正廳的門框，眼珠子都紅了。當他的手掌抓著門框邊緣，指關節都泛白的時候，突然聽見裡面的接生嬤嬤歡喜地叫喊著——

「看見頭了、看見頭了！」

朱砂和丹墨又是不停地出來又進去，手裡端著的黃銅戲魚盆裡的水都是通紅通紅的。

謝清湛抓住朱砂的手臂，著急地問道：「清溪怎麼樣了？她怎麼樣了？」

「六少爺，奴婢要去打水了！」朱砂睜著通紅的眼睛，急急說道。

砰！突然一聲巨響，原本上著栓的木門居然被一腳踹開了！

謝清湛看著陸庭舟一身血跡，氣勢洶洶地進來，忍不住指著他的衣裳，大聲問道：「你這是怎麼了？不是進宮參加太后的千秋宴嗎？」因著謝清湛一直守在這院子中，雖然恪王府外的人都知道宮中的事情，但是這個小院卻如同遺世獨立一般。

「讓開！」陸庭舟顧不得和他廢話，便要推開他進去。

此時謝清湛想起蕭氏之前吩咐的事情——不管怎麼樣都不能讓別人進去！於是他立即張開雙手攔住陸庭舟，大吼道：「我娘吩咐了，誰都不讓進！」

「我是她相公！」陸庭舟頭一次這麼失態地怒吼。

一旁端著熱水的朱砂和丹墨嚇得險些端不穩手中的水盆。

謝清湛也不怕他，依舊攔著不讓他進去。

就在兩人僵持不下的時候，就聽見產房裡面傳來一陣歡喜的喊聲——

「生了、生了！」

朱砂和丹墨兩人對看一眼，趕緊端著熱水盆就進去了。

陸庭舟盯著產房的窗戶，因謝清溪要生產，所以陸庭舟特地讓人將這所有的窗子都換成了五彩琉璃窗，他死死盯著那琉璃上的彩色花紋，彷彿能穿透窗子看見室內的場景一般。

當陸庭舟走進梢間的時候，正趕上接生嬤嬤匆匆將孩子抱出來，藍色錦緞襁褓中裹著一個紅通通的小孩子。

「恭喜王爺、賀喜王爺，是小世子！」接生嬤嬤將孩子湊近，想讓陸庭舟抱著。

陸庭舟低頭看著小孩子，這還是他頭一次這麼近距離地接觸到新生的嬰兒。當初他在皇宮的時候，也見過皇兄的不少孩子，可不管是小公主還是小皇子，抱出來看著時都是白白嫩嫩的，身上還香香甜甜的。

他再看了看面前的小孩子，紅通通的皮膚，看起來皺巴巴的，頭髮倒是挺濃密的，可鼻子幾乎沒有，眼睛細成一條縫兒，真是怎麼看怎麼醜啊！可是，就是這麼一團醜醜的小傢伙，陸庭舟竟是不敢伸手！他突然後退了一步，慌張地道：「我、我身上有血！」

早等在一旁的謝清湛看他磨磨蹭蹭了半天，就是不抱孩子，便立即上前，笑嘻嘻地說道：「還是讓我抱抱吧，我可是這孩子的親舅舅啊！」結果他正要抬手的時候，突然被人從後面拽住脖子，他一時不察，險些被甩出去。等他穩住身形的時候，就看見陸庭舟已經將孩子接過手抱住。

陸庭舟接過孩子之後，就再不敢動了。

謝清湛忍不住怒道：「你自己不抱，還不讓人抱啊？你……」

「這是我兒子，當然得我抱住！」陸庭舟看著面前的小孩子，雖然還是那麼醜，可是卻怎麼看怎麼順眼，他又笑了，嘴中唸叨。「這是我兒子，這可是我兒子……」

謝清湛看著他這模樣，最終忍不住怒道：「瘋魔了吧？」

陸庭舟也不搭理他，只抱著孩子，一個勁兒地衝著孩子笑，看得旁邊的謝清湛一身雞皮疙瘩都起來了。

謝清湛故意走到他旁邊，斜睨了一眼，最後心癢得不行，便打著商量的口吻問道：「能讓我抱一下嗎？」結果人家跟沒聽見一樣！

這外面已經高興得找不到北了，可裡面卻還在艱苦奮鬥呢！蕭氏這會兒又是高興、又是心酸，不過卻還是鼓勵她。「妳看看，王爺正在外面抱著孩子呢，妳也要努力，早點讓王爺也見著另一個孩子。」

此時許繹心拿著金針在旁邊，身邊的半夏則拿著帕子替許繹心抹了抹汗水。方才就是許繹心以金針刺激，這才讓頭一個孩子順利出來的，如今到了第二個孩子，想來要比第一個孩子更容易些了。不過孩子還沒生下來之前，誰都不敢掉以輕心。

陸庭舟還沒抱夠兒子的時候，就聽見裡面又喊了一聲——

「生了！又生了！」

裡頭趕緊將孩子洗了洗，裹上大紅的襁褓就抱了出來。

「是位小郡主呢！竟是龍鳳胎，竟是龍鳳胎啊！」就算接生嬤嬤接生了這麼久，這龍鳳胎也還是頭一回接生呢！

謝清湛看著懷中陸庭舟匆匆塞給自己抱的兒子，又看著他飛一般地往前接過嬤嬤手中的大紅襁褓，不由得有些同情地看著懷中的小世子，可憐地說道：「看來你打小就跟小舅舅一樣，是個沒人疼的。」誰說女子不如男？顯然陸庭舟完全繼承了他老丈人重女輕男的毛病。

不過陸庭舟這會兒也不是只顧著看懷中的女兒，他焦急地問著面前的接生嬤嬤。「王妃怎麼樣了？」

「娘娘這會兒還醒著呢！」

接生嬤嬤說話的時候，蕭氏正好推門出來了。

陸庭舟立即恭敬地喊道：「岳母。」

「讓我抱著吧，你進去看看清溪。」蕭氏伸手便接過小郡主。

陸庭舟也不猶豫，立即將手中的女兒交給蕭氏，徑直往裡面去了，誰知一打開門，他就聞見撲鼻的血腥味。

此時朱砂她們還在產房中，眾人見陸庭舟進來，便紛紛退了出去，只留下他們兩人在房中。

陸庭舟單膝跪在謝清溪的面前。

就算謝清溪這會兒整個人腦子發懵，可還是被他的舉動嚇住了。

他柔聲喚她。「清溪……」

「小船哥哥，你回來了……」謝清溪有氣無力地叫著他，她也想握緊他的手，可此時她的手上一點力氣都沒有了，就連抓住他的手掌都沒辦法。

陸庭舟低頭淺笑，再抬眸時，眼眶終是紅透了。「清溪，謝謝妳。」

謝清溪想抬手摸他，可是現下別說抬手了，就連動一動指尖似乎都是困難的。她看著陸庭舟，淚水順著眼角落了下來，但嘴角卻是帶著微笑的弧度。

這世間，終於有了你我血脈的延續，所以也謝謝你。

「我想抱抱你。」謝清溪看著陸庭舟說。

她剛說完，陸庭舟便傾身將她抱了滿懷。待過了會兒，陸庭舟耳畔便傳來規律的呼吸聲……

一夜醒來，這世間就變了天，大抵就是指著這幾日京城中的人們吧。

即便勤王軍奮力營救了不少官員，可最後到底還是有不少人丟了性命。

然而，這場皇家內鬥之中，真正傷亡慘烈的還是皇室。

在千秋宴時，皇帝還能驕傲地看著席上的兒子們，可是一夜過後，只餘下一個斷了左臂的九皇子，還有一個摔了腦袋的十四皇子。

一場慘烈至極的廝殺，讓京師震動不已，不知多少人命歸黃泉、家破人亡。

從第二日起，幾乎半個京城都白了，處處掛著白幡，天天都有下葬的人。

而一向不管朝務的皇帝，這次卻展現了難得的強硬手段。

即便三皇子畏罪自殺了，可皇帝對他的恨並沒有因為他的離世而消失，不僅奪了他的爵位，還將他逐出皇室，甚至連內務府的玉牒都銷毀了。至於三皇子留下的家眷，若不是有九皇子抵死相求，只怕連一個都留不下。不過就算是這樣，三皇子的兒女還是被貶為庶民。

而安陽侯府就沒這麼好運了，安陽侯一家四百五十六口人，皇帝竟是一口氣要殺掉一百多人，就連女眷都不放過。

成洙當晚就在皇宮之中被殺，而皇帝派人將安陽侯府圍住的時候，成洙的嫡妻謝氏則在自己的院子中自焚了，聽說燒得只剩下骨頭渣。

成賢妃沒來得及自殺就被人救下，不過後來仍是自己咬舌自盡了。後來人們也悄悄議論過，若不是成賢妃當眾讓人將林貴妃拖了下去，只怕成家也不會死這麼多人。當日昌海侯帶領的勤王軍在宮中四處搜索亂軍餘孽的時候，就在一個偏僻的宮室之中發現了林貴妃的屍身，據說屍身慘不忍睹，是被強姦致死的。

至於楚王陸允珩雖是三皇子的親弟弟，可是那晚三皇子叛亂的時候，楚王的言行眾人都是看在眼中的，更何況最後他也斷了一隻手臂，即便是皇帝都不忍再責怪這個兒子。

兵部尚書陳江家同樣被抄家滅族了。後面著手調查的時候，才發現陳江在兵部虧空了不少，眼看帳目就要捂不住了，他便索性和三皇子勾結在一起，只等著三皇子登上大位，他得了一個從龍有功的名頭，不僅不掉頭，還能等著升官發財呢！

此刻京城真是人心惶惶，都生怕跟亂黨牽連上關係。

謝清溪一直在坐月子，只知道外頭出了事兒，卻不知真正是出了什麼事情，所以蕭熙來看她的時候是直搖頭，說道：「這全京城中，只怕命最好的就是妳了。若不是妳那晚提前發動了，妳就得進宮去……」蕭熙說到這裡，又是一陣唏噓，沒再說下去。永安侯夫人也進宮領宴了，不過幸好她娘不是出頭的人，所以跟眾多夫人一樣，只是受了驚嚇，倒是沒性命之憂。

謝清溪沒說話，只讓人將兩個孩子抱過來。

這幾日蕭氏在家裡忙著準備奠儀，突然沒了這麼多人，京城大大小小的人家都在辦白事，雖說事情來得突然，但是該有的禮節卻是不能省的，所以蕭氏忙得走不開，許繹心也在家幫著，便只派了蕭熙過來看她，反正蕭熙素來就和謝清溪說得來。

兩人在一塊兒唏噓感慨了一陣子後，蕭熙突然壓低聲音問道：「妳聽說了嗎？」

謝清溪見她這副神神秘秘的態度，只覺得好笑。「聽說什麼了？」

「京裡頭都在傳，妳家王爺要當……」蕭熙左右看了看後，湊近她身邊，聲音壓得更低了，很是神秘地繼續說道：「要當皇上了！」

謝清溪心中一驚，半晌都沒回過神來，而後搖頭否認道：「不可能吧？皇上有那麼多兒子……」結果她一說完就沈默了。

蕭熙則是翻著白眼看她，道：「那麼多兒子，現在就剩下兩個，一個是斷了胳膊的，一個還那樣小的年紀，而且只怕日後腦子有什麼問題呢！」

「可不是還有大皇子和二皇子嗎？」謝清溪還是不相信地說道。

這次不僅皇室人員損失慘重，就連朝廷三品以上的大員，也幾乎少了三分之一。

就說內閣吧，一共就七個人，結果如今只剩下三個了。以前別人要想進內閣，那真是千難萬難，不說一共就那麼點名額，而且說不定好幾年都不變動呢！結果現在倒好了，人一下子少了這麼多，位置是空了出來，但人一時間反倒是補不上了。

至於為什麼京城會有這樣的傳聞，還不是因為皇帝本就身子不好，再經過這麼一輪巨變之後，竟是有油盡燈枯之勢，所以皇位繼承一事已是迫在眉睫了。

謝清溪從來沒有考慮過這個問題，對於她來說，當一個王妃已是極難的了，要真是再讓她當皇后，這可是一國之母啊，她真的覺得是有點強人所難了。

蕭熙看著兩個身上慢慢褪掉紅皮子，開始變得白白嫩嫩的小傢伙，先是逗了逗哥兒，又逗了逗妹妹，笑著問道：「兩個孩子還沒取名字嗎？」

一說到取名字的事情，謝清溪只覺得整個人都不好了，她苦著臉便開始抱怨道：「也不知王爺從哪裡聽來的話，居然說給小孩子取賤名好養活，他如今是一門心思地要給孩子們取賤名呢！」

「皇家就算再怎麼取賤名，又能難聽到哪裡去？難不成他還能給我們小郡主取『狗蛋』這樣的名字啊？」說完她自己都笑了起來。

謝清溪差點沒哭出來。

蕭熙古怪地看著她，不可思議地問道：「難道王爺還真想取這名字?!」

「我可怎麼辦啊……」謝清溪真是要哭了。

蕭熙這會兒是笑得樂不可支，不過笑了一會兒後，她還是勉強忍住了，只說道：「妳還是勸勸吧，不過我聽說王爺特別喜歡小郡主，就算為著小郡主，他也不能取這樣的名字啊！」

謝清溪點頭，表示自個兒會爭取的。

等到了晚上，陸庭舟回來的時候，謝清溪正在哄兩個孩子。

這半個月以來，陸庭舟忙得是腳不沾地，若不是心裡頭記掛著老婆、孩子，只怕就跟別人一樣，直接在外面就睡下了。

但陸庭舟是再忙再晚都要回家的人，所以這會兒這麼晚回來，謝清溪也不覺得奇怪，只問了他有沒有吃飯，又讓朱砂趕緊去廚房叫些膳食過來。

好在因他這段日子裡都晚歸，而且都要叫夜宵，所以廚房裡的人也學聰明了，早早就準備了宵夜，只要這邊一要，那邊立刻就給送過來。

陸庭舟坐在榻上，兩個孩子並排躺在他旁邊，粉紅綢緞襁褓裹著的是女兒，而寶藍綢緞襁褓裡躺著的是兒子。

這兩個孩子的出生實在是時候，就算太后這會兒正處在傷心中，但只要提到這對龍鳳胎，仍是眉開眼笑的，甚至還不住地誇讚謝清溪，說大齊皇室從來都沒出過一對雙胎，結果到他們這一輩，倒是有了一對龍鳳胎。

「孩子們的名字，我已經想好了。」陸庭舟含笑看著孩子，一邊拿著手指逗弄女兒，一邊盯著謝清溪說道。

一說到名字的事情，就連謝清溪都忍不住豎起耳朵聽著。

「兒子叫陸長洛，女兒就叫陸長樂。」陸庭舟滿面溫柔，原本清冷淡漠的人竟是渾身散發著柔和的光輝。

謝清溪一聽，一顆心登時落了回去。幸虧、幸虧！

結果她剛慶幸完，陸庭舟便又接著說——

「而且我們女兒的乳名我也想好了。」

千萬別是狗蛋，也不要是二狗！……要是叫栓子的話，我就一頭去撞死！

「傾城。」

謝清溪以為自己聽錯了，便支起耳朵又問了一遍。「乳名叫什麼？」

「傾城。北方有佳人，絕世而獨立。一顧傾人城，再顧傾人國。」

謝清溪盯著面前依舊還有些紅通通的孩子，五官好像比之前長開了些，可是整體而言看不出是好看的苗子來啊，結果她爹居然就敢給她取個叫傾城的名字！

這麼石破天驚的名字，您就不怕您閨女日後遭人恥笑啊？

所以謝清溪委婉地提議道：「小船哥哥，你先前不是說要給她取賤名嗎？要不，咱們就給女兒取個吃食的名字好嗎？灌湯包？小籠包？或者生煎包怎麼樣？」

陸庭舟微微皺著眉，抬頭看著謝清溪，很是認真地說道：「咱們閨女這麼好看，妳真的要給她取這樣的名字？」

好看？謝清溪再次看著躺在榻上的小姑娘，紅通通的小臉蛋居然還笑開了！這樣違心的話，您說出來怎麼就不會覺得羞得慌啊？

這個新年過得極其的慘澹，就連宮裡頭都慘澹得可憐，以往熱熱鬧鬧的宮宴，如今再舉辦時，才發現真的是物是人非了。

大概是被宮宴給刺激到了，皇帝回去後就一病不起了。

如今整個皇宮守衛都是由陸庭舟負責的，皇帝也沒提出任何意見。或許就算他想提出意見，如今也容不得他多想了，所以皇帝堅持沒有召回二皇子。

當這天深夜，皇宮裡有人來請陸庭舟的時候，謝清溪不語，只睜著眼睛盯著他。

陸庭舟一邊穿衣服，一邊吩咐外面的人備馬。待他穿戴好了之後，看著已經坐了起來的謝清溪，便又坐到床榻邊，摸著她如墨般的長髮，溫和道：「放心，我很快就會回來的。」

在謝清溪的這一生中，大概只有這一次，陸庭舟對她失言了。

陸庭舟站在皇帝的面前，皇帝躺在明黃的床帳之中，深夜被召喚至宮中的還有幾位內閣老臣，以及英國公和昌海侯聶坤。

太后比他們都先到，此時太后坐在皇帝床邊，眼睛直勾勾地看著面前的兒子。

侍人都到齊之後，皇帝先是看了太后一眼，接著又將目光停留在陸庭舟身上，而後收斂起目光，說道：「朕召眾卿過來，只為一事。」

雖然眾人心中已猜測到皇帝所說的將是何事，可心中還是忍不住震顫。兜兜轉轉，竟還是走到了如今這一步。如果當初皇上能早早地確定太子人選，這一場宮變會不會被阻止呢？只是，這世間誰都無法知道，如果是什麼樣子的。

「朕決意傳位於六弟庭舟，他乃是先皇嫡次子，如今皇室凋敝，望六弟能善待宗親。」

皇帝喘著粗氣說完之後，內閣大臣紛紛跪下。

陸庭舟跪下，以頭抵地，悲愴道：「微臣自知乃是陋質，只怕難當大任，還請皇上收回成命。」

「你行，你當然行……」皇帝躺在床上說著，只最後一句卻是喃喃道：「你可是父皇看中的人……」

這句話不僅聽得太后渾身一顫，就連陸庭舟都霍地抬起頭，死死盯著床榻上的人。

「朕這一生庸庸碌碌不說，竟是連子嗣都未能護佑，死後也無顏面對列祖列宗……」

當哭聲響起時，陸庭舟定定地看著床榻上的人。他的哥哥，就這麼走了。

太后直接昏厥了。

乾清宮的哭聲很快就傳遍了整個宮殿、整個京城、整個天下……

當謝清溪再次見到陸庭舟的時候，他一身明黃龍袍，面容英俊冷漠，微抿著的嘴角透著嚴肅，陽光灑在他的周圍，彷彿生出一層光圈，讓他獨立在眾人之外。

謝清溪定定地看著他。

許久之後，身邊的人提醒她。「娘娘，您該給皇上請安了。」

皇上。是啊，面前這個穿著明黃龍袍的男人，是她的丈夫，是她一生摯愛的人。

「給皇上請安。」謝清溪說這五個字的時候，只覺得舌根發苦，腳下似乎是飄著的。

陸庭舟站在離她半丈遠的地方，原本嚴肅的表情在她行禮之後突然裂開，透出柔和，從眉梢到眼尾都帶著溫柔旖旎的味道。他伸出一隻手，說：「過來。」

謝清溪微微抬眸看著他修長潔白的手掌，這雙手曾經幫她轉過畫糖人，即便在她最危險的時候也從不曾放開過。

當她的指尖剛搭在他的掌上時，便被一股巨大的力量托住，她一把就被拽到了他的懷中。

「媳婦，妳怎麼才來啊？」他長嘆了一聲，帶著前所未有的孩子氣。「沒有妳的地方，我連覺都睡不著……」他又抱怨了一句。

謝清溪輕輕一笑。「那我們以後永遠不分開好不好？」

「好，永遠不分開……」

——全書完

番外篇

京城五月已是有些熱了，一大清早，陽光便籠罩著整個皇宮，明黃琉璃瓦和朱紅的牆壁在陽光照耀之下，顯得異常耀眼輝煌。

整個坤寧宮中，雖裡裡外外都是人，可是卻一片寧靜。

謝清溪醒來的時候，睜著眼睛在床榻之上稍微躺了一會兒，這才輕咳一聲。

一直守在簾帳之外的人，此時聽見裡面的動靜，趕緊上前，兩人一左一右地將簾帳拉了起來。

謝清溪身著一身淺粉色繡蘭花中衣，原本妥貼的交領因睡夢初醒而微微敞開，露出線條優美的鎖骨。

「大公主醒了嗎？」謝清溪伸手摸了摸自己的長髮，她的頭髮自小就精心養護著，從來就是烏黑柔順的，即便是清晨初醒也不會有絲毫的凌亂。

旁邊的雪青趕緊說道：「回娘娘，奴婢方才已著人問過，公主殿下剛剛醒了。」

謝清溪點了點頭，旁邊的宮女便捧了衣裳過來伺候她換上。

離陸庭舟登基為帝已有兩年多的時間，在這其間，謝清溪也適應了皇宮之中的生活。至於她身邊貼身的朱砂和丹墨，因年紀要比她大，所以謝清溪去年便做主放她們出宮。

其實在大戶人家裡，丫鬟二十歲才能配人；而在宮中，宮女們要等到二十五歲才能放出宮去。但謝清溪不忍耽誤她們，便早早放她們出宮去了。至於如今身邊的雪青和月白，她們的年紀還好，所以謝清溪打算留她們兩年再讓她們去成親。

謝清溪從未給身邊的丫鬟指派過婚事，對這項業務很是不熟悉，所以她還特意請蕭氏進宮說了這事，不過蕭氏倒是笑了笑，只說謝清溪要是放心，這事便讓她來辦就行。

不論是朱砂還是丹墨，都是從謝家出來的，如今蕭氏肯親自照應她們的婚事，那自然是極好的。不過謝清溪也沒一口答應下來，只說她暫時還捨不得她們倆，等過完了夏天再說。

因為謝清溪想先問過朱砂和丹墨兩人的意思，她知道古代這丫鬟配人可是有講究的，若是得主子寵愛的，這夫家就是府裡頭的管事；要是不得主人家喜歡的，把妳隨便指給那種好賭、愛打老婆的，只怕一輩子就毀了。謝清溪倒不是怕蕭氏隨便給她的丫鬟指婚事，她只是想問問這兩個丫鬟心裡頭有沒有什麼想法，是想嫁給謝家的管事呢，還是嫁到外頭去？只要她們倆開口，謝清溪自然是幫她們辦了的。

為著這兩姑娘的婚事，她可是足足愁了一個月呢！結果她自個兒的閨女才三歲，她就先籌備嫁了一回姑娘。

她坐在梳妝檯前，看著水銀鏡中的人，二十歲的女子，依舊是顏色正好的年紀。就在她對鏡梳妝的時候，就聽見後面一陣窸窸窣窣的聲音，待下一刻，便聽見一個小奶音喊道——

「母后！」

謝清溪一聽這聲音，嘴角已是揚起一抹笑。她慢慢轉過身，身後的人正好跌跌撞撞地撲到她的膝蓋。

來人抱著她的腿就喊道：「母后、母后！」

謝清溪低頭看著面前的小丫頭，一張小臉蛋白白嫩嫩的不說，還粉嘟嘟的，臉頰兩邊的嫩肉一說話的時候就抖個不停，此時一雙晶亮如夜空中星辰的眸子正往上抬起看著她，長得逆天的睫毛猶如撲簌的蝶翼。

小姑娘的頭髮還軟軟的，只到肩膀的長度，不過宮女卻按著謝清溪的意思，給她紮成雙馬尾，此時她看著女兒這麼穿越的髮型，再配上身上的古代裙衫，簡直是可愛得不行。

本在沒生孩子之前，謝清溪看著大哥哥和二哥哥家的孩子，也覺得喜歡得不得了，恨不能天天抱著親，可等真正有了自己的孩子後就會知道其間的差距，這種為人父母的心情是這世間最美好的辭彙都無法形容的。

「母后！」小姑娘見謝清溪沒說話，就伸手拽了拽她的衣裳，撒嬌地說道：「我餓了！」

「傾城還沒用早膳啊？」謝清溪看著小姑娘胖乎乎的小臉蛋，不由得笑了起來。

顯然公主殿下覺得她母后是在笑話她，便立即嘟嘴道：「娘親不許笑！」

「難道娘親現在連笑都不行了？」謝清溪故意苦著臉問道。

顯然小姑娘在看見她可憐的表情之後也猶豫了一下，就見她歪著頭，兩條馬尾同時朝著左邊歪去。等她稍微思慮後，這才鄭重地修正道：「娘親不許笑我。」

「妳這個小東西。」謝清溪無奈地搖頭。誰知這個形容詞簡直是點燃了炸彈一般，小姑娘突然秀眉一擰，嘴巴嘟得都能掛油瓶子了。

小姑娘很是嚴肅地說道：「我不是東西，我是公主殿下！」

謝清溪瞠目，可是人家說這話還真沒錯，她確實是公主殿下，於是她不得不說道：「好的，妳不是小東西，妳是公主殿下。」

說實話，謝清溪對於養孩子這件事真的是很糾結。按著現代的育兒理念，她應該把女兒教育成一個溫柔、體貼、善良、大方的好姑娘，而不是一個頤指氣使的熊孩子。

可關鍵的問題是，現在養著的這個不僅僅是謝清溪的女兒，還是大齊皇朝的公主殿下，是皇上的嫡長女，她生來就是天之驕女，她什麼都不需要做就能得到一切。就算她不溫柔、不體貼，都不需要擔心自己的名聲。倘若謝清溪將她教導得太過溫柔，她反而沒了公主該有的威儀。

「娘親，我們去用早膳吧，肚子餓餓！」傾城伸手扯著她的袖子，想要拽著她往前面走。

謝清溪輕笑，伸手便將她抱了起來。

身後的雪青見狀，下意識地叫了一聲。「娘娘！」

「沒事。」謝清溪低頭看了眼懷中的孩子，如今她也不輕了，謝清溪乍然這麼一抱，還差點抱不動呢，於是她低頭認真地說：「傾城啊，妳可真夠重的。」

因著謝清溪這樣的身分，時時都要端莊大方，若抱著孩子的話，身上所著的衣衫就會皺起來，所以在外的時候，傾城即便撒嬌要她抱，也多是旁邊的宮女抱著的。今天謝清溪難得抱著她，傾城便高興得在她懷中亂動。

謝清溪立即道：「別動了，不然母后可抱不住妳了。」

「我不重！不重！」雖然傾城也就才三歲大點，可這會兒也聽出來謝清溪是在笑話她了，所以很不高興地扭動著小身體。

謝清溪無奈，只得抱著興奮過頭的孩子，一路到了外殿中的圓桌旁。雖然只是早上，但是宮中的膳食本就精緻，此時桌子上已擺了滿滿一桌子的小菜和早點。

謝清溪將傾城放在兒童座椅上，這個座椅是她特別按著現代的兒童座椅讓人做出來的。

傾城剛在椅子上坐好，就指著面前一道白白嫩嫩的糕點說道：「哥哥、哥哥！」

旁邊站著的雪青立即便上前笑著說道：「公主殿下，是不是想要吃這個糕點？奴婢幫妳挾。」一說著，她就舉起筷子要給傾城挾糕點。

誰知小公主突然著急起來，小手不停地擺動，嘴中直唸叨。「不要！哥哥、哥哥！」

雪青舉著筷子的手尷尬地停在那裡。

謝清溪看了一眼很是激動的小娃娃，瞭解地哄道：「好了、好了，咱們待會兒把這個給哥哥送去好吧？」

傾城這才高興地點了點頭。

謝清溪親自問了她想要吃什麼，給她挾了。

傾城如今還不會用筷子，但每次宮女要餵她的時候，她不僅不喜歡，還非要自己吃，所以早膳向來用得很慢。

謝清溪反正也不著急，一邊吃一邊看著旁邊的傾城抓著勺子，將溫度適中的粥吃進嘴裡。傾城面前繫著一塊白色小貓的方巾，滴落的粥順著她的下巴一直流到方巾上。

陸庭舟第一次看見自家閨女這麼吃飯的時候，簡直是大吃一驚，恨不能自己親自動手餵她。

不過謝清溪一點都不在意，只管讓她自個兒這麼吃，所以傾城大概是大齊朝歷代公主中，在吃飯上最霸氣側漏的。謝清溪主要也是覺得女兒如今年紀還小，還來得及管教，所以並不想在她小小年紀的時候，就將她約束得太過。

等傾城用完早膳之後，便吵鬧著要去養心殿。

謝清溪看了她一眼，吩咐道：「母后待會兒不能和妳一起去，妳去了養心殿後一定要乖乖的喔！」

這會兒小姑娘的心都飛到養心殿去了，光顧著點頭。

謝清溪便吩咐雪青道：「妳帶著大公主去養心殿吧，好生伺候著，別讓她再摔著。」

這姑娘上回在御花園裡頭一時沒被看住，摔倒了，偏偏膝蓋還磕到石子上，連皮都磕破了，哭得簡直是三宮六院都能聽見她的聲音。結果陸庭舟抱著她好久，都沒把她哄好，最後乾脆帶著她出宮去玩了。等謝清溪知道的時候，人家已經左手一個糖葫蘆、右手一個糖人，被陸庭舟抱了回來。

雪青抱著傾城從轎子裡面下來後，她便不要雪青抱著，堅持要自己走。

結果走到臺階處，她站在臺階下面，小腦袋揚起朝著上面看，卻怎麼都沒能看見最上面的房子。好高、好高啊！

雪青站在她身後，恭敬地說道：「公主殿下，讓奴婢抱著您上去吧？」

「不要！」

「傾城。」

就在小姑娘奶聲奶氣地拒絕時，突然聽見身後傳來一個聲音叫著她的乳名。待傾城回頭一瞧，一張小臉別提笑得多開心了，一下子就撲了過去。「舅舅！」傾城衝過去就抱著來人的腿！

她身後的雪青臉上很是尷尬，想要上前將她抱走，可是又一副不敢的模樣。

謝清駿將小姑娘抱在懷中，笑著問她。「公主殿下可是來找皇上的？」

若是雪青她們叫傾城「公主殿下」，這姑娘那是一副理所當然的態度，誰知這會兒謝清駿叫她公主殿下，她竟是羞得趴在他的肩頭，臉都不好意思抬起來了。

謝清駿從袖子中拿出一個東西，叫了傾城一聲。

小姑娘一抬頭就看見他手中拿著的東西，眼睛登時一亮，開心地喊道：「糖果！」

「真聰明！」謝清駿誇讚道。

身後的雪青一見謝清駿拿出糖果，便有些焦急地喊道：「大爺，娘娘不讓公主吃糖的。」

謝清駿不在意地說道：「沒關係，有我在呢。」

雪青沈默了。

小姑娘一把就搶過他手裡的糖果，護在懷中，嬌嬌地說：「我的！舅舅給我的！」

「咱們不告訴別人。」謝清駿看了一眼小姑娘，很是神秘地說道。

傾城立即點頭，笑得別提多開心了。

雪青站在身後，只得無奈地看著。這宮裡頭就沒人不知道，公主殿下簡直太喜歡謝家大爺了，只要看見她這個大舅舅，那叫一個開心的，就連皇上瞧見了都吃味不已呢！

謝清駿抱著小姑娘上臺階，她已經將外面那層糖紙剝開了，正捏著手中的棒子，伸出小舌頭一下一下地舔著，吃得可認真了。

此時陸庭舟就站在臺階上方的殿門口，他看著自家閨女趴在謝清駿懷中，還舉著手將糖果遞到謝清駿的嘴邊，謝清駿也不知說了什麼，她就格格地傻笑著。

這畫面看著怎麼就那麼不討喜呢？陸庭舟心想著。

待謝清駿抱著傾城走到臺階之上的時候，就見陸庭舟站在宮殿門口，他趕緊走上前兩步，邊想著將傾城放下來。

誰知小姑娘趴在舅舅懷中就不願離開了，所以發現謝清駿要將她放下的時候，她拚命地扭著身子，就是不願下去。等她也瞧見對面的陸庭舟時，還伸出小手，歡快地衝著他揮動，喊道：「父皇！」

可就算是這樣，人家小姑娘也絲毫沒有要下去的意思。

最後還是陸庭舟沈聲道：「傾城，下來。」

結果傾城看著陸庭舟，搖著腦袋便說：「不要，我不想下來！舅舅抱！」

陸庭舟正要上前的時候，就見從身後的大殿中衝出來一個小小的人影，在陸庭舟的腿邊站定之後，抬頭看著對面的兩人，結果在看見謝清駿時，那一張小臉也登時亮了起來。

「舅舅！」陸長洛邁開腳步就要衝過去，不料卻被陸庭舟一把從身後拉住領口，結果他的雙手在空中揮舞了半天，人都沒法跑過去。

傾城看著哥哥這副模樣，在謝清駿懷中笑得格格格的，真是開心了！

所以陸長洛回頭看陸庭舟的時候，顯得特別的委屈。

陸庭舟將兒子拉了回來後，又沈聲對著還在謝清駿懷中的女兒說：「陸長樂，父皇讓妳下來。」

傾城這姑娘從模樣到性子和謝清溪就沒什麼相像的，可有一點卻是隨了謝清溪，那就是特別會看臉色！因此當陸庭舟連名帶姓地叫她時，小姑娘立刻乖乖地從謝清駿懷裡下來，恭恭敬敬地站在陸庭舟身前，雙手交握，對著陸庭舟有禮地低頭，奶聲奶氣地說：「給父皇請安！」

這招就跟必殺技一般，每次陸庭舟只要看見她這小模樣，就算是有天大的氣都生不起來了。況且他對著這麼個小傢伙，又能有什麼大火氣？

因此陸庭舟上前一步，點著姑娘的小腦袋問道：「怎麼這會兒過來了？」

「想父皇了！」傾城又稍稍上前一步，拉著陸庭舟腰間玉珮上的絲穗，委屈地說：「父皇，我好想你啊！」

這話說的，真是聽者傷心，聞者落淚，不知道的人還以為這姑娘是幾年沒見著親爹了呢！可是公主殿下其實昨晚就是被陸庭舟抱著回寢殿睡覺的，臨睡前還是被陸庭舟荒腔走板的故事給哄睡的啊！

陸長洛見妹妹這會兒拉著父皇，自覺不能落後的小小少年居然一屁股將妹妹擠了開來，笑得特別開心地說道：「父皇，我能帶著芝麻去御花園玩嗎？」

陸庭舟低頭看了一眼兒子，又看了一眼被他擠到一旁也不生氣，就只嘟著嘴的傾城，笑了一聲後，便嚴肅地問道：「去御花園玩什麼？」

「……就是玩啊！」陸長洛抿著嘴說道。

「哥哥，我們放紙鳶吧！」那邊長洛沒想出來，這邊傾城立即獻策。

謝清駿看著他們兩個也是笑，對陸庭舟說道：「大皇子和大公主殿下的性子，可和以前的清溪、清湛完全不同。」

原本陸庭舟都準備讓宮人帶他們去御花園了，結果一聽謝清駿這麼一說，便立即笑著反問道：「怎麼個不一樣？我記得恒雅你是直到清溪八歲的時候，才第一次見著清溪吧？」

說到這個，陸庭舟就是一陣驕傲，他居然比謝清駿還要早認識清溪！而且他居然能在那般短的時間內就認定了自個兒一生的媳婦，說實話，這可真是難得呢！所以有時候，陸庭舟都忍不住要在心中給自己鼓掌了，真真是太厲害了！

「我們到底是一家人，有些事情不需要問，看就能看出分別的。」謝清駿淡淡地笑道。要是謝清溪在的話，只怕就要笑話這兩人幼稚了，都多大的人了，居然還鬥氣。

這世上能這般和皇上說話的人還真不多，偏偏謝清駿就是這樣的真漢子。

他看著陸庭舟，臉上先是揚起笑容，接著又溫柔地說道：「清溪和清湛小時候，不管兩人是鬥氣也好，或玩耍也罷，都是清溪占上風。如今我看公主和大殿下，倒都是大殿下說了算。」

陸庭舟看了身邊兩個一般高的孩子，長洛和傾城是龍鳳胎，如今連個頭都一般高，長得也特別像，可是性子真的是南轅北轍。長洛一瞧就是大哥哥的模樣，不管是吃飯還是玩耍都是井井有條；相反地，傾城就是個小姑娘，最常做的事就是跟在哥哥身後，哥哥長、哥哥短的。所以謝清溪還時常笑陸長洛，說他是個霸道哥哥。

陸庭舟心底其實是覺得很沒面子的，不過他又不想在謝清駿面前輸一頭，畢竟這可是他的兒子和閨女呢，於是他對傾城說道：「傾城，妳帶著哥哥去放紙鳶。」

結果，公主殿下特別給力地拆他臺。「哥哥，咱們去放紙鳶吧！哥哥你想要放什麼紙鳶啊？」

陸庭舟：「……」

謝清溪不知道養心殿發生的這一幕，她只知道兩個小泥猴也不知在哪兒滾了一圈回來了。

因今兒個長洛早早就跟著陸庭舟去養心殿了，所以她到現在要用午膳了才看見兒子第一眼。

說實話，這兩個孩子還真的遵循了遺傳定律，閨女長得像爹，而兒子卻有點像娘，但是長洛也不完全像謝清溪，倒是選了她和陸庭舟兩人的優點長了。當然，爹娘都是萬裡挑一的美人兒，所以孩子不管如何長，都沒道理長得不好看。

「娘親的小心肝回來了！」謝清溪是屬於那種特別喜歡親孩子的人，所以抱著兒子就猛親了一口。

可是陸長洛是屬於那種小大人性格的，這會兒別人抱他，他都會覺得不好意思，更別提謝清溪這麼親熱的舉動了。

其實陸庭舟也幾次三番地提出過意見，主要就是教育她，不要這麼老親孩子，這樣會讓他們對她產生過分依賴的。可是謝清溪卻理所當然地回他：我兒子、我閨女依賴我不是應該的？

謝清溪挺反感那種「皇子長於後宮婦人之手，會養成懦弱性子」的論調，她大哥哥和她娘親關係那般親密，她也沒看出謝清駿有一點懦弱的表現啊！

傾城立即就撲到謝清溪的懷中，著急地說道：「還有我呢！」

謝清溪見她這麼著急，又是搖頭又是笑，便將閨女抱在懷中，親了親她的小臉蛋。

傾城這才抱著她的脖子，嬌嬌地說道：「我看見大舅舅了，大舅舅還給我糖呢！」

「糖？」謝清溪一驚，便問道：「妳吃了嗎？」

「嗯嗯！」傾城倒是一點都不隱瞞，笑著承認。

旁邊的陸長洛聽了就說道：「妹妹的牙要掉了。」

「不會！」傾城一聽自己的牙要掉了就嚇了一跳，連忙用手捂住嘴巴，生怕她說著說著，牙齒就真的掉了出來。

謝清溪有些哭笑不得，但也不哄她，反而順著長洛的話說道：「哥哥那麼聰明，說的話可都是對的喔！」

傾城可憐巴巴地看著對面的長洛，這會眼中晶亮晶亮的，已是蒙著一層水光，小腦袋搖了搖，用力說道：「不會掉的！才不會掉呢！」

「那可不一定喔！」謝清溪簡直就是個後媽，這會兒還直嚇唬小姑娘呢！

「不要——」公主殿下慘叫一聲後，便哭了起來。

旁邊的陸長洛無語地看了一眼娘親，那眼神彷彿是在說：不是讓妳不要招惹她的嗎？

謝清溪：「……」這孩子究竟是隨了誰的性子啊？

「妹妹不哭、不哭。」陸長洛在無奈地看了一眼謝清溪之後，便拍著傾城的後背，開始哄她。

傾城除了是謝清駿的頭號腦殘粉之外，還是陸長洛的腦殘粉，但凡是哥哥說的都是對的，哥哥要做的都舉雙手贊同，至於她親爹陸庭舟，她也是喜歡到不行。經過謝清溪的觀察，這才發現其實她閨女真的是典型的顏控，只要是長得好看的她都喜歡，而且她還能根據長相來選擇喜歡的程度！

雖說謝清駿在長相上可能比不過陸庭舟，可是她到底是謝清溪的親閨女，骨子裡就帶著喜歡謝清駿的基因！因此當她還是個小寶寶的時候，只要是謝清駿抱著她，她就沒有一回哭過的，總是笑得露出只有兩顆小米粒的嘴巴，別提有多開心了。

所以陸庭舟屢次對於閨女太喜歡大舅哥一事提出過抗議，但是謝清溪也表示愛莫能助。

「好了，傾城，不許玩勺子。」謝清溪看著這被哄好了後就開始玩起勺子不吃飯的姑娘，正色道。

誰知公主殿下只是淡淡地看了她一眼，就將頭撇到一邊去，接著又開始用勺子挖米飯，將米粒灑得到處都是。

旁邊的陸長洛簡直和她形成了鮮明的對比，雖說他也戴著圍兜兜在吃飯，可是人家吃得一板一眼的，身旁的宮女將他喜歡的菜放進銀勺中後，他便將勺子往嘴裡送，一丁點兒都不會掉出來。

傾城一邊玩著勺子，一邊拿眼睛看著謝清溪，那眼神彷彿在說：母后妳來罰我啊、妳來罰我啊！

謝清溪呵呵笑了一聲，霍地從椅子上站了起來。

身後的雪青一見情況不妙，便立即勸阻道：「娘娘，讓奴婢伺候公主殿下用膳吧？」

「我看公主殿下應該不大想吃飯了。」謝清溪威嚴地朝傾城看了一眼。

這姑娘不愧是遺傳了謝清溪會看眼色的本質，這會兒見母后一站起來，整個人就乖巧了，一雙大眼睛眨巴眨巴看著謝清溪，乖乖地說道：「母后，我吃飯。」

得！謝清溪原本鼓起的一肚子氣，這會兒是一下子就被戳空了。於是她又坐了下來，讓人將傾城的椅子搬得靠近她些，她親自拿起勺子餵，見女兒大口吃了一勺子之後，便立即誇讚道：「我們傾城真厲害、真棒！」

於是，公主殿下一路在「真棒」、「真厲害」的誇讚聲中，將一小碗蓮紋描金小碗中的米飯都吃光了。

如今謝清溪的日常生活就是處理宮務、帶孩子。不過處理宮務的話，有很多人幫著她，她只需要作最後的決定便好；至於帶孩子，長洛很會帶妹妹，基本上讓傾城跟著他一塊兒玩，就沒有謝清溪什麼事了。

正巧這會兒要到端午節了，謝清溪不僅要忙著宮裡頭的事情，還要想著給西山那幫妃嬪們的節慶分例。

因著陸庭舟是弟承兄位，所以對於皇兄後宮裡頭那些妃嬪的安排，他很是苦惱了一陣子。一開始他自然是想將那些人都遷往宮外的，只是皇兄剛走，他就將皇兄的妃嬪都遷出去，未免有些太不近人情了。可若是還讓她們住在宮裡的話，陸庭舟自個兒又覺得彆扭，總覺得是自己的地盤住進了別的女人。因此，後來他特地修繕了西山的園子，讓一干妃嬪都住在那裡，平日裡還讓領個戲班子進去逗樂子，就是防止有人說他苛待皇兄的妃嬪。

如今謝清溪領著宮務，反正皇宮裡頭就他們一家子，就連太后都去宮外禮佛，已經有一年多不在宮裡頭住著了。

皇帝駕崩是國喪，按著規矩是要守孝二十七個月的。陸庭舟是新皇，只需守孝二十七天即可，以一日代替一月，但其他人可是要守足二十七個月的。謝清溪感慨，這個端午是先皇去世之後，大家頭一個能熱熱鬧鬧過著的端午。

在京城的運河上，還有一場別開生面的賽龍舟呢，到時候陸庭舟也會前往觀賞龍舟比賽，而謝清溪作為皇后娘娘，自然也要一同前往。

若是在從前，謝清溪想都不敢想，在她看來自個兒當一個王妃已是極限了，誰知如今居然連皇后的位置都是她的。有時候夜半醒來，她看著身邊躺著的男子，雖然在黑暗之中瞧不見他俊美無儔的面容，可是她總是有一種恍然，一種大夢未醒的恍然。

好在謝清溪也不是那種一味鑽牛角尖的人，雖說這當皇后不是她預料中的事情，可如今天降大任了，她就該把胸膛挺起，脊梁骨硬起來，好好地挑起這個擔子來！

永安侯府的馬車停在謝府門口，早在門口候著的婆子立即上前候著馬車上下來的人。永安侯夫人游氏從馬車上下來，隨後跟著下來的是她的大兒媳婦周氏。

「夫人可算是來了，我們太太一早就等著呢！」門口站著的劉才家的是蕭氏的房裡人，最是妥貼可靠的。

永安侯夫人也是認識她的，便笑著道：「我這一早便動身過來了，可不也是想你們太太想得緊嘛！」

二門邊上等著兩頂軟轎，劉才家的親自扶著游氏進了前頭一頂，而兒媳婦周氏則是在後面一頂轎子坐下，緊接著這兩頂轎子便是一路往裡面抬。

蕭氏早就坐在院子裡等著了，許繹心依舊坐在她的左手邊，倒是蕭熙這會兒沒在這裡。聽見外頭有了動靜，許繹心便頷首一笑。「大概是舅太太來了。」

游氏如今和蕭氏既是姑嫂關係，又是親家關係，許繹心說是舅太太，顯然是認為從蕭氏這層關係上來論的，顯得更親近些。

坐在上首的蕭氏也笑道：「妳舅母從來就是個沈穩的性子，這會兒倒是急切些了。」等游氏進來之後，蕭氏便親自站了起來，笑道：「妳慢些，難道我還能虧待了熙兒不成？」

「她這都好幾年沒有動靜了，如今我乍然一聽見這個好消息，難免就激動了些。」就算聽到蕭氏的打趣，游氏也只是笑。

她身後的周氏立即便說：「可不就是？婆婆自昨兒個聽說了這個好消息後，就趕緊讓我開了庫房，但凡是補品就要往這兒送，我就勸了，說姑母家什麼都有，豈會短了妹妹不成？」

「妳瞧瞧，還是我姪媳婦會說話，妳可比妳娘討喜多了！」蕭氏立即誇讚道。

旁邊的游氏則是噗哧一聲笑了。

蕭氏立即便道：「好了，我也不多留妳了，讓人先帶妳去瞧瞧蕭熙，待會兒再到我這院子裡坐坐。」

「那就讓母親先去瞧瞧妹妹吧，我陪姑母說說話。」周氏是蕭文翰的妻子，乃是永安侯府的世子夫人，也是出身魏國公府的貴女。

游氏到了蕭熙的院子，發現裡面安靜得很，待進了內室之後，就見蕭熙正在床上躺著，她急急走了兩步上前。

蕭熙一看見她，立即伸手撒嬌道：「娘，妳來了！」

「妳這個不省心的東西！」即便知道女兒這會兒懷有身孕，可游氏還是忍不住在她額頭上點了點，有些恨鐵不成鋼地說道。

蕭熙立即苦著臉說道：「我哪裡知道就懷孕了，什麼反應都沒有嘛！」

就在昨天，蕭熙帶著謝連遲和女兒珂珂兩人在花園玩，因為珂珂摔倒了，她就過去抱，誰知自個兒也不小心摔了一跤，好在跌得不怎麼重，可後來回來了，她卻隱隱覺得肚子疼。

原本她不想說的，不過謝清懋一回來就發現她臉色不對勁，立即請了太醫過來，這才知道她竟是懷有一個半月的身孕了！

自從謝家有了遲哥兒這個長孫之後，因恰逢國喪，所以不管是謝清駿那邊，還是謝清懋這邊，都沒了消息。如今這國喪期都過去半年了，自然是百無禁忌，然後蕭熙就光榮中獎了。

「幸虧這一跤摔得不重，要不然我看妳哭都沒地兒哭去！」游氏還是有些後怕，昨兒個一聽說這消息時，她就恨不能立即過來了，只是礙於天色太晚，所以今天一早她就過來了，如今看見閨女臉色紅潤，就知她這會兒是真沒事了。「這幾日珂珂妳也別帶著了，讓妳姑母先帶著。」

蕭熙立即搖頭。「那肯定不行！妳不知道我們二爺有多喜歡珂珂，一回來就要抱著她呢！」

游氏一聽這話，心底自然是高興，不過卻又說道：「說來這謝家也是怪，這疼閨女疼得跟眼珠子似的，妳姑父以前疼清溪兒也這樣呢！」

「那自然了，誰讓我閨女長得這般好看！」蕭熙立即驕傲地說道。

游氏的目光定格在她肚子上，有些擔憂地說道：「如今妳大嫂已經生了一個兒子，妳也要好生努力才是，這一胎可一定要是個兒子啊！」

雖說蕭氏是蕭熙的親姑姑，又對她一直都好，但游氏終歸覺得沒兒子的話，在家裡會抬不起頭來，因此一心盼著女兒能一舉得男。

結果蕭熙不察娘心，還說道：「正是因為我大嫂已經生了遲哥兒，我才沒有生兒子的壓力啊！反正不管生男生女，我們二爺都喜歡！」如今她提起謝清懋，那叫一個甜蜜，滿口「我們二爺」、「我們二爺」地叫著。

游氏聽得直瞪眼。

結果蕭熙還不自覺，自顧自地又說：「不過要是生兒子的話，還不知我們二爺到底喜不喜歡呢……唉，娘，妳又敲我頭幹麼啊？」蕭熙捂著腦袋，看著游氏，有些惱火地叫道。

謝清湛這段時間都在講武堂住著，不過聽說二嫂兼表姊蕭熙懷孕了，所以他特別抽空回家一趟，慶祝慶祝他二哥再次當爹這樁喜事。

等他進了他娘的院子，就看見院子裡頭歡天喜地的，不過在他踏進院子那一刻，原本兩個正在玩耍的孩子都不約而同地衝著他大喊。

「六叔！」

然後兩個人便爭先恐後地衝過來要抱著他。

就在謝清湛正感慨於自己的魅力時，就聽珂珂喊道——

「六叔，你有給我們帶禮物回來嗎？」

謝清湛：「……」

「我想要彈弓！」謝連遲率先說道，直接抓著謝清湛的袍子就不鬆手了。

「好了，咱們先進去吧，然後六叔給你們拿禮物。」謝清湛一把抱住謝連遲，看著這張他大哥臉的縮小版，認真地說道。

依舊站著的珂珂聞言，立即拍手歡呼道：「禮物、禮物！」

謝清湛看著他們倆笑得這模樣，微微有些無奈。其實他也只是在講武堂住了半個月而已，又不是出去幾年的，還帶什麼禮物回家啊？

等他把兩個孩子都領進去的時候，蕭氏一見這兩個孩子就「哎喲」了一聲。

蕭氏有些不高興地對謝清湛說道：「誰讓你把他們倆帶進來的？可鬧騰死我了！」

「祖母抱！」因眼紅謝連遲被謝清湛抱著，珂珂立即伸手要蕭氏抱。

方才還說這兩個孩子鬧騰的蕭氏，這會兒立刻就把人抱在了懷中。

「大哥和二哥還沒回來呢？」謝清湛問道。

蕭氏正搖頭，就聽見外面傳來腳步聲，接著就是丫鬟請安的聲音。

「爹爹！」謝連遲一瞧見他爹，高興得險些從謝清湛的懷中飛撲出來。

謝清駿上前兩步，將兒子抱在懷中，伸手捏了捏他的小臉。

謝清湛憂傷地看了一眼方才還緊緊地抓著六叔不放，結果親爹一回來就迅速地投入到親爹懷抱中的小叛徒，緩緩從懷中掏出還沒來得及給他的彈弓，悠哉地問道：「遲哥兒，是喜歡六叔還是喜歡爹爹？」

謝連遲趴在他爹的懷中，眼巴巴地看著眼前的彈弓。

謝清駿原本臉色不大好，可是看著謝清湛逗他兒子，也不說話。

終於，謝連遲下定決心地說出答案。「喜歡六叔。」

謝清湛高興得立即將彈弓遞給謝連遲，這可是他在姪子、姪女、外甥、外甥女之中，第一次贏得了大哥，而且這還是大哥的親兒子說的！哎喲，不愧是他的親姪子啊！謝清湛還高興地捏了捏謝連遲的小臉頰。

結果小傢伙伸手捏著彈弓後，突然又補了一句。「但是最喜歡的是爹爹！」

「……」謝清湛臉色一變，伸手就怒道：「把彈弓還我！」

誰知謝連遲手一縮、將腦袋一轉，就抱著謝清駿的脖子，再不去管他了。

「你也真是的，竟和孩子鬥氣！」蕭氏見謝清湛居然送出去的東西還想要回來，就忍不住笑話他。

謝清駿似是有滿腹心事，便又將謝連遲遞給謝清湛抱著，讓謝清湛將兩個孩子帶到外面玩一會兒。

蕭氏見他面色不大好，也叮囑了謝清湛幾句。

「這是怎麼了？」蕭氏見大兒子似乎心情不好，便立即柔聲問道。

「皇上登基兩年多，終於是有人忍不住了。」謝清駿的臉色少有地浮現出一絲冷峻。

「今兒個有人向皇上提出選秀的事情了。」

饒是蕭氏這般從不議論朝務的人，這會兒都忍不住氣罵道：「這乃是皇上的家事，他們管得可真夠寬的！」蕭氏雖說沒有將妾室放在眼中，可到底也被妾室噁心了很久，如今又見閨女也要面臨這事，心中自然是百般不願的。偏偏陸庭舟不是旁人，他可是皇上，這後宮之中難不成能只有一個皇后？蕭氏當然是希望這後宮只有謝清溪一個人就好，可是這滿朝文武只怕是不會同意的。

原本是因為要為先皇守孝，所以一直沒有提選秀的事情，如今先皇的孝期已過，這自家有適齡姑娘的，自然就開始動起心思來了。這不，今兒個議事的時候，禮部尚書就主動挑起這事了。因為按著慣例，也確實該選妃了。

如今謝清駿回來和蕭氏說，自然是希望能想想對策。

「那皇上是怎麼說的？」蕭氏立即問道。說實話，這選妃的事情，最緊要的是看皇上的態度，要是皇上不願意，大臣即便是強逼著，皇上都不會同意的；可若是皇上自個兒希望，那就算他們想再多的對策，只怕也不管用。

謝清駿說道：「皇上自然是不同意的。」

「那就好，只要皇上不願意，不管他們再如何折騰，這事也成不了。」蕭氏安心地說道。

其實她之所以能這般安心，也實在是因為陸庭舟給她的信心。

要說她這個女婿，身分自然不用說了，是全天下最最尊貴的人，雖說比謝清溪大了整整十歲，可兩人成婚的時候，陸庭舟身邊別說是通房了，就連貼身的丫鬟都沒一個。放眼整個京城，也就是蕭氏自個兒親自教養的三個兒子能比得上了，所以蕭氏不僅面上對陸庭舟是一百個滿意，就是心裡頭對他也是一百個滿意。

謝清駿倒不是懷疑陸庭舟，只是他也是男人，他知道在皇上那個位置上，陸庭舟實在有太多的迫不得已，他需要平衡各方的勢力。況且歷朝歷代的皇帝後宮，又有誰是真正為了喜歡或者愛而納入的呢？很多時候也不過是為了平衡前朝而已。

所以，謝清駿才會有這樣的擔心。

謝清溪這會兒可不知道這些，她只知道長洛和傾城兩人是頭一回在百姓眼前露面，所以為了給她兒子和閨女來一個不一樣的亮相，她可是煞費苦心呢！

君不見大英帝國的小王子喬治，簡直是風靡全球啊！謝清溪認真地看了長洛和傾城兩人，不由得覺得有些可惜，這年代要是有媒體的話，她閨女和兒子肯定能迷倒大齊皇朝上下啊！

皇上還沒從前朝回來，傾城非要等著陸庭舟回來，所以謝清溪乾脆帶著他們一塊兒看千字文。長洛不管讀書還是玩耍都是那種很認真的人；至於傾城是真的靜不下心來，剛看了幾分鐘，便歪著頭被旁的東西吸引了注意力，反正心思就是不會在一件事上停留很久時間……好吧，這點其實還挺像謝清溪的。

謝清溪特別讓尚膳監做了餅乾出來，因為餅乾是需要烤箱的，所以她找了尚膳監做點心最厲害的老太監過來，說了好幾回，才給她鼓搗出來。如今她已經讓老太監將餅乾弄成各種字，要是傾城和長洛認識一個字了，她就拿出餅乾獎勵一下。

這會兒謝清溪將自己名字的木牌拿了出來，教兩個孩子學習認字。她最開始教的就是她和陸庭舟的名字，如今陸庭舟的名字兩個孩子都一清二楚了，但是謝清溪的名字，傾城卻是怎麼教都不會。

「這個不是『清』字啊！」看著傾城將寫著「溪」字的木牌子抓在手上，她不由得有些氣餒。這孩子到底是在逗她玩呢，還是真笨啊？

陸庭舟闊步從外面走進來的時候，謝清溪正在嚴肅地教育傾城，誰知傾城一瞧見親爹回來撐場子了，立刻就站了起來，顛顛地跑了過去。

「父皇，抱抱！」傾城站在榻邊，踮起腳尖就要陸庭舟抱，不過陸庭舟長得太過高大，即便傾城站在榻上都要仰著頭和他說話。

陸庭舟見她這小模樣，便伸手將她抱在懷中，坐在謝清溪身邊，問這母子三人。「你們玩什麼呢？」

「我在教傾城和長洛認字。」謝清溪鼻頭微微一蹙，似是有些不滿，她點了點傾城的臉頰，和陸庭舟告起狀來。「你閨女實在是不聰明啊，我教了她一下午，她連兩個字都不認識。」

旁邊的長洛此時也轉頭看著妹妹。

傾城這會兒也聽到娘親在告狀了，便立即看著陸庭舟，為自己辯護道：「我認識！我都認識！」

「那妳指給父皇看看。」陸庭舟替女兒理了理頭髮，小孩子的頭髮又軟又細，若是不好好打理就四處炸毛。

此時傾城靠在陸庭舟的懷中，手裡還拽著那個寫著「溪」字的方形木牌，只聽她口齒清晰地說道：「這個是溪！」

謝清溪看得瞠目結舌，方才她可不是這麼說的！

傾城又翻了兩下，將桌子上那個「清」字的木牌找了出來，指著它便說：「這是清字！」

謝清溪看著她，眨了眨眼睛。

一旁的陸庭舟突然低聲嘆了一口氣，伸手捏了捏謝清溪的臉頰，笑道：「以後對孩子有耐心些，咱們傾城這麼聰明。」

誰知這姑娘竟突然就來了一句。「就是！」

謝清溪登時咬牙。妳就是什麼啊？合著妳是逗我玩呢！

不過當著陸庭舟的面，她沒說話，反而是「哼哼」了兩聲，警告般地朝傾城看了兩眼，那意思就是：妳等著！結果她純粹是媚眼拋給瞎子看，傾城壓根兒就沒在看她，而是兀自抬頭盯著陸庭舟說話呢！氣得她都說不出話來了。

「好了、好了，跟女兒還較勁。」陸庭舟看見謝清溪的表情，便立即哄勸她。

謝清溪立即撒嬌道：「你不知道，我教了她一個下午，她都給我認錯了，結果你一回來，她就全都認全了！你說她是不是成心氣我？」

陸庭舟只是笑，卻不說話。

待謝清溪扯著他的衣袖時，就見他突然傾身，在她額頭輕輕一吻，驚得謝清溪都不由得張大了嘴巴。說實在的，自從陸庭舟當了皇帝之後，整個人比從前更加內斂了。不管她和陸庭舟私底下如何鬧騰，他在人前都是一本正經的模樣，也不會這麼當著兩個孩子的面親她。

謝清溪低頭看了一眼，這才發現他用手掌蒙住了傾城的臉蛋，傾城這會兒正用兩隻小手抓著他的手掌；而旁邊的長洛正低頭看著小桌上的木牌，顯然是被上面的字吸引了。

於是謝清溪便笑著俯身過去，在陸庭舟唇上狠狠地親了一口，十分得意地說道：「應該是這樣的！」結果她一低頭，就看見他懷中正好撥開陸庭舟的手掌、抬起頭的姑娘，眼巴巴地瞧著她看呢！

謝清溪尷尬得正想著要解釋，就聽小姑娘淡淡地說道——

「母后親父皇了。」

旁邊的陸長洛聞言，突然彈起來般過來，用自己白白胖胖的小手將妹妹的眼睛再次蒙上，還很鄭重地說道：「不要看，不要看了。」

謝清溪看著陸庭舟，不由得失聲笑了。

端午節歷來便是重要的節日，不管是宮裡還是宮外都早就準備了起來，家家戶戶都在這一日包粽子、準備五色絲線給孩子們繫上。

謝清溪一清早起身就親自去了傾城和長洛宮中，如今他們兩人就住在坤寧宮的配殿裡，兩個小傢伙如今還沒分床睡，反正才三歲的小孩而已。

待她到的時候，傾城已經在床上滾了好幾圈，至於長洛則是坐了起來，用小手在眼睛上揉了揉。

謝清溪抱著兩人分別親了一口後，才笑道：「好了，咱們今兒個可是要出宮看龍舟的。」

雖然兩個孩子對於龍舟是什麼還沒有深刻的認識，但是對於出宮這事，他們卻是百分之一百的歡喜。

謝清溪給兩個孩子都穿上了衣服，這會兒就連衣裳都是配套好的，打眼一看就覺得這是兩個小仙童！

「一定要戴嗎？」長洛看著謝清溪給他戴上的五色絲線。雖說他還只是個小娃娃，可是腦海之中已有了基本的審美判定，他只覺得這應該是妹妹戴的東西。

謝清溪一見兒子有些抵觸，便立即笑著說道：「因為今天是端午節，戴這個可以辟邪喔！就為了母后，咱們長洛也戴一天可好？」

「嗯。」長洛點了點頭。

至於旁邊的傾城則是完全相反，她看著身後雪青端著的托盤，上面擺了荷包以及用絲線編製的五毒，特別是那小拇指大的蜘蛛，她看著就喜歡得不行，非讓雪青幫她戴在身上！

「我們傾城膽子就是大！」謝清溪苦著臉看著她，最後還是笑了。

待謝清溪帶兩個孩子用完早膳後，便有人來請他們，只說皇上已在前頭準備好了。

於是謝清溪匆匆帶著兩個人前往，待到了宮門口，她便率先登上了翠蓋珠纓八寶車，接著傾城和長洛也被雪青抱了上來。

兩個孩子安靜地坐在馬車上面，直到馬車緩緩往前走，傾城這才抓著她的手掌，歡快地道：「馬，馬動了！」

謝清溪真是被女兒的活潑打敗了。

一路上自然有官兵守著街道兩旁，但是街道上依舊有百姓，因此不時會傳來「皇上萬歲」的歡呼聲。

古代的天地君親師似乎是刻劃在每個人的心中，即便是未曾讀過書的底層民眾，只要提起皇帝老爺，那便是止不住地仰望。

這會兒外面的歡呼聲，讓傾城和長洛明顯地安靜了下來。

等到了賽龍舟的地方，河道兩旁早已搭建了不少帳篷，而中間的明黃帳篷自然是最醒目的，謝清溪帶著孩子進了這個帳篷。

陸庭舟自然是坐在上首的，而謝清溪的座位則比他的略小些，同他並排在一起。至於傾城和長洛兩人，則是一人配了一張小椅子，就擺在謝清溪的旁邊。

沒一會兒，陸庭舟就派人去宣了人過來，當然自己的老丈人和丈母娘是一定要宣的。

謝樹元如今並不在都察院，而是當上了吏部尚書。其實按著他的資歷，是足夠進內閣的，況且皇后的父親按慣例是應該有爵位的，但是謝樹元卻堅決拒絕了，加上謝家老太爺謝舫都因為孫女婿當了皇帝而避嫌告老了，他自然也不願進內閣。畢竟他爹都曾是閣臣了，他再當顯然是太過烈火烹油了，倒不如他退一步，將這個機會留給兒子們。便是嚴厲如謝樹元，都沒有一天不為謝清駿驕傲的。

待一眾沐浴皇恩的老老少少坐下之後，龍舟賽這就開始了。

等龍舟賽結束後，陸庭舟照例打賞了得第一名的隊伍。

謝清溪則是跟蕭氏說了幾句話，蕭氏見著龍鳳胎更是說不盡的喜歡。

待回宮的時候，皇帝沒坐上自己的輦駕，反而是鑽進了老婆、孩子的馬車裡。兩個孩子看了一天的熱鬧，這會兒累得直犯睏，陸庭舟抱著長洛，她則將傾城摟在懷中，就見兩個小傢伙閉著眼睛，睡得不知有多香甜。

「怎麼臉色這麼嚴肅？」陸庭舟壓低聲音問她。

謝清溪看了他一眼，嘴角剛咧起一抹笑，就見陸庭舟搖頭。

陸庭舟輕笑道：「比哭還難看。」

「你！」謝清溪氣惱。

陸庭舟盯著她又看了一會兒，這才問道：「我猜猜，妳是不是為了我同意選秀的事情而生氣呢？」

方才蕭氏就是將這事告訴謝清溪了。這事如今還沒宣布呢，不過陸庭舟卻已經點頭了。

「臣妾有什麼可生氣的？皇上馬上就要坐擁三宮六院，給臣妾添上眾多姊妹，臣妾高興還來不及呢！」謝清溪說著酸話。

陸庭舟見她口是心非的模樣，便立即假裝放下心來的樣子，說道：「果真是我的清溪兒，一心為我考慮，那我就放心了！」

「你放心什麼啊？」謝清溪原本就是說著氣話的，這會兒騰出一隻手就要去捏陸庭舟的腰眼肉！他最怕人碰這裡了，每回謝清溪被他折騰得死去活來時，就會伸手碰他這裡，一準管用！

「放心我的清溪是這麼大度的人啊！」陸庭舟還是逗弄她。

謝清溪眼眶瞬間便紅了。

陸庭舟這才發覺玩笑開得過火了，立即正色道：「選秀乃是祖宗規定的，便是我也不能阻止。」

這會兒謝清溪的眼圈紅得更厲害了。

「不過我是有家室的人了，那些秀女自然是留給那些急著娶媳婦的人便好。」

「……陸庭舟，你真是太討厭了！」

「那妳喜歡嗎？」

謝清溪紅著臉。「……喜歡。」

這一世，陸庭舟當真守住他的承諾，未納一個妃嬪，他與皇后之間的那份愛情，不僅讓世人羨慕，更讓後世之人感慨與敬佩……

——全篇完

流浪貓狗介紹所

為流浪貓狗加油 和貓寶貝 狗寶貝 廝守終生(一定要終生喔！)的幸福機會

對人來說，貓寶貝狗寶貝只是生活的一部分，但妳（你）對牠們來說，卻是生活的全部，領養前請一定要考慮清楚——

▲ 帥氣又友善的Jimmy

性　　別：男孩
品　　種：混種
年　　紀：1歲多
個　　性：親人、親狗、親貓、親小孩，愛撒嬌，非常友善
健康狀況：已施打預防針，有一隻腳在流浪時受過傷，
　　　　　但不影響跑、跳與作息
目前住所：台北市北投區

本期資料來源：台灣認養地圖http://www.meetpets.org.tw/content/62422

『Jimmy』的故事：

Jimmy是來自於板橋收容所的孩子，2015年4月被前任主人認養出去，但前任主人採取放養的方式，所以Jimmy不見了主人也沒找回。後來9月愛媽在北投區山上餵食浪浪時發現了Jimmy，當時牠看起來非常狼狽、無助，而且也餓到沒有力氣走動，虛弱地躺在山腳邊，甚至有一隻腳還受傷了！

愛媽急忙帶下山、掃了晶片，經過一番周折，終於聯絡到前任主人。但是前任主人遲遲不願出面接回Jimmy，甚至表示不想再繼續飼養牠了。

後來，志工主動與前任主人接洽，請求前任主人轉讓飼養資格，由志工繼續幫Jimmy尋找下一個愛牠的主人。

經過幾個月的調養，Jimmy終於恢復了原來的健康，心情也開朗許多，對小朋友非常友善，喜歡向人撒嬌，也喜歡跟其他動物一起玩耍～～甚至可以跟貓咪和平相處呢！

你願意給遭受遺棄卻依然乖巧、信任人類的Jimmy一個永遠幸福的家嗎？有意認養者請來信carolliao3@hotmail.com（Carol 咪寶麻），主旨註明「我想認養Jimmy」，感謝大家。

認養資格：

1. 認養者須年滿25歲，有獨立經濟能力，並獲得家人、同住室友或房東的同意。
2. 認養前須填寫問卷，評估是否適合認養。
3. 須同意簽認養寵物切結書。
4. 同意送養人日後之追蹤探訪，對待Jimmy不離不棄。

來信請說明：

a. 個人基本資料：姓名、性別、年齡、家庭狀況、職業與經濟來源等。
b. 想認養Jimmy的理由。
c. 過去養寵物的經驗，及簡介一下您的飼養環境。
d. 若未來有當兵、結婚、懷孕、畢業、出國或搬家等計劃，將如何安置Jimmy？

風 文創

377

龍鳳呈祥 6 完

國家圖書館出版品預行編目資料

龍鳳呈祥 / 慕童著. --
初版. -- 臺北市 : 狗屋, 2016.01-
冊 ; 公分. --（文創風）
ISBN 978-986-328-550-2（第6冊：平裝）. --

857.7 104024774

著作者	慕童
編輯	黃淑珍
校對	林俐君　蔡佾岑
發行所	狗屋出版社有限公司
地址	台北市104中山區龍江路71巷15號1樓
電話	02-2776-5889～0
發行字號	局版台業字845號
法律顧問	蕭雄淋律師
總經銷	知遠文化事業有限公司
電話	02-2664-8800
初版	2016年2月
國際書碼	ISBN-13　978-986-328-550-2
原著書名	《如意书》，由北京晉江原創網絡科技有限公司授權出版

定價250元

狗屋劃撥帳號：19001626

網址：love.doghouse.com.tw　E-mail：love@doghouse.com.tw